훔친 책 빌린 책 내 책

윤택수 전집 02 - 산문집

훔친 책 빌린 책 내 책

초판 1쇄 인쇄 2016년 10월 15일
초판 1쇄 발행 2016년 10월 20일

지은이 윤택수

펴낸이 김연홍
펴낸곳 디오네

출판등록 2004년 3월 18일 제313-2004-00071호
주소 서울시 마포구 성미산로 187 아라크네빌딩 5층(연남동)
전화 02-334-3887 **팩스** 02-334-2068

ISBN 979-11-5774-537-1 04810(세트)
      979-11-5774-539-5 04810

※ 잘못된 책은 바꾸어 드립니다.
※ 값은 뒤표지에 있습니다.

디오네는 아라크네 출판사의 문학·인문 분야 브랜드입니다.

윤택수 전집 02

산문집

훔친 책 빌린 책 내 책

윤택수 지음

디오네

고독하고 아름답게 살아온 40여 년

1996년의 어느 겨울날이었던 걸로 기억된다. 나는 이 책의 저자인 윤택수 선배와 서울의 신촌에서 만나 이런저런 얘기를 하며 술을 한 잔 마셨다. 우리의 술자리는 늘 그랬듯이 소줏집과 막걸리집, 그리고 맥줏집을 오가며 3차 이상 이어졌다. 어느덧 시간은 자정이 넘어 있었고, 우리는 얼큰히 취해 그만 일어서기로 했다.

술집에서 나오자마자 겨울비가 거세게 내리기 시작했다. 빗줄기는 얼음송곳처럼 날카로웠고 바람마저 우리를 다시 술집으로 몰아넣고 있었다. 그러나 곧 그칠 비가 아니었다. 사람들은 거북이처럼 외투 깃 안에 머리를 집어넣고 바쁘게 뛰고 있었다.

우리는 택시를 잡기로 했다. 그러나 신촌 로터리는 택시를 잡으려는 사람들이 몰려나와 아수라장을 이루고 있었다.

"청파동, 청파동."

우리는 목적지를 목이 터져라 외쳐 댔지만 택시는 서지 않았다. 택시 기사들은 아마 우리가 로렐라이로 보이는 모양이었다. 우리 주위의 경쟁자들은 이제 큰 목소리와 민첩성을 버리고 요금으로 승부를 걸 태세였다. 여기저기서 "따블, 따블" 하는 소리가 터져 나오기 시작했다. 가격 경쟁에 동참하지 않고서 택시를 잡기란 불가능해 보였다.

나는 빈 택시가 다가오자 "따블"을 외칠 셈으로 한 발짝 앞으로 나섰다. 그때였다. 선배가 갑자기 내 앞으로 나오더니 택시를 향해 무슨 말인가를 내뱉었다. 나는 멈칫했다. 뭐라는 거지? 나는 빗소리에 파묻힌 그 소리를 다시 듣기 위해 귀를 기울였다.

"아저씨, 두 배로 드릴게요. 두 배로 드릴 수 있어요."

저 결벽증이라니…. 나는 그만 웃음을 터뜨리고 말았다. 택시는 "아저씨, 두 배…" 할 때 이미 우리 앞을 지나고 있었다. "…드릴게요." 하는 순간에는 이미 다른 사람을 태우고 있었다. 서로 택시를 잡겠다고 아우성인 마당에 그 긴 말을 다 들어줄 택시 기사는 없었던 것이다.

그랬다. 선배는 우리말에 대한 사랑이 누구보다 깊은 사람이었다. 우리말로 대체할 수 있는 것이면 다른 나라 말을 쓰지 않았고, 우리말로 대체할 수 없을 경우 스스로 만들어 내기도 했다. 나는 우리말에 대한 애정이 그보다 깊은 사람을 아직껏 보지 못했다.

어찌 우리말뿐일까. 그는 세상을 아름답고 풍요롭게 하는 모든 것들에 대해 애정을 쏟았다. 언젠가는 『찰스 다윈의 비글호 항해기』나 『한국의 낙도 민속지』 같은 책들을 잔뜩 사 들고 나타나서 주위 사람들을 놀라게 하기도 했다. 누군가 그에게 "그런 책들은 뭐 하러 사느냐, 읽기는 하느냐"고 물으면 그의 대답은 간명했다.

"좋은 책은 읽지 않더라도 사야 해. 그래야 그 출판사에서 또 좋은 책을 내지."

그의 말은 사실이었을 것이다. 그가 하숙하는 방에는 바닥에서부터 천장까지 벽을 돌아가며 책들이 쌓여 있었는데, 거의 대부분 초판에서 운명을 다하는 책들이었다. 아마도 월급의 반 이상은 책을 사는 데 쓰지 않았나 싶다.

후배들은 항상 그에 대한 전설을 들으며 학교를 다녔다. 읽은 책을 한 줄로 늘어놓으면 서울에서 부산까지 간다더라, 곤충이든 식물이든 이름을 대기 시작하면 3박 4일이 모자란다더라 하는 말들이 늘 그의 이름과 함께 들먹거려졌다. 그리고 그를 만나 본 사람이라면 아무도 그것에 대해 의심을 하지 않았다.

그는 시와 산문을 즐겨 쓰기도 했는데, 이른바 등단에는 관심이 없었다. 좋은 작품을 쓰면 되지 굳이 문단에 이름을 올려야 할 이유를 찾지 못했기 때문일 것이다. 언젠가 후배들이 "왜 등단을 안 하느냐"고 물었더니 "작품을 보내 놓고 발표 날까지 기다리는 동안의 가슴 떨림이 싫어서"라고 대답한 적이 있다. 그 말도 사실이었을 것이다. 그는 선천적으로 거짓말을 못 하는 사람인 것이다.

그가 떠났다. 주위 사람들에게 아름다운 추억만 남겨 놓은 채 혼자

훔친 책 빌린 책 내 책

서 저 멀리 여행을 가 버린 것이다. 그는 어쩌면 그 여행지 어느 곳에서 새로운 삶을 시작하고 있을지도 모른다. 학교 선생으로, 용접공으로, 원양 어선 선원으로, 잡지사와 출판사 편집장으로, 학원 강사로 다채로운 삶을 살았던 것처럼 우리가 모르는 또 다른 모습으로 말이다.

고독하고 아름답게 40여 년을 살아온 그는 결혼도 하지 않아 아이도 남겨 놓지 않았다. 그러나 다행히도 그의 곁에 있던 편편의 글들이 묶여 시집 한 권, 산문집 한 권, 장편소설 한 권으로 태어나게 되었다.

나는 편집자로서, 그의 책을 만들며 내내 아파야 했다. 한 편 한 편의 글을 읽을 때마다 그의 숨결이 새어 나왔고, 페이지를 넘길 때마다 그와의 추억이 되살아나 가슴을 아리게 했다. 아마 이 책이 출간된 이후에도 한동안은 책장을 들춰 보지 못할 것 같다.

어느 날 갑자기 여행을 떠나느라 미처 서문을 쓰지 못한 그를 대신해, 못난 후배 편집자가 어설픈 서문을 남긴다.

2003년 9월

김연홍

13년이 지난 후에야, 그의 글을 다시 읽고 오류를 바로잡아 전집으로 새롭게 펴낸다.

2016년 10월

김연홍

차 례

편집자 서문 4

1부 **박물지**博物誌

산문 13 | 마을 26 | 또래들 35 | 먹을 것들 44 | 어머니 55

꽃들 나무들 64 | 혼자 있기 73 | 귀신들 85 | 방물장수들 98

도둑놈 114 | 동물들 130 | 자전거와 통학버스 148 | 냄새, 고요함 167

거짓말 181 | 수정과 진흙 193 | 석유 205

2부 **훔친 책 빌린 책 내 책**

훔친 책·빌린 책·내 책 219 | 삼국사기라는 책 225

신현숙·김진섭·오화섭 231 | 정오표·겨울·서재·마침표 237

사전·박물지·백과사전 따위 243 | 죽음의 겉과 안과 사이 249

열등감의 여러 켜 256 | 시 짓는 시험은 어떨까 264

피서지에서 생긴 일 269 | 밥 274 | 겨울산 281

추천의 글 그에게 열광하다 | 김서령(칼럼니스트) 284

감자의 둥긂. 쟁기의 버팀과 휨. 헛간의 으스름.

나는 그러한 산문을 쓰려고 한다.
나는 광고 카피, 삐라 문구, 정신분석의 열쇠어 들보다 더 자재적인 산문을 쓰려고 한다.

나는 내가 쓰는 산문이 실패한 이들에게 용기를 주면 좋겠다고,
혼자 생각으로 몸을 웅크린다.

I

박물지
博物誌

산문

초등학교 4학년 때였다. 특별활동반을 가를 적에 나는 문예반을 선택했다. 열한 살 먹은 아이에게 선택이란 권리가 아니라 의무에 속한다는 엄연한 현실적 경건함이 있었을 리 없다. 아니 선택은 경건하지 않다, 절대로. 즐겁게 해치우고 이내 잊어버리는 장난처럼, 선택은 얼핏 여럿 가운데에서 마음에 드는 하나를, 간혹 둘을 드물게 셋을 자신의 것으로 만드는 행위로 여겨지고 있는 것도 사실이지만, 우주의 암흑물질 속에 떠다니는 모종의 결정론적인 씨앗으로 인하여 우리의 대부분의 운명이 그렇게 되어 가는 것처럼, 선택은 의무이고 선택한 사람을 끝까지 물고 늘어지는 충성심 깊은 개다.

개에게 주인을 배반하라고 아무리 학대하고 모욕을 가한다고 해도 개는 한 번 맹세한 그 시간을 언제까지나 간직한다. 그 시간은 개의 뇌

가장 깊숙한 속에 뿌리박혀 있다. 어찌할 수 없는 정사각형. 미리 주어진 여러 선택지選擇枝들 가운데 마음에 드는 게 전혀 없는 경우라도 선택을 해야 하는 때가 있다. 이럴 때에는 가장 덜 나쁜, 그나마 부드럽게 껄끄러운 어느 하나를 집어내야 한다. 다시 한 번 선택은 의무에 속하는 것인 것이다. 이미 이루어진 선택은 우리를 졸졸졸졸 쫓아다닌다. 그 일방적인 짝사랑으로 인하여 우리의 삶은 구겨지고 멍든다.

나는 왜 하필 문예반을 선택했을까. 이 선택은 이후 나를 줄곧 규정하고 구속했다. 고등학교를 졸업할 때까지 나는 언제나 문예반원이었고, 그 후 '목거지'니 '화요문학회'니 '시목'이니 하는 동인회들과, 본의 아니게 관계했다가 곧 빠져나온 '큰시'에 이르기까지 나는 문예반에 속해 있었다. 열한 살 때의 선택은 내게 돌이킬 수 없는 것으로 작용했고, 그럼으로써 나는 나도 모르게 반짝이는 진흙의 나라로 들어가게 되었던 것이다.

내가 처음 쓴 글은 산문이었다. 문예반 선생님이 다음 주까지 글을 하나 써 오라고 했다. 제목은 '숙제'였다. 원고지를 샀다. 붉은빛의 네모 칸들이 가지런하게 모여 있는 원고지. 200자 원고지 세 장을 쓰자 더 쓸 게 없었다. 나는 이 200자 원고지 세 장의 감촉을 아직도 기억하고 있다. 그 중량과 부피까지. 사람이 쓰는 글의 가장 기본적인 길이가 이쯤이 아닐까 하는 생각도 한다. 물론 더 짧은 글도 많다. 신문 기사와 라디오 뉴스가 복잡하지 않은 단 하나의 문장으로 이루어져도 우리는 크게 불안해하지 않지 않는가.

나는 백과사전 원고를 쓰는 일을 한 적이 있다. 어떤 사소한 항목을

훔친 책 빌린 책 내 책

띄어쓰기 포함해서 50자 전후로 아물려 내라는 주문을 받으면 꽤 난처했었다. 이 난처함은 아주 육체적이었다. 머리와 가슴과 배로 이루어지는 폭동 따위와 같이 한 편의 글에도 머리와 몸통과 꼬리, 더 나아가서 그 짐승의 식성과 발자국과 섹스 체위까지 깃들여져야 한다는 미신에 사로잡혀 있는 자에게, 그 난처함은 당연한 것이었다. 아무리 사소하다고 해도, 이를테면 신라시대에 짰다는 아침 하늘에 끼쳐 오른 노을의 빛이 나는 비단인 조하주朝霞紬라는 항목이라도, 원고지 세 장은 써야 하지 않겠느냐고 나는 생각했다. 그것은 심각한 병이었다.

다음 주가 되었다. 숙제를 해 온 사람은 몇 명 안 됐다. 열 명 남짓 되었을까 그랬다. 숙제를 하지 않아도 괜찮다면 그 숙제는 벌써 숙제가 아니다. 숙제를 하지 않아도 괜찮다는 것을 알고 있으면서도 숙제를 하는 것은 위선에 가깝다. 위선은 취미에 관계된 문제이므로 나무랄 게 못 된다? 하지 않아도 괜찮은 숙제를 꼬박꼬박 챙겨서 내주는 것은 위선보다도 나쁘다. 그 언저리에서 부자연스러움이 움튼다. 문예반 선생님은 말했다.

"고학년들보다 4학년들이 더 잘 썼네요."

그리고 두 명의 글을 읽었다. 내 글과 어떤 계집애의 글. 먼저 내 글이었다. 나는 부끄럽고 창피했다. 교감신경이 부르르 일어섰다. 묘한 쾌감이었고 음습한 성취감도 있었다. 꽃잎 속에 괸 빗물처럼 달콤했다. 입술의 상피조직이 묻어날 만큼의 몸서리쳐지는 경험이었다. 그 너무 일찍 다가온 자기애를 나는 혼자 감당해야 했다. 그것을 나는 감당하지 못했다. 스무 살 때였다. 나는 나의 방에서 마리화나를 피우며 대남방송을 듣고 있었다. 어느 때부터인가 나는 바지를 끌어 내리고 수음을 했다. 숨어서 하는 완전한 탐닉. 그것과, 내가 쓴 글을 선생님이 읽는 것을 듣는 것.

내 글을 읽은 뒤에 선생님은 예의 계집애의 글을 읽었다. 나의 엑스터시는 선생님의 목소리를 듣는 것을 가로막았지만 대강의 내용은 간취할 수 있었다. 그 글은 뜻밖의 이야기를 하고 있었다. 숙제를 해 가지 않아서 대나무 잣대로 손바닥을 맞았다는 것이었다. 손바닥을 맞으면서 아얏! 아얏! 하고 소리를 질렀다고 했다. 나는 혼란해졌다. 어떻게 그런 것을 쓴다는 말인가. 숙제를 해가지 않는다고? 어떻게 숙제를 해 가지 않을 수 있지? 숙제를 해가지 않았다는 사실을 어떻게 글로 쓸 수 있는 것이지? 나는 죽으면 죽었지 내 입으로 그런 말을 할 수는 없었다. 어떻게 맞으면서 아얏! 아얏! 하고 소리를 지를 수 있을까? 나의 혼란은 여러 갈래였다.

그해 가을이었다. 나는 굉장한 테크닉을 실험할 기회를 앞에 놓고서 고민에 빠졌다. 나는 숙제를 안 해 갔었다. 숙제를 안 해 가는 경우 무사하게 넘어갈 가능성이 아주 없지는 않았다. 선생님이 숙제 내 준 것을 잊어 먹었다면 그 이상 좋을 수 없는 것이고, '숙제 안 해 온 사람은 앞으로 나오세요'라고 할 경우에는 버티고 안 나가면 된다. 이 경우는 아주 드물었을 뿐더러 위험하기도 했다. 숙제 안 해 온 아이가 선생님의 예상보다 상당히 적을 경우에는 — 선생님의 예상은 그의 편견이나 선입견 또는 그날의 바이오리듬이나 진행하고 있는 연애의 진척 정도 등에 따라 걷잡을 수 없이 오르내리는 것이지만 — 불성실함보다 정직하지 못함 쪽에 더 가혹한 징계가 오는 것이다. 또 옆에 앉은 계집애가, "여기요, 얘는 숙제를 안 해 왔는데 앞으로 안 나가요"라고 고자질하지 않는다는 보장도 없다. 결국 나는, 숙제를 해 가든가, '차라리 맞고 말겠어, 숙제하는 시간에 찬물 도랑으로 멱이나 감으러 가야지' 하면서 간을 부풀리든가 하는 수밖에 없다고 오래전에 지혜를 갈았던 것이다. 물론 대개는 건성으로라도 숙제를 해 가는 편으로 기울었지만.

그런데 정말 기가 막힌 방법이 하나 있었다. 그걸 시범 보여 준 것은 홍은주였다. 홍은주가 숙제를 안 해 온 것을 나는 알고 있었다. 그런데도 그 계집애는 태연했다. 선생님이 1분단부터 숙제 검사를 하면서 도장을 찍었다. 홍은주는 그때부터 숙제를 하기 시작했다. 어림도 없는 시간이었다. '계집애! 그냥 맞고 말지 웬 야단을 피운담' 하면서 나는 비웃었다. 그런데 선생님은 보기 좋게 속아 넘어갔다. 홍은주 그 계집애가 피우는 재주를 넘겨다보면서 나는 입을 떡 벌리고 말았다. 그 계집애는 공책 두 장 가운데에 두 손을 집어넣고 있다가 선생님에게 숙제의 첫 부분과 끝 부분만을 보여 주는 것이었다. 그러니까 첫 부분과 끝 부분의 가운데, 두 손의 가운데에 넣은 공책은 하얀 공백인 채로 말이다.

선생님은 홍은주의 공책에 도장을 찍으면서 싱긋 웃었다. '이 녀석이 내가 공책 넘기는 수고를 덜어 주려고 이러는구나' 하고 생각했을 것이다. 아니면 홍은주의 술책을 환히 꿰뚫어 보고 있지만 그러는 계집애의 마음이 예뻐 보여서 그랬을지도 모른다. 아무튼 홍은주는 성공한 것이었다.

나는 홍은주가 써먹었던 그 방법을 실험해 볼 작정이었다. 홍은주는 숙제의 끝 부분에 산수 문제 두 개를 쓰는 것으로 보기 좋게 성공했지만, 나는 도저히 그럴 배짱이 없었다. 쉬는 시간에 나는 아주 세심하게 숙제를 가공했다. 끝 부분에도 상당한 분량을 채워 넣었다. 홍은주의 끝 부분의 거의 세 배는 되게 하고서는 또박또박 '숙제 끝'이라고 썼다. 결과적으로 나의 방법은 성공했지만, 선생님이 도장을 찍고 지나간 순간의 승리감은 과연 대단했지만, 나는 이 방법을 두 번 다시 사용하지 않았다. 승리를 쟁취하기까지의 과정이 너무나도 참담했던 것이다.

맞으면서 아얏! 아얏! 하고 소리 지른다는 문제는 아직도 풀지 못했다. 나는 결코 소리를 지르지 않는다. 손바닥을 감춘다거나 발을 동동거린다거나 엉덩이를 맞으면서 몸을 비튼다거나 하지도 않는다. 그냥 아무렇지도 않은 듯이 맞는 것이다. 그게 내 식이다. 소리를 지르는 것이 정신 건강상 좋다는 것도 알고 있고, 소리를 질러야만 때리는 사람과의 커뮤니케이션이 잘 이루어진다는 것도 알고 있지만, 나의 맞는 자세는 그렇게 피학적인 면이 있다.

언젠가 두 녀석을 함께 때린 적이 있었다. 그들을 불러서 '지금부터 너희들을 때릴 테니까 아프면 그만 때리라고 말해라'라고 말했다. 한 녀석이 다섯 대인가를 맞더니 됐다면서 몸을 일으켰다. 나는 속으로 적당한 매질이라고 생각했다. 그런데 또 한 녀석은 퍽 끈질겼다. 열 대를 때렸는데도 녀석은 침착하게 그냥 있었다. 스무 대를 때렸는데도 녀석은 의젓하게 자세를 허물지 않았다. 서른 대를 때렸는데도 녀석은 놋쇠처럼 아름답게 나의 몽둥이를 기다리는 것이었다. 나는 기가 막혔다가, 녀석이 기특하게 여겨졌다가, 짜증이 났다가, 오기가 생겼다가, 급기야 무서워지기 시작했다. 마침내 녀석이 예순세 대를 맞고서 "됐습니다" 하고 말했을 때, 나는 거의 성격 파탄 직전에까지 다가가 있었다. 나는 그 녀석이 그렇게 고마울 수가 없었다. 그렇게 맞고서는 걸음걸이를 흘뜨리지 않고 자기 자리로 뚜벅뚜벅 걸어가는 녀석을 쳐다보면서, 나는 내 목덜미에서 근육섬유 한 올이 끊어지는 것을 느꼈다. 나의 그 녀석에 대한 축복은 예순세 대 만에 자신의 고집을 꺾어 준 녀석에게 바치는 비참한 항복 문서였다. 나는 그것을 잘 알고 있었다.

그렇지만 나는 지금도 아얏 소리를 내지 않는다. 앞으로도 나는 아얏 소리를 내지 않을 것이다. 초등학교 4학년 때의 문예부 시간에 들었던 그 계집애의 아얏 아얏과 대나무 잣대가 손바닥을 때리는 딱 딱 소리는 그렇다면 무엇인가. 그것이 무엇인지 나는 아직 모른다.

내가 써 간 「숙제」는 그렇지 않았다. 숙제를 못 해서 걱정을 하다가 식구들이 모두 잠든 뒤에 끙끙거리며 겨우 다 마쳤노라는 내용이었다. '다음 날 아침 나는 가벼운 마음으로 학교에 갔다'로 끝나는 내 글이 훨씬 좋다는 생각을 하면서 나는 뱀처럼 또르르 똬리를 틀었다. 그 경험은 두고두고 나를 고문했다. 그럴듯하게 쓰는 것과 사실대로 쓰는 것의 문제가 그 속에 들어 있었다는 것을 나는 늦게야 알았다. 나는 첫 글에서부터 거짓말을 했던 것이다. 나는 죽을 때까지 거짓말만 쓰다가 죽을 것이었다.

내가 처음 쓴 글은 산문이었다고 했는데, 하기야 처음 읽었던 글도 산문이었다. '아버지 아버지 우리 아버지'는 운문이 아니다. '나 너 우리' '푸른 하늘에 우리 태극기' '강아지가 망망 오리 보고 망망'도 운문이 아니다. '아버지 아버지 우리 아버지'와 '어머니 어머니 우리 어머니'는 내게 하나뿐인 가늠자가 되었다. 그 산문 문장은 '우리 아버지는 누구보다도 소금지게를 잘 지셨고 우리 어머니는 누구보다도 가리비와 맛조개를 많이 캐셨다'처럼 믿음직스러웠다. 이 근원적인 신뢰감은 내게 절대로 썩지 않을 도그마가 되었다. 아버지와 어머니에 대한 신뢰감이 아니라 산문 문장에 대한.

곧이어 받아쓰기와 짧은글짓기를 하고, 반대말과 비슷한 말을 표준전과나 동아전과에서 베끼고, 부사화 접미사 '이'와 '히'를 외우면서 나는 초등학교 4학년이 되었던 것이다. 나는 '이'와 '히'의 사용에 결함을 갖고 있었다. 이 문제를 깨끗이 해결해 준 사람은 형수였다. 형수는 조금도 망설이지 않고 가르쳐 주었다.

"'하다'를 붙여서 말이 되면 '히', 말이 안 되면 '이'."

그렇게 쉬운 것을 가지고 속을 썩였다니 우스운 노릇이 아닌가. 나는 화가 나기까지 했다. 그러나 형수는 실수를 했다. 몇몇의 예외가 있다는 단서를 빼먹은 것이다. 그래서 나는 더 큰 혼란에 빠졌다. '이'와 '히'를 바르게 가려 쓰기는 어려운 일이다. 소리 나는 대로 쓰면 된다는 원칙은 무책임하다. 나는 '이'와 '히'를 슬쩍 비껴갔다. 짧은글짓기를 하는 편이 훨씬 속 편했다.

다음 낱말로 짧은글짓기를 하시오.

「썩 / 점잖다 / 덕택 / 어슴푸레한 / 꼼지락꼼지락」

'우리는 냇물에 들어가 돌을 떠들어서 가재를 잡았다. 냇물은 썩 깊었고 돌은 꽤 묵직했으며 가재는 퍽 민첩했다.'

'신현균은 나보다 점잖다.'

'저희는 국군 장병 아저씨들의 덕택으로 아무 걱정 없이 즐겁게 공부하고 있습니다.'

'새벽이 가까워지면서 우리의 어깨에는 이슬이 앉기 시작했지. 굵고 무거운 이슬. 진저리를 치면서도 꼼짝할 수가 없었어. 동편 하늘에 어슴푸레한 빛이 떠오를 때까지 죽은 듯이 그러고 앉아서 기다리는 거야. 우리는 무엇을 기다렸던 것일까. 간첩? 월북하는 불평분자? 혹시 우리는 각자의 사랑을 기다렸던 게 아닐까. 모두들 상심해서 어깨를 한번 내려치면 무너져 내릴 정도였으니까. 새벽빛이 좀 더 부융해지면 우리는 콤퍼지션 폭탄과 기관총 따위를 주섬주섬 수습해서 철책 쪽으로 걸어 나왔어. 춥고 외로웠어, 그 새벽은.'

'좀 시원시원하게 해 봐. 그게 뭐니, 꼼지락꼼지락.'

짧은글짓기는 자신의 경험을 더듬어서 주어진 낱말을 얽어 맞추는 작업이다. 주어진 정보, 곧 낱말을 얽어 맞추어 남의 경험을 더듬어 내는 작업과는 다르다. 짧은글짓기는 그러므로 뻔뻔스러운 자기주장이다. 나는 짧은글짓기의 명수였다. 그 짧은글짓기 문장들도 산문이었다.

그러나 나는 산문 문장의 아름다움을 오래도록 모르고 있었다. 국어 교과서와 도덕 교과서로 한국어 산문의 아름다움을 알아차리기란 요원한 노릇이리라고 생각하지만, 『페이터의 산문』『성천成川 기행』『개인과 사회-앙브리쿠르 본당 신부의 경우』『김포공항』 등을 읽으면서도 나는 좋은 산문을 쓰고 싶다는 생각은 하지 못하고 있었다. 그것은 이상한 일이었다.

훨씬 나중에, 나는 내가 산문에 서투르다는 것을 알게 되었다. 내가 쓰는 산문에는 너무 빈번히 운율이 개입한다는 것을 눈치채고서, 고쳐 보고자 아무리 애를 써도 운율이 걷어지지 않는 것이었다. 시적인 산문과 운율이 비늘 돋쳐 있는 산문은 많이 다르다. 그것은 시적 논리와 논리적 시의 관계보다 더 멀다. 나는 운율이 지긋지긋해졌다. 아나톨 프랑스의 산문, 카렌 볼리크센의 산문, 유르스나르의 산문, 루쉰의 산문, 윤구병의 산문을 나는 쓰지 못할 것인가. 따지고 보면 운율만이 아니었다. 나의 산문에는 부사가 지나치게 많았다. 의존명사와 추측형 어미와 감탄격 조사에다 번역 문체에 이르러서는 아예 절망적이었다. 병의 종류와 위치와 수술법을 뻔히 알고 있는데도, 칼질이 무디고 심장이 약해서 괴사 조직을 도려내지 못하는 외과의사의 모멸감.

나는 산문 쓰기가 두려워졌다. 편지 한 장을 써 놓고 봐도 너무 많은 부사, 너무 많은 불완전명사, 너무 많은 감탄격 조사 들과 끈적끈적하게 눌어붙어 있는 운율들이 보였다. 나는 분했다. 내 언제고 깨끗한 산문을 쓰고 말리라. 이 결심은 구체적이었던가. 아니었다. 나는 마차꾼의 그림자가 쥐고 있는 채찍의 그림자에 앉아 있는 체체파리 이빨의 그림자에 물어뜯기고 싶었던 것이다.

산문은 아름답다. 주어와 서술어가 따뜻하게 마주보고 있는 산문. 비유와 윤색과 전고典故가 자제되어 있는 산문. '돌과 장미의 미혼의 나날'이나 '그 여읜 발등의 떨림'이 아니라, '놓음과 놓임은 무관한 관계의 안개꽃 피고'가 아니라, 무심한 돌처럼 놓였어도 우뚝하고 우묵하여 우르릉우르릉 울리는 산문. 나는 아름다운 산문을 쓰고 싶었다. 그러기 위해서는 마음의 무뚝뚝한 통나무가 필요한 것일까. 아니면 눈이 고운 체에도 밭이지 않을 미학美學의 섬약한 솜털이 필요한 것일까.

그러는 중에 나는 산문을, 그것도 소설을 써 보라는 말을 듣게 되었다. 귀에 솔깃한 제안이었다. 아무도 알아주지 않는 몽상가에게도 이런 계기가 생기는구나 싶기도 했다. 하지만 어림없는 일이었다. 몽상가도 밥을 먹어야 하고 잠잘 방이 있어야 하고 가끔씩 영화도 보고 계곡에도 가야 하는 것이다. 요컨대 몽상가도 직업이 있어야 한다. 그런데 언제 시작하게 될지도 모르는 소설을 쓰기 시작한다? 집에 와서 밤중에 쓰면 되지 않느냐는 말도 부질없다. 나는 슈퍼맨도 아니고 천재도 아니고, 끝없이 수고할 줄 아는 성실한 생활인도 아닌 것이다. 그저 책 보는 것을 좋아하고 좋은 문장과 나쁜 문장을 구분하는 눈썰미를 갖춘 정도이고, 세련된 화법으로 어쩌다 남들을 매혹시키는 인문주의자에 지나지 않는다는 것을, 나는 뼈저리게 각성하고 있었다.

그러나 결국 나는 소설을 쓰려고 직장을 그만두었다. 내가 직장을 그만두었다는 사실에 놀랄 사람은 아무도 없다. 나는 상습범이므로. 문제는 50만 원을 받았다는 것이다. 이른바 계약금. 나는 50만 원으로 원고지를 몇 묶음 샀고, 나머지는 며칠 사이에 다 써 버렸다. 한 달이 지났어도 나는 소설을 시작하지 못했다. 두 달이 지났어도 나는 소설을 시작하지 못했다. 원래 계약 기간은 두 달이었으나 나는 한 달 두 달 약속된 날짜를 미뤄 나갔다. 넉 달이 지났어도 나는 소설을 시작하지 못하고 있었다. 그 사이에는 무엇을 먹고 살았느냐고? 저금해 두었던 게 있었느냐고? 후원자가 나타났느냐고? 눈이 삔 변태성욕자가 내게 환심을 사려고 전전긍긍했느냐고? 아무것도 사실이 아니다. 그동안 어떻게든지 나는 밥도 먹고 잠도 자고 「쥬라기 공원」과 「물고기의 왕」과 「맹렬 수녀」 같은 양키 영화도 보고, 감포와 경주와 부안과 공주에도 갔다 오고 했으며, 다섯 달째인 지금 막 소설을 쓰려고 하고 있다. 나는 어쩌면 빠른 속도로 써낼지도 모른다.

감자밭에는 감자들이 다소곳하게 누워 있다. 감자들은 조마조마하다. 혹시 호미날이 제 몸을 찍지나 않을까, 더 심한 경우 반으로 쩍 갈라지지나 않을까, 가장 심한 경우 상자나 자루에 담기지 못하고 그냥 밭에 버려지지나 않을까 하는 감자들의 걱정은 터무니없이 증폭된다. 그러나 걱정은 쓸데없다. 찍히거나 갈라지거나 버려지는 놈들은 처음부터 그렇게 되게 되어 있었던 것이다. 암흑물질 속을 떠다니는 모종의 결정론적인 씨앗은 감자들의 세계까지도 지배한다. 그러니까 안달할 필요는 전혀 없는 것이다.

잠깐 사이에 감자들은 지상으로 나온다. 한 녀석이 얼굴을 슬쩍 긁혔을 뿐 모두 무사하다. 안도의 한숨이 퍼져 나간다. 운이 좋았어, 간신히 피했네, 햇빛은 정말 근사해 등등의 수다가 뒤따르고 곧 감자들에게는 새로운 꿈이 생긴다. "나는 빨리 크로켓이 되고 싶어" "나는 조림이든 튀김이든 아무래도 좋아" "까불지 말고 얌전히 있어, 함부로 눈을 맞추면 안 돼".

감자들이 뭐라고 떠들어도 좋다. 감자밭을 갈아서 감자들의 침대를 푹신하게 만들어 주었던 쟁기는 헛간에 앉아서 감자들이 떠드는 소리를 짐짓 모른 척하고 있다.

감자의 둥긂, 쟁기의 버팀과 휨, 헛간의 으스름. 나는 그러한 산문을 쓰려고 한다. 감자와 쟁기와 헛간은 두런두런 지껄인다. 욕심 부리지 말라는 것이다. 나는 광고 카피, 삐라 문구, 정신분석의 열쇠어 들보다 더 자재적自在的인 산문을 쓰려고 한다. 그들은 또 두런거린다. 그런 것들에 너무 마음 쓰지 말라는 것이다. 그래도 나는 내가 쓰는 산문이 실패한 이들에게 용기를 주면 좋겠다고, 혼자 생각으로 몸을 웅크린다. 감자와 쟁기와 헛간은 환하게 알고 있다. 그것은 네가 용기를 얻고 싶다는 속셈이겠지. 내 마음을 잘 아는 감자와 쟁기와 헛간은 한 마을에 있다.

마을

우리 집에서 경범이네 집까지를 '새뜸'이라고 했다. 그 이름은 '동쪽 구획'이라는 뜻이었다. 새뜸에는 모두 다섯 집이 옹기종기 모여 있었다. 우리 집 뒤에 명옥이네 집이 있었다. 명옥이네는 삼대가 같이 사는 대가족이었다. 명옥이네 막내삼촌 일근이는 명옥이 큰오빠 충열이보다 나이가 두 살인가 적었다. 명옥이네 옆집이 항열이네 집, 그 옆집이 권식이네 집, 그 옆집이 경범이네 집이었다.

명옥이네 집 옆에는 포도밭이 있었고, 포도밭 가에는 자두나무와 호두나무가 있었다. 사립문 바깥에 세모꼴의 작은 마당이 있었는데 우리 집 뒷담에 붙여서 화단을 쌓았다. 그 화단에는 알이 실한 살구가 달리는 살구나무가 한 그루 있었다. 살구나무 아래에는 원추리가 한 무더기나 있었다. 원추리는 담을 뚫고 우리 집 뒤뜰까지 뿌리를 뻗기도 했다.

훔친 책 빌린 책 내 책

나는 색깔을 특정한 사물과 연결시켜 떠올리는 유치한 버릇을 아직도 지니고 있다. 나의 색상표에는 연두색이 원추리 잎으로 너울거린다. 원추리 옆에는 상사화가 있었고 그 옆에는 짙붉은 꽃이 피는 장미나무가 있었고, 그 옆에는 수레국화와 자주달개비가 있었고, 사립문 바로 옆에는 산수유나무가 있었다. 나는 명옥이네 화단을 두고서 심통을 부리곤 했다. "저놈의 살구꽃이 우리 장독대를 더럽히네, 맛도 없는 산수유 같은 걸 뭐 하러 심는담" 하면서 심술을 냈다. 어머니는 문을 바를 때마다 무늬 놓는다면서 명옥이네 장미 꽃잎을 몇 개 따오라고 했다.

우리 집 옆에는 우물이 있었다. 우리 집하고 명옥이네가 물을 길어다 먹었다. 우물가에 대추나무가 한 그루 있었다. 팔뚝이나 목덜미가 곪으면 어머니는 대추나무 가시로 종기를 째 고름을 짜냈다. 대추나무 옆에는 노랑붓꽃과 사철나무가 있었고 그 아래에는 미나리꽝이 있었다. '어깨동무 새 동무, 미나리꽝에 앉아라' 하는 노래를 부르면서 우리는 쓸데없이 두레박질을 했다.

항열이네 집에는 단감나무가 한 그루 있었다. 단감나무는 해거리를 유난히 앓았다. 항열이네 집에는 또 골담초와 댑싸리와 익모초가 많았다. 골담초의 꽃은 먹을 수도 있었다. 떡을 쪄 먹기도 한다고 했다. 나는 골담초 꽃을 먹을 수가 없었다. 아까시 꽃과 비슷한 냄새 때문이었다. 비위가 약해서 그렇다고, 회충 때문에 그렇다고 항열이는 나를 놀렸다.

권식이는 나보다 두 살 위였지만 촌수를 따지면 나의 오촌조카뻘이었다. 권식이보다 나이가 많은 헌식이는 서울로 가서 학교를 다녔고, 권식이 아래로는 별명이 꽃네였던 권순이가 있었다. 권식이네 장독대 뒤에는 희끗희끗한 뱀풀이 자랐다. 뱀풀을 심으면 뱀이 도망간다고 했다. 깊은 산중에서 자라는 궁궁이의 향기를 맡으면 뱀이 꼼짝하지 못한다던데, 그 뱀풀은 그리고 보니 궁궁이의 향기를 뿜고 있었다.

경범이네 집에는 옻나무와 가죽나무와 개복숭아나무와 불두화나무와 뽀리똥나무가 있었다. 경범이는 항열이와 같이 나보다 한 살이 많았다. 나는 경범이에게 멧비둘기와 염주비둘기를 그려 준 적이 있다. 나중에 경범이는 나에게 수음하는 법을 가르쳐 주었다.

우리 집에는 아무 나무도 없었다. 밤알이 동그랗게 하나씩만 여무는 밤나무가 한 그루 있었을 뿐이다. 그러나 그 밤나무에서 딴 밤은 둘 중에 하나는 영락없이 쪽밤이었다. 쪽밤을 나눠 먹지 않으면 쪽니가 난다고 했다. 감나무가 여섯 그루 있었지만, 감나무는 어느 집에나 다 있었으므로 따질 게 못 됐다. 제일 약오르는 것은 다른 집에는 다 있는 앵두나무가 없다는 것이었다. 앵두 철이 오면 나는 잠재적인 도둑 충동에 시달려야 했다.

새뜸의 동쪽이 '도리미'였다. 노간주나무 울타리가 무성한 기순이네 집을 지나 둑길을 조금 걸으면 도리미였고 거기에는 금성이네 집이 있었다. 금성이네는 연못 위쪽에 있는 집에서 살다가 집안에 우환이 끊는다고 큰굿을 하고서는 좀 떨어진 곳에 새집을 짓고 이사를 갔다. 금성이네 아버지는 연못의 물을 새집 앞까지 끌어오느라고 한 해 봄을 내내 수로만 팠다. 수로를 파다 보니 새카만 찰흙층이 나왔다. 나는 쾌재를 불렀다. 이제 찰흙 공작 준비를 할 때 권한이에게 아부할 필요가 없는 것이었다. 권한이는 자기가 발견한 찰흙이라면서 동네에 하나밖에 없는 찰흙 구덩이로 꽤 쏠쏠하게 재미를 보고 있었다. 금성이도 만만치 않았지만 금성이를 구슬리는 것은 일도 아니었다.

금성이네 빈집에는 명매기가 집을 다닥다닥 지었다. 명매기는 제비의 한 종류였다. 제비의 가슴과 배가 하얀 대신 명매기의 가슴과 배에는 누릇누릇한 털이 섞여 있는 점이 달랐다. 명매기는 집을 특이하게 지었다. 천장에 붙여서, 마치 에스키모들의 얼음집처럼 길게 통로를 갖춰서 집을 지었다. 그러자니 명매기들은 제비들보다 훨씬 많은 진흙과 검불을 물어 날라야 했다. 제비와 명매기가 집을 지을 때 검불이 지저분하게 나오게 하는 수가 있었다. 그러면 어른들은, "올해는 비가 많이 올 모양이군" 하고 지껄였다. 금성이와 나는 작대기로 명매기가 애써 지은 집을 부수곤 했다. 어른들은 명매기가 집을 짓는 것을 싫어했다. 봄마다 명매기들은 집 지을 곳을 찾느라고 어깻죽지가 빠지도록 날아다녀야 했다. 진흙을 물어다 붙이면 긁어내고 또 긁어내고 했는데, 생각하면 불쌍한 새였다. 그래서 그런지 몰라도 명매기들은 빈집이나 다리의 교각 틈 같은 데에다 새끼 칠 집을 짓곤 했다.

명옥이네 집에서 엎어지면 코 닿는 곳에 도수네 집이 있었다. 도수네 집 다음부터를 '또랑께'라고 했다. 빨래터와 방앗간과 가게가 있었다. 정옥이네 가게에는 산도과자와 꿀방맹이와 새콤달콤한 맛이 나는 비타민 정제가 시렁 위에 놓여 있었다. 둑에 미루나무를 심은 덕분에 하천 부지의 소유권을 인정받은 해자네도 또랑께에 살았다. 자지가 번데기처럼 작아서 어른들이 사추리를 훑어 주곤 했던 삼수는 해자의 조카였을 것이다.

빨래터를 비껴서 해자네 포도밭을 지나면 '상거리'가 나왔다. 병식이와 상열이가 상거리에 살았고 나중에 침례교 목사님이 된 나의 육촌 동생 양수도 상거리에 살았다. 양수는 귀한 아들이었다. 오촌당숙은 은뜰에서 시집오신 아주머니가 딸 둘로 단산하자 소실을 들였다. 작은 아주머니는 다시 딸 하나를 낳고서 양수를 낳았다. 양수네 집 뒤란 우물가에는 키 작은 양치식물들이 소복하게 났다.

상거리에서 남쪽, 새뜸에서 서쪽에 '안동네'가 있었다. 안동네에는 모두 스물네 집이 있었다. 우리 큰집이 안동네에 있었고, 나보다 한 달 먼저 태어난 사촌형 권한이와, 명준이, 동식이, 진구, 원갑이, 일성이도 안동네 아이들이었다.

안동네에서 큰길을 사이에 두고 수양어머니네 집이 있었다. 기철이와 재선이가 그 옆에 살았는데, 그 다섯 집이 있는 곳은 특별한 이름이 없었다.

안동네에서 서쪽으로 좀 떨어진 논 가운데에 종도네 집이 있었다. 종도네 집에는 함박꽃이 많았고 거위도 있었다. 안동네에서 '매봉재' 쪽으로 조금 올라가면 인기네 집이 나왔고, 거기에서 수양어머니네 집 쪽으로 돌아 나오는 샛길에 효순이네 집과 송학이네 집이 있었다. 효순이네는 딸만 셋을 둔 집이었다. 그것은 특별한 경우였다. 무슨 수를 쓰더라도 아들을 한 명이라도 두려고 했던 것이 동네 관습이었다. 어머니들은, 먼 곳에서 아무도 모르게 아들을 키우고 있을 거라는 둥, 그 집 마나님이 영감님을 어찌나 잘 모시는지 눈꼬리에서 여우같은 애교가 뚝뚝 떨어지는 것을 못 보았느냐는 둥 험담을 했다. 어머니를 닮은 세 딸들은 하나같이 예뻤다. 목이 길고 눈이 크고 얼굴이 하얀 처녀들이었다. 송학이는 떠버리였다. 한번은 우리 모두가 보는 앞에서 해군 제독이 되겠다고 했다. 대덕군보다 더 큰 배가 있다고도 했다. 송학이는 나중에 해양고등학교에 들어갔다.

송학이네 집에서 '공사실'까지를 '말고개'라고 했다. 말고개 어디쯤을 특별히 '여우고개'라고 한다고 했지만, 여우고개가 정확히 어디인지는 아무도 몰랐다. 공사실은 논이 많은 긴 분지였다. 정덕상이라는, 서울말을 쓰는 인텔리겐차 아저씨가 젖소를 기르는 목장이 있었고, 순분이네도 공사실에 살았다.

말고개에서 '갑동'으로 넘어가는 고개에 '쉰다랑'이 있었다. 어느 날 한 농부가 쉰다랑에서 일을 하고 있었다. 쓰고 간 삿갓을 벗어 놓고 베잠방이를 질끈 곧추 올리고 엎드려서 일을 하다가, 농부는 논배미를 하나하나 세기 시작했다. 마흔일곱 다랑이, 마흔여덟 다랑이, 마흔아홉 다랑이. 마흔아홉 다랑이네. 이상하다. 한 다랑이가 비잖아. 다시 세 봐야지. 아무리 세어도 마흔아홉 다랑이었다. 귀신이 곡할 노릇이었다. 어디 가서 없어진 한 다랑이를 끌어온다는 말인가. 날이 어둑어둑해지고 구름이 꾸물꾸물 내려앉고 있었다. 도깨비가 나다니기에 안성맞춤인 날씨이고 시간이었다. 농부는 집에 가야겠다고 생각했다. 손발을 털고 베잠방이를 헐겁게 풀어 매고서 삿갓을 집었다. 그랬더니 그 아래에서 없어졌던 한 다랑이의 논배미가 나오는 것이었다. 정말인지 아닌지 그런 이야기를 하면서 우리는 언제 쉰다랑의 논을 세어 보자고 말을 맞추곤 했다.

쉰다랑부터 매봉재가 시작되었다. 지도에서 찾으면 매봉재는 '응봉'이라고 씌어 있다. 매봉재의 북쪽 무릎쯤에 희택이네 집이 있었다. 진달래가 피면 희택이네 집은 화사하게 하늘로 떠올랐다.

도리미에서 한숨 동쪽으로 내려가면 '개구리봉'이 나왔다. 개구리봉에서 공사실까지 통하는, 집 한 채 없는, 달리아 알뿌리같이 생긴 곳을 '은굴'이라고 했다. 은굴에는 기자의 피라미드처럼 생긴 뾰족산이 있었고 뾰족산 너머는 '가맛골'이었다. 뾰족산 북쪽을 '평평굴'이라고 했고 평평굴 너머가 '소라실'이었다. 소라실에는 영호가 살고 있었다. 소라실에서 바로 1번 국도를 넘으면 태열이네 집이었는데, 태열이네는 떡방앗간을 했다. 가래떡을 빼고 국수를 뽑고 쌀과 메주와 고추를 빻고 기름을 짜는 방앗간이었다. 태열이네 형제들은 방앗간 기계에서 손가락 한두 개씩을 뭉툭하게 해 먹었다. 오랫동안 태열이네는 우리 동네에서 유일한 예수쟁이 집이었다.

1번 국도를 따라가면 '바람모퉁이'가 나오고 바람모퉁이 너머에는 홍은주네 집과 사과 과수원이 있었다. 자꾸 더 가면 '곧은신작로'가 나오고 '유성'과 '대전'이 있었다. 우리 동네는 엄밀하게 말해서 홍은주네 집까지였다.

어디서고 눈을 들면 '우산봉'이 보였다. 가 보면 알겠지만 우산봉은 문자 그대로 병풍처럼 서 있었다. 우산봉을 '큰산'이라고도 했다. 큰산은 '청잣굴' '시적굴' '강괏굴' 따위의 골짜기를 품고 있었고 '우미동천'이라는 냇물에 물을 흘렸다. 우산봉의 2부 능선 한 곳에 분청사기 파편이 흩어져 있다. 공주군 반포면의 분청사기 가마터와 관련이 있을, 아직

알려지지 않은, 내가 보기에도 시시한 흔적이다. 누가 가 보자고 한다면 안내할 용의도 있지만, 그게 뭐 그리 대수로운 것이겠는가 말이다.

'삿갓이마'와 '진동날'이라는 정다운 이름의 산록 아래에 '증골'이 있었다. 솥처럼 움푹 들어간 마을이었다. 증골에는 락수와 찬배와 면수가 살았다. 증골에서 우미동천을 따라 나오면 '보지바위'가 있었다. 곧이어 '양짓말'이 나오고 '당산'과 '돌정자'가 나오고, 김씨들이 많이 사는 '홈바위'가 나오고 '요골모퉁이'가 나오고, 초등학교가 있는 '휘병굴'이 나왔다. 증골에서 휘병굴까지를 '반석리'라고 했다. 반석리도 우리 마을이라고 할 수 있었다.

행정구역상으로는 '유성면'과 '탄동면'으로 갈렸지만, 내 마음속의 그림지도에는 큰산 아래의 한 마을로 그려져 있는 이 마을을 가리켜서 '새미래'라고 했다. 새미래는 신촌新村이라는 뜻이었다.

새미래 밖에는 헌미래가 있을까? 강씨들이 모여 사는 '산막'과 '큰말', 최씨들이 모여 사는 '어둔이', 영구와 일구와 이구와 팔구와 백구와 만구 따위의 이름을 가진 아이들이 새벽밥을 먹고서 학교로 와야 한다는 '무넘이고개', 이씨들이 모여 사는 '초숯골'도 새미래였는지 모른다. 그 너머의 너머에 다슬기를 빠께쓰로 긁을 수 있다는 '꼭두내'가 있었고, 해오라기와 알락해오라기가 날아오는 '감성리'가 있었고, 금어金魚인 상철이 아버지가 단청 공양을 했다는 절이 있는 '숯골'이 있었고, 출역을 나가서 도록 작업을 했던 '삽재고개'가 있었고, 우산봉 뒤에는 '공암'이 있었고 '계룡산'이 있었다. 우리는 다음과 같은 「발 빼기 노래」를 부르기도 했다.

엄마 어디 갔니?

계룡산.

뭣하러 갔니?

돈 따러 갔다.

몇 마지기 땄니?

백 마지기 땄다.

올곰달곰.

고드렛 땡.

　새미래라는 이름처럼 묵은 것이 하나도 없는 마을이었다. 변변한 절이 있나, 향교나 서원이 있나. 기껏해야 400년 먹었다는 느티나무 두 그루가 전부였다. 그 마을에서 우리는 살았다. 샤머니즘과 유교와 기독교와 진화론교가 사이 좋게 말다툼을 하고 있는 마을이었다. 시간이 느릿느릿 흘러갔다.

또래들

권한이. 그는 골목대장이었다. 아이디어맨이었고 모험가였고 우리들의 톰 소여였다. 원갑이네 형인 원석이와, 증골에 사는 오촌 당숙아주머니의 동생이었던 키 크고 잘생긴 석진이가 우리들에게 이거 해라 저거 하지 마라 하면서 끌고 다니기도 했는데, 그럴 때면 권한이는 원석이나 석진이의 1급 참모가 되었다. 원석이와 석진이는 우리보다 두 살이 많았으므로 나이로 우리를 휘어잡은 셈이니, 결국은 권한이가 골목대장이었다.

권한이는 원석이와 석진이에 견주어도 빼어난 점이 있었다. 팽이도 잘 깎았고 대나무 살을 휘어 붙여서 가오리연도 잘 만들었다. 어디에 가면 팽이채에 감는 닥나무 껍질을 벗길 수 있는지 잘 알았고, 새덫과 토끼올무를 감쪽같이 놓는 법도 잘 알았고, 언제쯤이면 돼지감자를 파

먹을 수 있는지도 잘 알았다. 새로운 놀이도 곧잘 생각해 냈다. 가장 잘하는 것은 말싸움이었다. 권한이에게 걸리면 아무도 무사하지 못했다. 그의 집요한 공격, 그의 찌르는 듯한 논리, 그의 철두철미한 승부욕.

한 아이는 어떻게 해서 골목대장이 되는가. 카리스마? 설마 권한이에게 카리스마까지 있었을까? 그렇다고 아니라고 할 수도 없었다. 우리들이 축축해진 속옷을 들춰 보면서 당황하게 될 때까지 그는 골목대장이라는 지위에서 일말의 위태로움도 느끼지 않았던 것이다. 나는 그에게 대개는 이용당했고 드물게는 그를 이용하기도 했다.

진구. 그는 진선이의 쌍둥이 동생이었다. 이란성 쌍생아가 남자아이와 여자아이일 때에는 대체로 여자아이가 먼저 태어나는데, 그 이유는 무엇일까. 여자아이가 더 억센 탓일까? 어머니들은 남자아이를 조금이라도 더 자신의 배 속에 두고 싶어 하는 것일까? 여자아이는 자궁의 아래쪽에 맺히기 때문일까? 혹시 남자아이가 먼저 태어나더라도 산파들이 순서를 바꾸는 일은 없을까? 왜냐하면 누나는 남동생을 보살펴 줘야 하는 운명을 타고나지만, 오빠는 여동생의 처녀막을 찢어 줘야 하는 운명을 타고나는 것이므로. 그렇게 해서 진구는 동생이 되었다.

진구네 뒤란에는 우물이 하나 있었다. 깊이가 아주 얕은 우물이었다. 장마철이 되어 우물물이 불어나면 바가지를 들고서 물을 풀 수도 있었다. 우물 속에다 머리를 디밀고 소리를 지르면서 우리는 자란다. 웅웅거리며 공명하는 소리에 파묻혀서 황홀하게 발을 땅에서 떼노라면, 우리의 아랫배에 걸쳐진 우물두덩의 짜릿한 흔들림 다음에 우리는

훔친 책 빌린 책 내 책

우물 속에 빠져 있었다.

진구는 한 해를 꿇어서 학교에 들어갔다고 했다. 은연중에 한 살 더 먹었다고 뻐겼다. 그렇지만 그것이 뭐 어쨌다는 말인가. 설사 그렇더라도 그것을 누가 증명해 줄 것이며, 얼마나 못났으면 1년씩이나 꿇었겠느냐는 권한이의 말에는 진구도, 명준이도, 영호도 대꾸를 하지 못했다.

진구가 홍은주를 좋아한다는 것은 모르는 사람이 없었다. 진구는 그렇게 한 살 더 먹은 티를 냈다. 언젠가 홍은주가 우리 동네로 놀러 온 적이 있었다. 홍은주는 1번 국도를 따라 학교를 오갔다. 언제나 혼자 다녔다. 우리는 동네 계집애들과 재잘거리면서 앞서가는 홍은주를 뒤에서 따라갔다. 요골모퉁이의 팽나무가 있는 데에서 우리는 시냇물을 건넜다. 우리는 맞은편 길에서 우리한테는 눈길도 한번 주지 않으며 걸어가는 계집애들을 힐끔거리면서 노래를 부르기 시작했다. 똑같은 노래를 부르기 시작했다. 똑같은 노래를 몇 번이고 반복해서 악을 쓰며 불렀다.

솥 때워요.

냄비 때워요.

지나가는 처녀

보지 때워요.

노래를 처음 시작한 사람은 진구였다. 연애박사 진구니까 만들어 냈을 법한 노래였다. 다들 '보지'라는 말을 얼렁뚱땅 얼버무렸지만, 진구는 그 부분에서 더 크게 소리를 질렀다. 그 끔찍하게 재미있었던 노래가 생각난다.

기철이. 기철이의 한쪽 귓불에는 구슬 같은 혹이 두 개 붙어 있었다. 오른쪽이었나 왼쪽이었나는 모르겠다. 기철이는 좁쌀만큼 키가 작았고 한 번도 싸우는 것을 보지 못했다. 기철이의 누나인 한호는 우리 누나의 친구였는데, 누나는 한호가 옛날얘기를 너무 좋아한다고 흉을 보곤 했다.

"옛날얘기를 너무 좋아하면 왜 가난해지는 거지?"

"몰라. 그래도 생각해 봐라. 한호도 옛날얘기를 좋아하고 완순이도 옛날얘기를 좋아하고 순분이도 옛날얘기를 좋아하잖어. 걔네들 집은 다 찢어지게 가난하고."

누나는 나에게 옛날얘기를 해 주기가 귀찮아지면 이렇게 겁을 주곤 했다.

어느 겨울에 권한이는 새덫을 보러 갔다. 물싸리나무 숲에 놓은 새덫은 망網이 잦혀져 있었다. 새가 치인 모양이라면서 떠들어 봤더니 새는 없고 새털만 몇 개 붙어 있었다. 콩새 털이었다. 이놈의 콩새가 도망을 쳤구나 생각하면서 망을 일으켜 꼬느고 돌아오는 길에 한중이를 만났다. 한중이는 뉴스를 말해 주었다. 기철이가 콩새 한 마리를 들고 집으로 가더라는 것이었다. 흥미로운 뉴스였다. 권한이는 나를 찾아와서 상의를 했다. 나는 덫에 묻어 있던 것이 콩새 털이 틀림없었느냐고 여러 번 확인했다.

"그래도 그 콩새가 그 콩새인지는 확실하게 모르잖어. 잘못 덮어씌우는 날에는 기철이가 가만히 있겠니?"

권한이는 내가 그 일에서 빠지고 싶어 한다는 것을 눈치채고는 고맙다면서 돌아갔다. 며칠 후 권한이는 내게 콩새를 찾았다고 말했다. 나는 아쉬워서 입맛만 다셨다. 아무 말도 할 수 없었다. 그날, 권한이는 아무렇지도 않은 듯이 기철이에게 말을 걸었다고 했다. 기철이는 자기네 집 근처의 산비탈에서 나무를 하고 있었다. 조선낫으로 떡갈나무를 치고 있는 기철이에게, "임금님에게서 보물을 한 단지 받은 신기료장수는 보물을 도둑맞을까 봐서 잠을 못 잤다고 했는데, 나는 잠을 못 자는 한이 있어도 보물을 갖고 싶어, 너는 어떠냐?" 하고 물었다. 기철이는 아무 소리도 없이 낫질만 했다. 권한이는 공연히 의심했던 것이 미안해서 나무 한 단을 기철이네 부엌까지 들어다 줬다. 그런데 그날 밤이었다. 누가 불러서 나가 봤더니 깜깜한 어둠 속에 기철이 동생 기석이가 서 있다가 콩새를 내밀었다. 자기네 형이 갖다 주라고 해서 가지고 왔다는 것이었다. 권한이는 나에게 말해 주었다.

"기철이는 털 한 개도 안 뽑았더라."

그 말은, '너한테는 털 한 개도 줄 수 없어'라는 소리였다. 할 수 없는 일이었다. 다만 권한이가 나에게 상의하러 왔었다는 이야기만 아이들에게 하지 않았으면 좋겠다고 속으로 생각했다. 권한이는 그 후 콩새 이야기는 손톱만큼도 하지 않았다.

종도. 종도는 짱구였다. 이마가 톡 튀어나오고 뒤통수도 못지않게 나와서 우리는 '앞짱구 뒤짱구 삼십 리'라고 놀렸다. 그의 할머니가 증골에 살고 있었는데 새미래에 한 대뿐인 텔레비전을 가지고 있었다. 초등학교 6학년 때에 전기가 들어왔으므로 새미래에서는 종도네 아버지처럼 유난스러운 효자만이 텔레비전을 들여놓을 수 있었던 것이다. 우리는 그 텔레비전으로 「타잔」 「김일 레슬링」 「10대 가수 청백전」 등을 보았다. 우표딱지만 한 화면이었지만 한참 보고 있으면 크기야 문제될 것이 없었다.

종도네 식구는 모두 공부를 잘했다. 천재 집안이었다. 종도 아버지는 십장이었다. 우미동천을 가로질러서 보狀를 쌓는다거나 다리를 놓는다거나 하는 자잘한 일거리로 항상 분주했다. 진동날에 있는 임업시험장 묘목포를 관리하는 일도 했다.

우리는 거위 때문에 종도네 집에 함부로 드나들 수가 없었다. 거위는 개보다 더 용하게 주인을 알아보았다. 종도네 집에는 우산봉 치마바위에서 캐온 채송화와 바위손이 심어져 있었다. 또 해당화도 한 그루 있었는데, 나중에 알고 보니 우리가 해당화라고 불렀던 나무는 명자나무였다.

종도는 자기네 집에 뭐뭐가 있다고 자랑하곤 했다. 그럴 때마다 우리는 우리 집에는 금소가 있다고 대거를 했다. 금소는 금송아지가 아니라 소금이었다. 이렇게 앞뒤 글자를 뒤집어서 원시적인 은어를 만들어 쓰면서 우리는 대놓고 떠들었다. 종도는 머리가 너무 좋아서 너무 쉬운 것은 잘 몰라 어쩌구저쩌구.

그 머리 좋은 종도가 명준이와 동식이와 동식이 동생 남식이와 눈이

왕방울처럼 크고 키가 머위꽃처럼 작은 은숙이 들을 동원해서 싸움을 걸어오는 때가 있었다. 그러면 권한이는 일성이와 일성이의 쌍둥이 누나 선정이와 성배와 행근이를 동원해서 맞섰다. 권한이네가 유리했다. 그것은 선정이 덕분이었다. 선정이는 어거지를 잘 쓰고 남을 약오르게 만들기도 잘했고 돌 던지고 남자아이들에게 지지 않았다. 사방치기와 줄넘기와 고무줄놀이와 핀 따먹기도 잘했고 예쁘고 공부도 잘했다. 아무튼 종도는 우리 또래 중에서 권한이의 권위를 인정하지 않는 유일한 녀석이었다. 그래서 따돌림도 많이 당했다.

봉헌이. 봉헌이는 5학년 2학기 때 전학을 와서 개구리봉에 살았다. 그는 축구를 굉장히 잘했다. 그때는 부락 대항 축구시합을 많이 했다. 우리 동네는 우선 머릿수가 많아서 좋았다. 홈바위에 사는 영주, 초숯골에 사는 재신이, 안산에 사는 상철이, 무넘이고개에 사는 영구와 권한이가 각 부락을 대표하는 선수들이었다. 막상막하의 실력들이었다. 그러던 차에 봉헌이가 와서 우리 동네는 막강한 전적을 쌓아 갔다.

봉헌이는 송씨였다. 그것은 실망스러운 사실이었다. 나는 다음과 같은 이야기를 백 번은 넘게 들으면서 컸다. 옛날 파평 윤씨네 마을에서 있었던 일이다. 갑자기 소나기가 쏟아지자 발길을 재촉하던 길손 하나가 비를 그으려고 어느 집 대문채로 들어섰다. 길손은 버선에 물이 튀어 오르지 말라고 대문 기둥을 가로지른 하인방下引枋 위로 올라섰다. 하인 하나가 나와서 말을 건넸다.

"비가 쉬이 그칠 것 같지 않사온데, 안으로 드셔서 쉬었다 가십시오."

길손이 말했다.

"고마우신 말씀이오, 그런데 이 댁은 어떤 어른의 후손 되시는지….."

"예. 파평 윤씨 몇 대손, 소정공파 몇 대손 되십니다."

이 말을 들은 길손은 낯빛이 딱딱해지더니 곧 쏟아지는 빗발 속으로 나아가 총총히 멀어져 갔다. 하인이 고개를 갸웃거리며 서 있었더니, 안에서 이전 기척을 듣고 있던 주인이 으흠 으흠 나오는 것이었다.

"가서 대패를 가져오너라."

"대패라니오?"

"대패도 모르느냐? 어서 썩 가져오너라."

주인은 하인이 가져온 대패를 건네받더니, 길손이 올라섰던 하인방을 썩썩 깎아내는 것이었다. 웬만큼 깎아 낸 주인은 길손이 사라진 쪽을 바라보면서 감연히 혼잣말을 했다.

"그놈, 은진 송가 놈이었어. 네놈이 밟았던 하인방을 그냥 둘 수야 없는 일이고 말고. 어허, 비 참 장하게 온다."

이 이야기는 은진 송씨네와 혼담이 오갈 때면 빠지지 않고 들먹거려졌다. 물론 어른들은 이야기 말미에 다음과 같은 말들을 덧붙이기는 했다.

"요새는 그렇게 만나면 더 잘산다고 하지만서도."

"그게 언젯적 얘기인지는 몰라도, 그 우중에 길을 나서신 양반이나 손수 대패질을 하신 양반이나."

"다 헛된 시절의 얘기지."

그러나 그렇게 목이 잠겨 말을 하면서도, 어른들은 은은한 경계심을 누그러뜨리지 않았다. 고등학교 3학년 국사 시간에 이 이야기를 다시 듣게 되었다. 송씨도 윤씨도 아니었던 선생님이 이 이야기를 하자, 모두들 쿡쿡 웃었다. 그러고 보니 우리 동네는 파평 윤씨 집성촌이었다. 이미 타성바지들이 적잖이 정 붙이며 살고 있었지만, 파평 윤씨가 아닌 타성바지들은 소외감과 부당함을 뒤집어쓰고 살았을는지도. 봉헌이가 송씨라는 사실에서 유감스러움을 느꼈던 것 자체가 소외감과 부당함이 없지 않았다는 사실을 웅변하고 있지 않은가. 순해 빠진 봉헌이는 얼마 후에 우리의 수첩에서 지워지게 되는데, 결국 은진 송씨가 파평 윤씨 동네에서 혼자 떨어져 사는 것은 어려운 일이었던 게 아닐까. 봉헌이가 입을 꾹 다물고 축구공을 드리블하던 모습이 떠오른다.

우리 또래는 홍역을 앓지 않은 첫 세대였다. 홍역만이 아니라 우리 또래 위로는 여러 돌림병으로 많이 죽었다고 했다. 또 우리 밑으로는 가족계획 운동으로 점차 아이들이 줄어들었다. 그 위험한 경계선에서 징그럽도록 많은 우리 또래들은 책에 씌어 있는 장난과 책에 씌어 있지 않은 장난을 치면서 한 명도 죽거나 병신이 되지 않고 자랐다. 돼지 새끼들 같았고 토끼 새끼들 같았다.

먹을 것들

여우야 여우야 뭐 하니?

잠잔다.

잠꾸러기.

세수한다.

멋쟁이.

밥 먹는다.

무슨 반찬?

개구리 반찬.

죽었니 살았니?

죽었다.

여우야 여우야 뭐 하니?

잠잔다.

잠꾸러기.

세수한다.

멋쟁이.

밥 먹는다.

무슨 반찬?

지렁이 반찬.

죽었니 살았니?

살았다.

술래인 여우가 먹는 반찬은 개구리이고 지렁이였다. 개구리와 지렁이가 죽은 것이라면 술래를 쿡쿡 찔러도 괜찮았고 쭈그리고 앉아서 딴전을 피워도 상관없었다. 개구리와 지렁이가 죽었다면 여우도 죽은 것이고 술래도 죽은 것이었다. 죽은 술래가 도대체 무엇을 어쩌겠는가 말이다.

그러나 죽었던 개구리와 지렁이와 여우와 술래가 순식간에 살아나는 수도 있었다. 눈을 감고 벽이나 기둥이나 감나무에 이마를 마주대고서, 사생활을 침범하는 아이들의 물음에 꼬박꼬박 대답하던 술래가, 갑자기 팩 돌아서서 쿵쿵쿵쿵 잡으러 오는 날이 오는 것이다. 심드렁하게 입을 모아 노래 부르던 아이들은 왁 도망을 치지만 여우란 놈은 한 아이를 꼭꼭 잡아채게 마련이었다. 잡히기 싫다면 멀찌감치 얼쩡거리면 그만이고, 달리기에 자신이 있다면 여우 꼬리를 한두 개쯤 밟는 것도 알싸한 재미였다. 결국 여우에게 잡혀서 개구리와 지렁이 반찬을 먹는 것은 호기심이 웬만하고 성취 동기가 안에서 찰방찰방거리는 아이들이기 십상이었다. 또 술래가 된다 한들 무슨 걱정이겠는가. 아이들을 뒤에 두고서 눈을 감고 입에 익어 버린 문답의 한쪽 끝을 붙잡고 있는 것도 해볼 만한 일이었다. 그나저나 여우는 정말로 개구리와 지렁이를 먹고 사는 것일까.

아버지는 말고개의 밭에 해마다 밀을 갈았다. 플라타너스가 있고 두릅나무와 산초나무가 있는 언덕을 올라가면 되었는데, 그 언덕을 올라가면서 나는 언제나, 이 언덕은 뇌룡雷龍이 죽은 뒤에 생겼을걸, 나는 지금 뇌룡의 목 부분을 걷고 있는지도 몰라 하고 생각했다. 밀을 거둔 뒤에는 들깨와 콩과 녹두와 고구마 따위를 심었다. 그 밭의 한쪽에는 시금치와 부추와 삼동골파 따위를 심었다.

나는 삼동골파를 좋아했다. 삼동골파는 대롱의 중간중간에 살눈이 달렸다. 살눈이 세 층으로 달려서 삼동골파라고 한다고 누나는 말했다. 누나는 파를 싫어했다. 국그릇에서 파를 건져 내어 내 국그릇에다 옮겨 놓으면서 누나는 속삭였다. "파를 먹으면 머리가 좋아진대." 정말 그렇다면 마다할 이유가 없었지만 별로 믿을 만한 얘기는 아니었다. 파가 어때서, 맛만 좋다 뭐.

파를 잘 먹는 대신 나는 콩과 당근과 멸치와 우리가 죽순나물이라고 불렀던 가죽나무 잎을 쪄서 고추장을 발라 말린 것을 싫어했다. 이 정도라면 그리 편식이 심한 편이 아니었다. 삼동골파는 질기고 수율收率

이 낮아서 그랬는지 시나브로 없어져서 요즘에는 눈을 씻고 봐도 보이지 않았다. 화훼작목으로 보급해도 괜찮을 성싶은 작물이었다. 우리 집에서는 안 심었지만 경범이네와 영호네는 호밀을 심었다. 키가 훌쩍 크고 낟알도 쌍놈처럼 길쭉하게 생겨 먹은 호밀은 짚을 쓰려고 심었다.

우리 집에서는 밀가루 음식을 많이 해 먹었다. 강낭콩을 넣고 찐 빵에서는 약간 쓴맛이 감돌았다. 사카린이 잘 녹지 않은 탓이었다. 빵을 반죽할 때 막걸리를 넣으면 더 좋았다. 막걸리 속에 든 효모들이 숨을 쉬면서 밀가루를 발효시키는 평화의 시간. 세계는 충분히 아름다웠다. 수제비도 물리도록 먹었다. 국물이 펄펄 끓을 때에 나무주걱 위에 밀가루 반죽을 얹어 편 다음, 숟가락총으로 슴벅슴벅 잘라 넣으면 손가락 굵기의 밀가루 반죽이 뜨거운 물 속으로 줄줄이 떨어졌다. 숟가락총으로 잘라 넣는 것을 '수제비 뜬다'고 했다. 얄팍하게 손바닥에 꼭 쥐어지는 돌멩이를 물 위로 던져서 돌멩이가 퐁 퐁 퐁 퐁 스쳐 날아가게 하는 놀이를 '물수제비 뜨기'라고 했다. 밀가루 반죽을 좀 더 묽게 해서 두 손으로 얇게 잡아 늘이면서 국물에 떨어뜨리는 수제비도 있었다. '전라도 수제비'라고 했다.

칼국수 만드는 것을 옆에서 지켜보는 것은 조바심 나는 일이었다. 어머니는 홍두깨로 밀가루 반죽을 감아 돌려서 점점 얇게 밀었다. 밀가루 반죽이 질게 되면 감아 돌릴 때 서로 눌어붙었다. 홍두깨질이 서툴면 찢어지기도 했다. 작은 맷방석만큼 넓어지고 얇아진 밀가루 판을 세 번 접어서 칼로 썰면 끝이었다. 꼬투리를 조금 남겨 주시기도 했는데 아궁이의 잿불에 구워 먹었다. 짚불 위에서 구워지는 칼국수 꼬투리는 불끈불끈 표면이 부풀어 오르다가 터지기도 했다. 스스로 만들어 구경하는 지질학적 시뮬레이션이었다.

어머니는 날떡국을 만드는 재주가 있었다. 나는 날떡국을 두 번 먹은 기억이 있다. 꼭 두 번이었다. 밀가루 반죽을 되게 해서 가래떡처럼 둥글린 뒤에 가래떡처럼 썰어 내면 되는 것이었다. 내가 날떡국을 먹던 그 시간을 아직도 기억하고 있는 것은 맛도 맛이지만, 어머니의 이른바 '낯설게 하기 기법' 때문이 아닐까 한다.

방앗간에 가서 기계국수를 빼 오기도 했다. 밀가루는 도랑께 방앗간에서 빻았다. 밀을 빻는 도정기는 마치 탈곡기처럼 생겼다. 도정기 속에서 밀기울과 밀가루가 깨끗하게 나뉘는 동안에 나는 색다른 장난에 몰두했다. 방앗간 입구 오른쪽 벽에 작은 바이스가 하나 있었다. 손잡이를 돌리면 쇠를 물리는 부분이 눈에 보이지 않을 만큼씩 넓어졌다 좁아졌다 했다. 나는 바이스의 입에 손을 물리기를 좋아했다. 무심코 장난을 치다가 너무 꽉 물려서 쩔쩔맬 때도 있었지만 나는 백 번이고 이백 번이고 손잡이를 돌리곤 했다. 그것은 분명히 초보적인 성행위였다. 나중에 '솔리타리 바이스solitary vise'라는 말을 배우게 되었을 때 그 영어 단어의 적확함에 깜짝 놀라고 말았다.

기계국수를 빼는 곳은 태열이네 방앗간이었다. 수로나 저수조도 없었고 수차도 없었지만 모두들 물레방앗간이라고 했다. 어른들은 태열이네에게 할 말이 많았다. 태열이네에서 기름을 짜면 손해라는 것이었다. 기름틀을 더 돌릴 수 있는데도, 그러니까 깻묵 속에 기름이 남아 있는데도, 웬만큼 짜면 다 됐다고 한다며 흉을 보았다.

기름 짜는 것을 본 적이 있는데, 나는 그렇게 힘이 드는 일은 다시없을 거라는 생각이 들었다. 압착기 손잡이에 태열이 어머니와 태열이와 태열이 동생 의열이가 함께 붙어서 돌리는데, 아무리 용을 써도 손잡이는 제자리에서 꿈쩍도 하지 않았다. 옆에 있던 이들이 거들어도 마찬가지였다. '백성들을 기름 짜듯이 수탈한다'는 관용어를 대할 때마다 나는 무의식적으로, 기름 짜기가 얼마나 힘든데 하면서 엉뚱한 날개를 퍼덕거렸는데, 그것은 그날의 광경 때문일 것이다. 기름을 짜고 남은 깻묵은 태열이네가 가졌으므로 어른들의 의심은 어쩌면 당연했다. 나는 태열이네 식구들이 한밤중에 압착기 손잡이에 달라붙어서 죽어라 땀 흘리는 모습을 상상하면서 혼자 웃음을 터뜨리곤 했다.

국수는 날이 좋을 때 틀어야 했다. 볕이 좋으면 한나절 만에 국수가 바삭바삭 말랐다. 국수틀에서 국수가 뿡뿡뿡뿡거리면서 나오면 어른들이 나무막대기를 들고 있다가 가운데를 척 걸치고, 한 사람이 싹둑 가위질을 했다. 나무막대기로 국숫발을 받은 사람은 조심조심 걸어가서 마당의 건조 시렁에 막대기를 얹었다.

찰랑찰랑거리는 국숫발이 소금 냄새를 풍기며 마르는 동안, 나는 방앗간 뒤쪽으로 가서 엔진을 식히고 나오는 뜨듯한 물을 손으로 받아 세수를 했다. 그렇게 위에서 떨어지는 물을 손으로 받으면 손등에 물사마귀가 생긴다고 했다. 그래서 낙숫물을 손으로 받는 아이들은 뭘 모르는 바보라고 해야 옳았다. 하지만 엔진을 식힌 냉각수는 좀 다르지 않은가. 그 물에는 석유 냄새라고나 할까 문명의 냄새라고나 할까, 그런 매혹적인 것이 들어 있었다. 사마귀를 잡아서 물사마귀를 뜯어 먹게 하면 없어진다고도 했고, 미워하는 사람의 물사마귀에 대고 문지르면 없어진다고도 했다. 그것은 다래끼 치료법만큼이나 허황한 소리였다. 다래끼가 생기면, 다래끼가 난 눈의 속눈썹을 하나 뽑아서 돌 위에 놓고 그 위에 다시 돌을 얹어서, 사람들이 많이 다니는 길에 가져다 놓아야 했다. 그 돌을 차는 사람이 다래끼를 가져갈 것이었다.

어느 해인가, 국수를 말리다가 여우비를 맞힌 적이 있었다. 여우가 오줌 싸는 것처럼 잠깐 오다가 그쳤고 국수 시렁이 젖을까 말까 하는 정도였고 국숫발이 캉글캉글하지는 않아도 그럭저럭 말랐으므로 집으로 가져왔던 것인데, 며칠 안 되어 국숫발에서는 거뭇거뭇하게 곰팡이가 피어올랐다. 털곰팡이나 빵곰팡이였을 것이다. 어머니는 곧 국수를 내다 널었다. 그러나 한 번 슬었던 곰팡이는 그 본성을 국숫발 속속들이 심어 놓았다. 한 해 국수 농사를 망친 것이었다. 그렇다고 호락호락 물러설 어머니가 아니었다. 어머니는 곰팡이가 슬었던 발효 국수를 일일이 비벼 털었고, 국수를 두 번 세 번 삶아서 곰팡이를 우려냈고, 고추장과 들기름을 쳐서 비빔국수를 만들어 상에 올렸다. 우리는 그 국수를 먹을 때마다 코를 막는다 물을 마신다 하면서 법석을 피웠다. 곰팡이국수는 꺼끌꺼끌했다. 미뢰味蕾를 툭툭 자극했다. 여우는 이래저래 요망스러운 짐승인가 보았다.

밀가루 음식 말고 고구마밥과 무밥도 많이 먹었다. 고구마밥은 주로 점심때에 먹었다. 밥을 안치면서 고구마를 썰어 넣었다. 나는 고구마가 찐득찐득하게 으깨진 고구마밥이 싫어서 투정을 많이 부렸다. 무밥은 무가 맛드는 겨울철에 많이 먹었다. 무를 굵직굵직하게 채 썰어 넣은 무밥은 간장을 넣고 비벼 먹었다. 맵싸하고 달착지근했다. '맵싸하다'는 것은 이를테면 한련旱蓮의 잎을 따 먹을 때 입과 코의 점막이 총체적으로 체감하는 감각을 가리킨다. 나는 한련 잎으로 샐러드를 만들어 먹으면 온몸과 마음이 귀족처럼 호사스러워질 것이라고 생각하고 있다. 늙어서라도 뜻하지 않게 작은 집을 사게 된다면 담 밑에 총총하게 한련을 심을 것이다.

그때 우리는 배가 고팠던가. 아마도 그럴 것이라고 생각하지만 딱히 그랬다고도 할 수 없는 것이, 고대소설이나 근대소설에 나오는 것처럼 점심을 건너뛴다거나 쌀을 꾸러 다닌다거나 밀기울떡도 감지덕지한다거나 했던 기억은 없다. 그래도 며느리밑씻개의 잎을 시큼한 맛에 따 먹고 박주가리 꽃타래를 고소하다며 씹어 먹기도 했으니 영양학적으로 불균형했던 것은 아마도 사실일 것이다. 전체적인 열량은 넘치지는 않았을 것이고. 요즘 고등학생 녀석들과 스무 살, 스물한 살, 스물두 살 먹은 녀석들이 정한한 어깨와 긴 다리로 오가는 것을 볼 때마다 우리 또래와 그들 사이에는 어떤 분수령이 솟아 있구나 싶어지면서 슬쩍 울적해지기도 한다. 배고프지 않고 마음 다치지 않아 구김없이 성장한 그들이 하고 싶은 일을 하면서 나날을 영위하게 되는 때가 오면 이 나라는 정말 아름다운 나라가 될 것이다. 아무려나 그때에는 산과 들에 먹을 것들이 많았다.

까마중. 까맣게 익은 까마중을 입안에 따 넣으면 껍질이 터지면서 달콤한 즙이 흘러나왔다. 토마토와 같은 종류일 것이라고, 까마중에다 토마토를 접붙이면 까만 토마토가 열릴지도 모른다고 나는 지금도 생각한다. 까마중은 화장실 옆이나 수채 주변 같은 푸석푸석한 음지에서 잘 자랐다. 달기는 했어도, 그래서 곧잘 따 먹기는 했어도 그리 위생적인 열매는 아니었다.

아그배. 아그배나무에는 가시가 달려 있었다. 바깥으로 가시를 내밀고 있는 놈치고 심약하지 않은 놈 없다는 말이 옳다? 서리가 짙어져서 아그배가 물렁물렁해지면 우리는 매봉재에 오르곤 했다. 굉장히 시고 자극적이었다. 입천장이 헐고 배가 아프기까지 했다. 인기네 집에는 돌배나무가 한 그루 있었다. 이름과는 다르게 과육이 성글고 달았다. 벌써 20년 전에 늙어 버린 우리의 미당 선생이 쓴 산문에서 '이빨 좋은 새색시 시원한 배 먹듯'이라는 시옷음투성이의 인용문을 읽으면서 나는 인기네 그 돌배나무를 떠올렸었다.

뽀리똥. 보리수를 우리는 뽀리똥이라고 했다. 벼를 벨 무렵, 그러니까 대추가 붉어지고 참게의 속살이 통통해질 즈음이면 뽀리똥이 익었다. 흰빛 반점이 찍힌 선홍빛 열매였다. 『브리태니커 어린이 백과사전』은 '군것질'을 '입이 심심할 때 슬쩍 한입 먹는 것'이라고 풀이해 놓고 있는데, 워낙 작은 뽀리똥 열매는 군것질거리도 못 되었지만 맛은 상큼하게 달았다.

경범이네 집에 있는 뽀리똥나무는 산에 있는 것보다 열 배는 됨직하게 큰 열매가 달렸다. 나중에 거문도에 가니 곳곳마다 경범이네 뽀리똥나무가 자라고 있었다. 2월 하순의 거문도에는 방울수선화가 피어났고 섬보리수 열매가 느지감치 익으려는 참이었다. 큰 놈치고 싱겁지 않은 놈 없다? 경범이네 뽀리똥은 시고 떫었다.

멍석딸기. 어머니, 멍석딸기는 왜 이름이 멍석딸기지요? 멍석딸기는 넝쿨을 옆으로 떨치지 않느냐, 멍석처럼. 어머니. 멍석딸기는 왜 열매가 크지요? 잎도 크고 꽃도 크니까 그렇겠지. 어머니. 멍석딸기는 왜 맛이 신가요? 처음부터 그렇게 되어 있었으니까.

수숫대. 수숫대와 옥수숫대 밑동에는 설탕이 들어 있었다. 공기뿌리가 삥 돌려난 마디의 바로 윗마디를 잘라 이로 껍질을 벗겨내고 뚝뚝 베어 먹었다. 입술이며 입 속을 베기 일쑤였다. 단물을 다 빼 먹고 빡빡해진 섬유소를 뱉어 내면 핏물 스민 것이 보이기도 했다.

까치밥. 양지꽃과 꽃다지와 지칭개와 제비꽃 들이 피는 봄의 논두렁과 길섶에는 까치밥이 여물었다. 신부 족두리에 꽂혀 있는 영락榮落처럼 파르르르 떨고 있는 까치밥을 한 움큼 뽑아다가 여린 불에 슬슬 그을린 다음에 톡톡톡톡 털면 새파랗게 익은 좁쌀보다 더 잔 씨알들이 새파랗게 떨어졌다. 그러고 있는 나를 내려다보면서 까치란 놈이 코웃음을 치는 것이다. 참 구접스러워서 원, 나도 안 먹는 걸 말이야.

우리는 밥만 먹고 살 수 없다. 가끔은 아이스크림도 먹고 성게속젓도 먹고 진탕 욕도 먹어야 하는 것이다. 그때 우리가 오디와 찔레순과 장다리 꽃대궁과 삘기와 까마귀머루와 올미 따위를 먹었던 것은 그것들 속에 들어 있는 생명의 원기를 먹고자 함이 아니었을까. 감탕나루 열매와 하눌타리와 뱀딸기 따위를 먹지 않은 것은 그렇다면 무엇인가. 두말할 것도 없이 쓰고 맛이 없었으니까 안 먹었지, 다른 까닭이 또 있었겠는가. 우리의 입은 그렇게 간사하고 현명했던 것이다. 요즘도 가끔 박속나물이며 소루쟁이나물이며 알칡 따위를 먹고 싶어지는 때가 있다. 어쩔 수 없는 일이다. 마른 밥이든 누진 밥이든 이러구러 먹고 살다가 여우처럼 죽으면 그만인 인생이다.

어머니

지금으로부터 45년 전 여름, 새미래에서는 한 결혼식이 있었다. 결혼식은 인근 사람들에게 동정심을 자아냈다. 신부는 '들말'에서 왔다. 들말은 지금 대전광역시 서구 유천동 일대를 가리키는 지명이었다. 신부는 허우대가 크고 골격이 굵어서 흡사 남자 같은 기상이 흘렀다. 신랑의 모습은 황토 흙으로 빚은 듯이 정한해 보였다. 콧날이 서고 다문 입술이 선명했지만 슬기로워 보여야 할 이마와 눈매가 어딘지 젖어 있었다. 신랑의 큰형은 어렴풋이 동생이 평생 여자의 뒤편에 서서 살아갈지도 모르겠다고 생각했다. 신부는 예쁘지 않았다. 뒷모습이며 걸음걸이며 고개를 숙인 품이며가 왠지 모르게 당당했다.

해방된 지 3년이 지난 때였다. 어려운 시절이었지만 새미래는 높은 풍파 없이 조용했다. 속도와 능률의 시대정신은 한참 뒤에나 올 것이었다. 사회주의적 이상주의가 많은 사람들을 칼끝처럼 명쾌하게 단련시키고 있었어도, 새미래에는 아직도 지치주의智治主義의 고요함이 가라앉아 있었다. 그 평화로운 시절을 내심 부끄러워하는 후손들은 지금도 때때로 투덜거린다. 어떻게 우리 아버지들은 단 한 사람도 사회주의자가 되지 않았을까, 하다못해 새끼 친일파나 부역자라는 꼬리표 하나도 없는 것일까. 후손들의 투덜거림은 순진한 소리였다. 그 시절 새미래에는 억울한 죽음이나 금치산 선고나 야반도주가 정말 하나도 없었을까. 정녕 그럴 수 있는 것일까. 이제 와서 다독거리면서 살던 이들에게 더러운 시절의 일들을 되새기게 부추기는 것은 인정에 어긋나는 짓일지도 모른다. 결혼식이 동정심을 자아냈던 이유는 무엇이었을까.

사실 동정할 이유는 없었다. 신랑이 채 철이 들기도 전에 어머니를 여의었고 형수들의 손으로 거둬졌다고 해서 크게 이상한 것은 아니었다. 그때는 사람들이 지금보다 훨씬 젊고 순결한 때에 죽었던 것이다. 신랑의 큰형은 동생이 영민하다는 것을 알고 있었다. 그놈에게 한자를 가르쳤어야 했다고 가슴 아파해도 부질없는 일이었다. 입향조入鄕組께서 새미래에 터를 잡으실 때에 이미 토반土班에 지나지 않았고, 토질이 척박하고 물이 너무 맑은 탓으로 산물이 성하지 못하며, 가지 뻗듯이 불어난 자손들은 협착한 땅을 쪼개어 갈아야 했다.

어머니가 돌아가시고 나서는 눈에 띄게 가세가 기울었다. 의좋게 등 기대고서 살아가는 것만도 눈물겨운 일이었다. 결국 동생을 일자무식한 농투성이로 만들고 말았다. 이제 신부의 크고 딱딱한 자태를 넘겨다 보노라니 자꾸 잘못했다는 마음으로 욱신거리는 것이었다. 벌써 늙은 아버지는 의기가 꺾인 호호야에 지나지 않았다. 이런 마음을 누가 헤아리랴만, 신랑의 큰형은 동생에게도 신부에게도 떳떳해지지가 않았다.

신부의 아버지도 흔쾌한 심정만은 아니었다. 신랑을 보고 왔던 날의 일이 떠올랐다. 들말에서 새미래까지는 좋이 40리 길이었다. 새벽 일찍 나서서 일을 보고 돌아오니 긴 봄볕이 까뭇 사그라진 뒤였다.

"그쪽은…."

안식구가 말을 꺼냈다가 말끝을 흐렸다.

"그쪽 양반들이야 다 점잖으신 분들이니 더 염려할 바 아니고…."

"사는 것은…."

"넉넉한 집안이 아니라는 것은 알고 있지 않소. 그래도 과히 궁색한 태는 없는 것 같았소."

"보셨는지…."

"제 앞가림은 할 만하다 싶었소. 순임이에게 그만하면 맞겠다고 생각하오. 무엇보다도 그쪽 기풍이 원만하니까."

그렇게 일은 다 되었다. 혼담이 지나치게 오래 오가서는 못쓰는 법이었다. 남들 보매 많이 흉하지 않게 서둘러서 어렵게 혼사를 치르면서, 신부의 아버지는 조금씩 조금씩 마음이 허전해졌다. 오늘만 해도 딸이 큰 허우대로 혼례상 앞에 선 것을 보자 눈시울이 시큰해졌다. 신랑의 눈빛이 침착한 것이 그나마 위안이었다. 신랑의 큰형이 애잔히 젖어 있는 것으로 보았던 신랑의 눈빛을, 신부의 아버지는 침착하게 머물러 있다고 보는 것, 그것은 현실과 원망願望이라는 입장의 차이에서 오는 것이었다.

다음은 대전에서 센베이 공장을 하는 사촌형이 내게 들려준 말이다. 사촌형은 아버지와 함께 컸다고 했다. 열 살 남짓한 나이 차이였으므로 친하게 부대꼈던 모양이었다. 사촌형도 어머니 없이 자랐다. 다리를 저는 소심한 아이였고 자연스럽게 어린 막내삼촌하고 잘 어울렸다. 큰아버지는 막내동생을 장가보내고 나서 새장가를 들었다. 세 번째 부인이었다. 그 큰어머니는 지난 겨울에 예순세 살까지 사시고 돌아가셨다. 하관을 할 때 함박눈이 쏟아졌다. 그 전날, 화톳불이 꺼져 가는 마당에서 사촌형은 내게 어머니 이야기를 해 주었다.

"너희 아버지, 그러니까 내 막내삼촌이 장가든다고 했을 때, 나는 삼촌을 놀렸었다. 삼촌이 나하고 잘 놀아 주고 그래서 장가 같은 것을 안 갈 줄로 나는 알고 있었던 것이다. 그래서 어른도 아닌 사람이 장가를 간다고 깔깔거렸다. 그런데 시집을 오신 너희 어머니는 내게 잘해 주셨다. 어머니 없이 외로웠던 나에게 어머니가 되어 주셨다. 너희 어머니는 현명하신 분이다. 지금은 몸이 여의치 못해서 촉기를 잃으셨지만 합리적이고 이해심도 많고 일처리가 정확하셨다. 나는 너희 어머니를 좋아했다. 모르는 사이에 깊이 의지하게 되었다. 새어머니가 오신 뒤에도 마찬가지였다. 새어머니도 그런 사정을 알고 있었고 그래서 섭섭하시기도 했을 것이다. 새어머니는 여섯이나 되는 동생들을 기르고 한 달에도 몇 번씩이나 닥치는 제사며 집안일로 내게까지 잔잔한 신경을 써 주시지 못했고, 아니 그보다는 나의 속에는 너희 어머니가 더 선연하게 자리잡고 있었을 것이다. 기러기과 새들에게서 탁월하게 볼 수 있다는 각인효과 같은 것이었겠다. 아홉 살짜리 꼬마에게 다가온 모성은 여태 내게 간직되어 있다. 나는 내일 산에 가서 이러저러했던 나의 속을 어머니께 털어놓으려고 한다. 하직인사가 어째 스산한 듯도 싶다만, 우리의 삶은 이렇게 여러 골을 가지기도 하는 게 아니냐. 편히 가시라고, 내내 송구스러웠고, 남들보다 더 어머니께 잘해 드려야겠다고 다짐하면서 못난 자식은 애를 썼지만, 그랬던 것이 도리어 예禮가 아닌 듯하여 몸둘 바를 모르겠다고 다 말씀을 드릴 것이다. 내일 산에서 내가 눈을 감고 있으면, 하직인사를 하시는구나 생각하고 이상히 여기지 마라. 너희 어머니에 대한 애착도 이제 많이 늦었다. 그 고마움이야 여전해도 아무려면 한결같기야 하겠느냐. 나 커서도, 결혼해서 살면서도, 너희 어머니는 내게 하나의 규준으로 힘이 되었었다만, 이제 나도 늙으려는 나이이고. 너희 형제는 어머니를 잘 모셔야 한다. 바람이 좀 자는구나."

어머니는 경영가經營家는 못 되었다. 있는 것 가지고 반짝반짝하게 살림을 꾸려 가는 분이지, 논밭과 가축과 세간을 늘려 나가는 분은 아니었다. 자신의 의견을 세세하게 밝히지 않는 아버지에 비해, 어머니는 크고 작은 집안일이나 자식들 문제에 대하여 자신의 의견을 명료하게 밝히고 관철시켰다. 큰아버지의 염려는 그런 식으로 나타났던 것이다. 사촌형 말마따나 합리적인 가치관의 소유자였기 때문에 아버지와 그리 큰 충돌은 없이 살았다. 생각이 많고 걱정이 깊었던 큰아버지는 나이가 드시면서 정신적인 편집증세를 앓으셨는데, 그 정도가 심해지면 바른말을 거리낌없이 하셨다. 언젠가 아침 일찍 우리 집에 오셔서 어머니를 불러 세우시더니 '우리 동생 등골 빼먹는 년'이라고 험한 소리를 하셨다. 어머니는 그 말씀을 잊지 않고서 두고두고 억하심정을 닦아 냈다. 큰아버지의 그 말씀에는 한 줄기의 진실이 실려 있었다. 그렇지 않다면 어머니가 그렇게 오래도록 그 말씀을 간직했을 리 없다. 하지만 세상일은 몇 줄기인지 셀 수도 없는 갖가지의 진실들이 얽히고 풀리면서 이루어져 나가는 것이 아니던가. 큰아버지가 어머니에게 '우리 동생 등골 빼먹는 년'이라고 굳이 말씀하신 것은 공평하지 못한 일이었다. 적어도 균형 잡힌 시각은 아니었다. 막냇동생에 대한 당신의 뿌리 깊은 죄책감이 뜻하지 않은 때에 과격하게 표현된 것이었다면, 이해하지 못할 바는 아니다. 삶은 애증으로 물결친다.

어머니는 아들 셋과 딸 셋을 낳아 아들 하나와 딸 하나를 죽였다. 어머니들은 자식 잃는 것을 '죽인다'고 표현한다. 당신들끼리 이야기를 나누시면서 '실패했다'고 하는 것을 듣기도 했다.

"자제분이 어떻게 되십니까?"

"아들 형제하고 딸년 둘입니다."

"단출하시군요."

"아들 하나 딸 하나를 실패했습니다."

"아무려면 하나도 실패 안 할 수야 있나요. 나도 셋이나 죽였습니다."

자식이 죽으면 가슴에 묻는다고 한다. 우리는 그런 어머니를 상심하게 만들기도 한다.

"그러면 그 이름도 붙여 주지 못한 형은 어디에 묻었어?"

"산에다 묻지 어디겠니?"

"어디 산?"

"그만해라."

"어디 산이냐니까? 한 번도 안 가 봤어?"

"그만해."

몇몇의 자식을 죽이고, 고맙게 살아서 성장한 자식들은 생각하면 기막히지만 못난 찌꺼기들뿐이다. 그것을 자식들은 모른다. 그리고 모르는 게 좋다.

1960년대 말까지만 해도 새미래의 어머니들은 나무장사를 했다. 큰산 너머까지 가서 솔가지를 꺾어 모아 큼직한 나뭇동을 만들어서 집으로 가져와서는, 이튿날 꼭두새벽에 유성까지 이고 가서 팔았다. 어떤 때는 쪼갠 장작을, 또 어떤 때는 깔끔하게 여민 솔가리를 이고 나섰다. 왕복 20리를 다녀와서 아침을 차렸다.

언제더라, 어머니는 나물을 팔러 갔다가 책상을 머리에 이고 돌아왔다. 그 앉은뱅이책상은 형이 쓰다가 내가 물려받았다. 서랍이 세 개 달리고 윗판이 베니어합판이라서 누르면 슬쩍 들어가는 그 책상은 나무장사 닷새를 해서 산 것이었다. 어머니는 책상을 이고 오는데 날아갈 것 같더라고 했다. 나는 그 책상에서 하라는 공부는 안 하고 쓸데없는 책들만 읽었다. 그리고 스무 살과 스물한 살의 욱실거리는 시기에 나는 그 책상을 식물채집철을 쌓아 두는 용도로 사용했다. 쓸데없이 읽은 그 책들은 나를 잘난 척 잘하는 이신론자理神論者로 만들었다. 뿐더러 좀 더디고 좀 어렵고 좀 향긋한, '어쩌자고'라는 부사어에 합당한 글을 쓰고자 하는 몽상가가 된 것이다. 스무 살 어름의 식물채집은 내게 무엇이었는가. 신의 뜻, 혹은 진화의 거친 귀납법이 이루어 낸 식물의 완전한 형상과 활력과 위기관리 능력을 얼핏 눈치챘다고 해서 나의 삶이 더 풍요해지는 것은 아닐진대, 지금 그 빈집에 남아 있는 책상, 어머니의 슬픔.

10년 전 내가 입대 영장을 받은 날이었다. 어머니는 풋콩을 팔러 가다가 차에 치였다. 버스에서 내려 길을 건너다가 작은 트럭이 오는 것을 살피지 못했다. 트럭 운전수는 착한 남자였다. 어머니가 6개월도 넘게 병원에 있는 동안 사흘이 멀다 하고 들여다보는 것이었다. 어머니의 부스러진 대퇴골은 그예 완전해지지 못했다. 내가 제대를 한 뒤에도 걸음걸이가 부드러워지지 않았다. 3년 전에는 낙상을 해서 오른쪽 슬개골이 갈라졌다. 2년 전에는 뇌졸중으로 쓰러졌다가 일어났다. 그러는 사이에 어머니는 점점 심약해지고 촉기가 침침해졌다. 사촌형의 말이 아니더라도 꼿꼿하고 매사에 경우 발랐던 어머니를 기억하고 있는 자식들은 안타까워했지만, 가장 안된 것은 어머니였다. 강인한 기질로 뇌졸중을 이겨 내고 여러 가지에 참견하는 것은 여전하지만, 아무래도 새뜻한 마련은 아닌 것이다.

아주 오래전이었다. 나는 어머니와 함께 포장되지 않은 둑길을 걷고 있었다. '버드내'라는 고운 이름의 유등천 둑길이었다고 떠오르는 걸 보면, 외가 쪽 어느 집엔가를 갔다 오는 길이었다. 나는 어머니에게 물었다.

"어머니, 왜 길이 가까워졌지요?"

"가까워지다니?"

"어제 이 길을 올 때는 까마득하게 멀고 지루했었는데, 오늘은 반도 안 되는 것 같아요."

어머니는 웃었다. 사람은 웃으면 얼굴이 비굴해지거나 천박해진다. 어머니는 사람이면서 사람이 아니므로 웃어도 비굴해지거나 천박해지지 않는다.

"첫길은 멀고 힘든 것이란다. 첫길이 아니라도 돌아오는 길은 한결 수월한 법이고."

어머니는 나의 질문을 한 번도 비껴가지 않았다. 나는 그 점에 대해서 어머니에게 감사해야 한다. 어머니의 대답은 정답이 아니기도 했을 것이다. 그렇지만 나는 알고 있다. 어머니는 자식들의 질문에 되는 대로 건성건성 대꾸한다거나, 쓸데없는 것 묻지 말고 나가 놀기나 하라거나, 스스로 모르는 것을 꾸며서 대답한다거나 하지는 않은 것이다. 나는 어떤가. 나는 모든 질문에 대해서 성의껏 대답할 준비가 되어 있는가.

삶에는 연습이 없다. 그 일회성은 경건하다. 삶은 누구에게나 어느 순간에도 멀고 험한 첫길이고, 돌아가는 길은 없다.

꽃들, 나무들

새미래에 5월이 오면 논밭마다 딸기가 익는다. 약 10여 년을 새미래의 논밭은 딸기를 익혀 내느라고 신음했다. 딸기 바이러스 탓으로 지금은 딸기 농사를 짓는 집이 거의 없지만, 얼마 전까지만 해도 새미래의 5월은 딸기 향기로 가득했다.

그해 5월도 마찬가지였다. 그해 5월에 나는 무릎에 풀물이 스미도록 딸기를 땄다. 뿐더러 「딸기의 계절」이라는 인생 찬가를 쓰기도 했다. 아침 학교에는 계엄군이 진주해 있었고, 그렇거나 말거나 딸기는 향긋하게 단물이 괴어올랐고 딸기값도 괜찮은 편이었다.

'나는 노래 부르며 상자를 들고 간다. 그 속에는 딸기, 먹고 싶은 이들은 사 가시도록, 나는 딸기장수, 5월의 속옷' 따위를 노래 부르면서, 나는 딸기를 땄고 라디오 뉴스를 들었다. 괴테의 『친화력』과 토마

훔친 책 빌린 책 내 책

스 만의 『마의 산』을 읽고 또 읽었다. 학교 도서관에서 빌려 온 책들이었지만 반납하지 않아도 좋았다. 그때 나는 도스토예프스키를 만났다. 『가난한 연인들』과 『죽음의 집의 기록』과 『카라마조프의 형제들』을 읽으면서 음울하여 화사한 호사를 누렸다. 유언비어와 진실이 떠돌았다. 소설을 읽으면 마음의 병이 깊어진다는 유언비어와, 총은 발언하고 싶어 한다는 진실은 함께 손을 내밀어서, 한 무리의 사람들 죽음 위에 꽃을 뿌렸다.

그해 봄이 가고 여름이 지나 가을이 되었을 때에 우리는 다시 낯을 익히고 관계를 새로이 얽어야 했다. 그 봄과 여름 동안 딸기나 따고 소설이나 읽고 어이없이 동정을 잃으면서 우리는 바보가 되었던 것이다. 꼼짝없이 당하고 말았다는 생각은 그 후 10년이 더 흐른 뒤에야 구체화되었다. 그러나 잘못은 딸기에게 있는 것이 아니었다. 딸기에게는 아무런 책임이 없었다. 산이스랏나무의 꽃이 피었다가 이울었다. 꽃 떨어진 자리마다에 딱딱한 핵核이 맺히고 있었다.

그해 여름의 어느 날, 나는 박물지를 써야 하겠다고 생각했다. 내 고장의 이슬과 나무와 짐승과 작물과 사람들을 하나하나 성실하게 기록해 내리라는 구상이었다. 심정 사나운 소식들을 누르는 나만의 비결로써 박물지를 쓰려는 계획은 오랜 시간 계획뿐이었다. 이야기를 어떻게 시작해야 하는지를 나는 모르고 있었다. 그해 5월부터는 아무도 인생 찬가를 쓰지 않았다. 그렇다면, 지금 이렇게 박물지를 쓰고 있는 나는 도대체 뭔가. 이미 멀리 떨어져 나왔다는 야비한 자기합리화일 것이다.

여뀌. 여뀌는 몸이 붉다. 여름이 와서 시냇물이 붇고 고기 새끼들의 가시에 살이 붙으면 우리는 여뀌 이파리를 찧어 물에 풀었다. 여뀌 대신에 때죽나무 열매를 써도 좋았다. 때죽나무는 가지가 여릿여릿해도 단단한 물성物性의 나무이다. 가지 단단하기로 말한다면 여뀌도 목성木性이었다. 여뀌 이파리를 찧다가 자칫 여뀌 물이 눈으로 튀는 수가 있다. 울면 뭐 해, 울지 마. 여뀌 물 풀린 시내에는 고기 새끼들이 하얗게 떠올랐다. 우리는 미꾸라지를 잡아서 등심초에 꿰면서 노래를 불렀다. '아가리 딱딱 벌려라, 김칫국물 들어간다.' 노래를 부르지 않아도 미꾸라지는 숨이 막혀서 아가리를 뻐끔거렸다. 그리로 집어넣은 등심초는 아가미로 빠져나왔다. 미꾸라지의 장호흡과 등심초의 새 향기. 우리는 미꾸라지를 구워서 섬세하게 뼈를 발라 꼭꼭 씹어 먹었다.

괭이밥. 괭이밥은 머위 이파리 아래 같은 음지에서도 자랐고, 쇠비름이나 바랭이가 소보록한 양지에서도 자랐다. 고양이가 소리 없이 찍은 발자국에서 괭이밥이 돋아나는 것이겠지, 아마. 혹은 아무도 모르게 살짝 오줌 눈 자리에서 돋아나는 것이겠지. 고양이 오줌을 본 적이 있는지? 괭이밥 노란 꽃처럼 고양이 오줌도 극소량일 터였다. 고양이의 오줌은 마녀의 미약에 요긴하게 쓰이게 마련이고. 괭이밥을 씹으면 비타민 C와 같은 맛이 감돌았다.

권터 그라스의 민중사소설 『넙치』에는 괭이밥 씨앗으로 죽을 쒀 먹는 기아의 시대 이야기가 심심치 않게 나오는데, 얼마나 많은 괭이밥들이 무리를 이루고 있어야 죽을 끓일 수 있을 만큼의 씨앗을 거둘 수 있을까. 고양이도 모를 일이었다.

팽나무. 인기네 외갓집이 요골 모퉁이에 있었고 인기네 외갓집 뜰에 팽나무가 두 그루 있었다. 팽나무 열매를 '팽이'라고 했다. 잎이 지고 계절이 지면 팽나무 가지 끝에 물기가 걷히면서 사소한 바람에도 팽들이 떨어졌다. 짙은 적갈색의 완벽한 구형求刑의 열매, 작은 열매. 얇은 껍질을 앞니로 벗겨 내면 혀를 간질이는 분말상粉沫狀의 과육이 뭉쳐 있는데, 그것들은 목구멍을 깔깔하게 긁으면서 타쇄되었다. 앞니와 혀끝으로 과육을 핥고 녹여 먹은 뒤에 남는 씨알을 혀로 놀리면 달그락달그락 소리가 났다. 벽오동 열매와 수박씨에서 나는 희미한 향기가 퍼졌다.

새미래에 부대가 들어오면서 인기네 외갓집이 헐리고 큰길이 났는데, 우리의 공병부대는 팽나무 한 그루를 길 가운데에 살려놓았다. 그것은 공병부대장의 셀로판지 정서였을까.

물봉숭아. 물봉숭아가 들으면 섭섭해하겠지만, 나는 세상에서 제일 볼품없는 꽃이 물봉숭아일 거라고 진작부터 단정하고 있었다. 울퉁불퉁한 줄거리는 부화하지 못하고 죽은 병아리의 골격처럼 어수룩하고, 시체 같은 꽃빛도 정 붙일 수가 없는 것이다. 소도 먹지 않는 걸 보면 독초임에 틀림없어. 이름은 물봉숭아지만 손톱도 물들이지 못할 것은 뻔한 이치였다. 물봉숭아는 항의한다. "내가 손톱도 물들이지 못한다고? 해 봤니? 해 봤어? 나를 따다가 소금 넣고 백반 넣고 곱게 찧어서

네 손톱 위에 올려놔 봤어? 아주까리 잎으로 감싸줘 봤어? 무명실 끊어서 처매줘 봤어?" 나는 시무룩해진다. 아니, 안 해 봤어. 미안해. 물봉숭아.

능수조팝나무. 새미래에서는 능수조팝나무를 싸리나무라고 불렀다. 나는 빗자루 매는 싸리나무와, 순을 톡 분질러서 발그스름한 즙이 나오면 손톱에 바르곤 했던 물싸리나무와, 이 능수조팝나무의 이름을 아주 늦게야 구분하게 되었는데, 사실 싸리나무와 물싸리나무와 능수조팝나무를 옳게 이름 불러 주는 사람은 많지 않을 것이다.

우리 꽃 이름과 나무 이름에는 우리의 가난함과 못남이 조랑조랑 달려 있는 수가 많다. 포항고등학교와 포항여자고등학교를 다니는 흥해 출신 아이들이 모여서 '이팝회'라는 친목 겸 봉사단체를 만들었던 사실을 나는 알고 있다. 제법 군락을 이룬 이팝나무가 있는 고장에서 자랐으므로 그런 이름을 지었노라고, 착하고 씩씩하고 명민했던 그가 말해 주었다.

이팝과 조팝 한 사발이면 더 이상 바랄 게 없었던 시절들은 무서워라, 이제 갔는가. 찔레나무와 아그배나무와 산사나무와 벚나무가 피는 5월이 오면 능수조팝나무도 일제히 피어난다. 그것들은 구불구불한 밭 언덕과 산 발치마다에서 봄불처럼 일렁거린다. 그러한 때에 숲은 하얗게 잉잉거린다.

부들. 큰집은 공사실에 논이 두어 마지기 있었다. 수렁논이었다. 모를 내거나 벼를 벨 때에는 청솔가지를 잘라다가 조심 더듬 바닥을 얼러야 했다. 그렇게 체중을 분산시키지 않으면 허리까지 빠져들었다. 수렁논에 빠지는 기분은 근사하다. 성숙한 여인네의 샘 속으로 잠기는 느낌이다. 한번 빠져 보시도록. 큰아버지는 그 수렁논에 조생종 벼를 심었다. 음력이 급한 해에도 우리는 추석마다 오려(올벼) 송편을 빚었다. 지금은 그 논배미에 미나리아재비만 가득하다. 일손이 귀해지고 이앙기가 보급되면서 모를 낼 수 없게 되었다.

그 공사실의 그 수렁논 그 바로 아래에, 늪이라고 해야 할지 저수지라고 해야 할지 모르겠는 네모진 툼벙이 있었다. 언젠가 비가 걷히지 않은 어느 오후에 나는 권한이와 함께 그 툼벙 부근을 지나가게 되었는데, 나는 그렇게 많은 뱀들이 그렇게 태연하게 모여 있는 모습을 처음 보았다. 많은 뱀도 많은 뱀이지만, 태연하게 거기 있으면서 우리를 무시하고 있는 뱀들에게서 나는 어지럼증을 느꼈다.

그 툼벙 바닥에는 우렁이들이 우렁우렁 기어 다녔고 드렁허리도 몇 마리 굴을 파고 살았으며, 왕골이며 창포며 방동사니며 부들 따위들이 맹금류와 섭금류로부터 이들을 비호해 주었다. 부들 꽃은 우단 천처럼 치밀하고 보드라웠다. 그 툼벙은 안정적이고 자족적인 생태계를 이루고 있었다.

청미래덩굴. 새미래에서는 명과나무라고 했다. 새미래에는 '빨갛고 동그란 게 뭔가?'라는 수수께끼가 있었다. '뭔가'를 '멍가'라고 발음했다. '빨갛고 동그란 게 멍가?' ㅝ가 ㅓ로 변하는 것은 단모음화이고

ㄴ이 ㅇ으로 변하는 것은 자음동화이니, 수수께끼로서의 모호성에도 완연하게 부합하지 않는가. '빨갛고 동그란 게 멍가?' 그러면 우리는 입술을 빨갛고 동그랗게 만들어서 대답하곤 했다. 멍과, 멍과, 멍과라고. 이 음성률音聲律이 주는 쾌감 때문에도 우리는 잊을 만하면 시침을 떼고서 묻곤 했다. '빨갛고 동그란 게 멍가? 빨갛고 동그란 게 멍가?'

멍과나무 뿌리로는 솥을 닦는 솔을 만든다고 했다. 아무것도 가진 게 없어서 얻어먹는 이들이 멍과나무 억센 잔뿌리를 뜯어 솔뿌리 끈으로 솔을 엮는다고 했다. 그들은 그렇게 제 밥벌이를 한다고 했다. 멍과나무 넝쿨은 걷어다가 사립문을 만들었다. 세상의 나무란 나무는 그 어떤 하찮은 놈일지라도 다 그 쓰임새를 타고나는 법이다.

탱자나무. 한중이네 집에는 호두나무, 잣나무, 뾰조리감나무, 고욤나무, 모과나무, 엄나무 같은 것들이 집을 삥삥 돌아가면서 심어져 있었다. 마루에 걸레질 한 번 안 하고 마당에 빗자루질 한 번 안 한다고 어머니들은 쑥덕쑥덕 말소리를 낮췄지만, 한중이네는 나무 기르는 데는 일등이었다. 한중이는 내가 '유월국화'라고 이름 붙였던 꽃의 진짜 이름을 샤스타데이지라고 고쳐 주었는데, 그는 새미래에서 풀 이름, 꽃 이름, 나무 이름, 버섯 이름을 제일 많이 알고 있는 아이였다.

그 한중이네 집에 탱자나무가 있었다. 누구네 집에 무슨 나무가 있었다고 내가 지금도 기억하는 것을 보면 그 시절에는 나무도 귀했던 게 아닌가 싶기도 하다. 개미의 똥구멍을 쪼옥 빨면 따끔한 포름산이 나오는 것처럼, 탱자나무 잎을 비벼도 낯설고 귀족적인 냄새가 났다.

한중이네는 탱자나무 가지를 잘라서 담 안쪽 군데군데에 던져 놓는다는 소문도 있었다. 뭐 가져갈 게 있다고 탱자나무 마름쇠를 놓겠느냐는 반론이 없지 않았지만, 한중이 아버지의 꼬장꼬장한 개인주의에 덴 사람들은 그 소문을 믿고 싶어 했다.

꽈리. 나는 에곤 쉴레가 그린 「꽈리가 있는 자화상」을 좋아한다. 20세기 초의 중부 유럽은 세계의 정점이었다. 그 바늘산 위에 에곤 쉴레가 앉아서 자화상을 그린다. 석회를 바른 듯한 표면 위에는 꽈리 잎이 있고 꽈리 열매의 우산받침이 있고, 뺨이 움푹 꺼지고 인중이 묘하게 패이고 턱이 파르스름하게 각진 왜소한 몸피의 에곤 쉴레가 있다. 장주네의 『장미의 기적』 한국어판 표지에 에곤 쉴레의 「꽈리가 있는 자화상」을 사용한 것은 편집자의 혜안이었으리라고 나는 생각하는데, 아무려나 나는 좋아하는 것도 많다. 나는 감각의 창녀이다.

새미래의 학교 길에는 계집애들이 꽈리를 깨물고 있다. 빨간 줄이 두 개 쳐진 흰빛의 고무 꽈리. 계집애들은 꽈르륵 꽈르륵 연해 까불고 있다. 그들은 숙희와 혜련이와 우덕이와 양숙이와 명옥이다. 요골 모퉁이에서 영일이와 화숙이를 만난다. 영일이와 화숙이도 꽈리를 깨물고 있다. 나는 에곤 쉴레가 그린 꽈리도 좋아하고 계집애들의 꽈리도 좋아한다. 나도 꽈리가 되어 에곤 쉴레의 그림 앞에서 활인화活人畵가 되고 싶고, 그 계집애들의 입속에서 달콤하게 소리 지르고 싶다.

보리. 킴 카잘리의 사랑 만화 연작의 한 편에 '사랑이란, 보리밭에 길을 내는 것'이라는 절구가 있었다. 이숙자가 보리와 여인네를 한데 묶어서 장식적인 그림을 그리는 것에는 찬성할 수가 없다고 나는 생각했었는데, 새미래 아이들이 "너 보리밭에서 해 봤니?"라며 벗들을 놀리곤 했던 사실이, 보리도 밀도 다 사라진 뒤에는 '우리 동숭동에 쌕 사러 가자'라는 우리의 무의식과 편견에 의지한 착시현상으로 이야기되어지는 사실과 무슨 관계가 있기는 있는 모양일 것이다.

학교 가는 길 옆에 보리밭이 있었다. 보리는 해마다 키가 작아졌다. 사물의 상대성에 대한 자각을 우리는 중학생이 되어서 초등학교 운동장으로 갔다가 처음 실감하고서 놀라게 된다. 철봉과 구름다리가 장난감처럼 낮아지고, 거대했던 플라타너스 둥치가 한 아름으로 안아지는 그 일요일 오후에 우리는 사춘기로 접어든다. 보리깜부기를 뽑아서 먹기도 했는데, 깜부기의 가장 그윽한 용도는 눈썹연필이었노라고 누가 말해 줬던 것 같은데….

우리 마음속의 꽃첩과 나무첩에는 별별 꽃과 나무가 다 들어 있다. 그 낱낱의 얼굴들에게 아는 척을 하면 그들이 얼마나 좋아하는지, 우리는 잘 모르고 있다. 사실은 우리도 꽃이고 나무이면서. 쬐그맣고 부질없는 무당벌레이면서.

혼자 있기

나는 우리 집을 좋아하지 않았다. 수수깡으로 심芯을 엮어, 짚여물 섞은 황토 흙을 바른 집이었다. 등을 쿵쿵 부딪치면 집은 부르르 떨리면서 긴장했다. 아버지 사형제가 직접 지은, 방 두 칸 부엌 한 칸의 초가집이었다. 거기에 마루가 있었고 댓돌이 있었고 기름한 마당이 있었다. 오른편으로 사랑채가 있었는데 사랑채는 아버지가 분가해 나와서 혼자 지었다. 사랑채에는 방이 한 칸 있었고, 벼를 넣는 광이 하나 있었으며 그 옆에 외양간과 여물간이 있었다.

내가 우리 집을 좋아하지 않은 이유는 다락이나 벽장이 없었기 때문이다. 나는 집을 벽과 문과 계단이 유기적으로 결합된 구조물이라고 여기고 있다. 천장이나 지붕을 공중 속에 가로놓여진 벽이라고 본다면, 이러한 나의 생각은 온당하다. 결국 우리 집은 계단이 결여된 구조물이었다. 그것은 문제가 아닌가. 우리 시대에 아파트가 빠른 속도로 보급되고 있는 것은 어쩌면 우리가 이제까지 결핍을 느끼고 있던, 계단에 대한 이끌림도 어느 정도 작용하고 있을 것이다. 다락이나 벽장은 수납공간에 지나지 않지만, 우리는 그 공간의 침침함 속에서 마음의 비밀의 나무에 물을 뿌리면서 자란다. 그 위에 올라가면 우리는 혼자가 된다. 둘이 올라간다면 우리는 비밀을 공유한 친구가 된다.

우리 집에는 골방도 없었다. 골방은 뒷방이라고도 했다. 안방이나 웃방 뒷부분에 벽을 하나 쌓아서 직사각형의 작은 방을 만들어, 콩자루나 쌀독 또는 자주 쓰지 않는 생활 집기를 두었다. 재봉틀도 골방에 있게 마련이었다. 골방에서는 특별한 냄새가 났다. 무슨 물건이 부패하다가 더 이상의 부패를 멈추고 가라앉아 있는 듯한 냄새였다. 옷장 속에서 나는 좀약 냄새, 새로 빤 옷이 마르는 냄새, 도시락 뚜껑을 열었을 때 나는 살풋 쉰 밥 냄새, 묵은 교과서 냄새 같은 것들이 섞여서 골방은 아늑하고 따뜻했다. 아르튀르 랭보의 '호수 속의 살롱'에 앉아 있는 듯이 호젓하고 재미있었다. 아늑하고 따뜻하고 호젓하고 재미있는 장소. 그 장소는 잠자기에 마침맞은 곳이 아닌가. 달게 자고 나서 부스스 일어나 밖으로 나오면 해가 서너 뼘이나 기울어 있었고, 우리는 공간을 가로지른 여행을 마친 것처럼 생소해진 기분으로 말없이 누나나 동생을 쳐다보았다. 그 골방이 없다는 것은 치명적인 약점이었다. 나는 집을 지을 때에 다락과 벽장과 골방을 구석구석에 짜 넣을 것이다. 나는 구석을 좋아하는 것이다.

사랑방은 여름철에만 사용했다. 아버지는 나무를 부지런히 하는 사람이었지만, 불땀이 안 좋은 사랑방에까지 나무를 땐다는 것은 도리에 어긋나는 짓이었다. 우리가 어렸을 때에 '이 산 저 산 다 잡아먹고 아가리 떡 벌리고 있는 것은?'이라는 수수께끼가 있었다. 정답은 '고랫구멍'이었다. 고랫구멍은 아궁이를 가리키는 말이었다. 그 수수께끼가 내포하는 진실의 무서움을 모르는 사람을 이른바 신세대라고 보아도 좋겠다. 고랫구멍은 정말로 이 산 저 산의 나무를 다 잡아먹고 있었던 것이다.

"이 산에서 번쩍 저 산에서 번쩍 하는 것은?"

"낫."

"이 산에서 쿵 저 산에서 쿵 하는 것은?"

"도끼."

사랑방에는 궤짝이 하나 있었다. 그 위에 이불이 놓여 있었고 이불에 닿을락말락하게 시렁이 가로질러 있었다. 동쪽으로, 길에 면한 창문이 하나 있었다. 창문을 통하여 길에 서 있는 친구와 이야기를 나누는 재미도 좋았다. 그 사랑방에서 나와 누나는 반벙어리 말을 배워 신나게 떠들었다.

"누부나바."

"왜배그브래배?"

"이비 마발으블 누부가바 마반드블어으블까바?"

"내배가바 마반드블어벗지비 누부가바 마반드브니비?"

"저벙마발?"

"저벙마발."

이 놀이에 누나 친구 인분이가 끼여들어 한결 재미있어졌다. 나중에는 입이 다 멍멍할 정도였다. 그러나 이 놀이의 운명은 너무 빨리 다했다. 아버지가 놀랄 만큼 큰 소리로 다시는 하지 말라고, 또다시 하기만 하면 입을 꿰매거나 찢어 놓겠다고 정색을 했기 때문이다.

다락도 벽장도 골방도 없는 우리 집이 제일 근사해지는 때는 이른봄이었다. 아버지는 안방 장판을 뜯어내고서 거기에 고구마를 놓았다. 고구마는 열대성 작물이었으므로 고구마 싹을 길러 내려면 그 수밖에 없었다. 방바닥에 흙을 깔고 촘촘하게 씨고구마를 놓고서 다시 흙을 덮었다. 군데군데에 디딤돌을 놓았다. 디딤돌은 고구마 싹을 잘라 낼 때에 발을 디디는 자리였다. 군불을 때고 물을 뿌리고 문단속을 꼼꼼하게 챙기면 머지않아 고구마의 눈에서 싹이 터서 흙을 비집고 나왔다. 고구마의 첫순은 얼마나 연약하고 깨끗했던가. 방 안에서 기르는 고구마 싹을 그 무슨 관엽식물에 비길 수 있으랴.

비닐이 공급되기 시작하면서 고구마 온상은 한데에다 하게 되었는데 나는 어머니에게 그냥 방에 하자며 어거지를 썼다. 아버지한테 말해 봤자 들은 척 만 척할 것이 뻔했다. 그러나 고구마 온상을 어디에 하느냐는 아버지가 결정할 문제였다. 방 안으로 흙을 들이고 푸른 식물을 기른다는 파격은 아무리 생각해도 멋진 일이었다. 조선시대와 왜정시대에도 고구마 싹은 방 안에서 길렀을 것이다. 우리의 땅은 늦게까지 서리가 걷히지 않는 위도에 자리하고 있다.

겨울에도 우리는 고구마와 함께 살았다. 웃방 윗목에 고구마를 갈무리해야 했던 것이다. 수수깡이나 대나무로 만든 커다란 고구마 둥우리는 새미래 어느 집에 가도 있었다. 가을에 절간 고구마를 말리고, 남은 것을 얼지 말라고 방으로 들였으니 고구마는 여느 곡식에 비해 호강하는 셈이었다. 겉에 붙어 있는 흙을 손바닥으로 문질러 털고 무 껍질 돌려 벗기듯이 이빨로 껍질을 깐 뒤에 우둑우둑 깨물어 먹던 한겨울의 생고구마. 입안에서 하얀 녹말즙과 함께 으적으적 흙이 씹혔다.

그때가 언제였더라, 뒷문이 활짝 열려 있었으니까 늦은 봄이거나 여름이었을 것이다. 나는 안방에 혼자 앉아 있었다. 아랫목 벽에 반쯤 기대어 있었다. 아련하게 발동기 터지는 소리가 들려왔다. 나는 그 소리를 세고 있었다. 그 소리는 높아졌다가 낮아졌다가 하면서 끊이지 않고 이어졌다. 나는 고즈넉해졌다.

꼬마, 얼굴이 까맣고 숫기가 없고 고집이 없지 않은 평범한 꼬마, 그 꼬마는 막 심각한 경험을 하고 있는 것이었다. 나는 움직이지 않고 가만히 앉아 있었다. 주위는 점점 조용해졌다. 발동기 터지는 소리도 이제는 들리지 않았다. 그렇게 얼마를 지났을까, 나는 천천히 고개를 돌려서 나의 오른쪽 팔목 부분을 보았다. 나의 오른쪽 팔목이 거기에 있었다. 나는 다시 나의 오른쪽 무릎을 보았다. 나의 오른쪽 무릎이 거기에 있었다. 이상했다. 아니 이상하지는 않았다. 그저 '저것이 나의 오른쪽 팔목이구나, 저것이 나의 오른쪽 무릎이구나' 하는 마음이었다. 나의 오른쪽 팔목이 나의 오른쪽 무릎에 얹혀 있었다.

나는 눈을 들어서 뒷문 밖을 보았다. 맨드라미가 있었다. 나는 다시 나의 무릎을 보았다. 팔목이 없었다. 나의 오른쪽 팔목이 어디로 갔을까. 나는 나의 오른쪽 팔목을 찾으려고 했다. 나의 오른쪽 팔목은 세워진 무릎 옆의 방바닥에 놓여 있었다. 나는 점점 힘이 빠졌다. 나는 현실감각을 상실하고 있었다. 내가 등을 벽에 기댔는지, 내가 앉아 있는지, 내가 무릎을 세우고 있는지, 내가 숨을 쉬고 있는지, 아무것도 믿을 수가 없었다. 그리고 잠깐 사이에 나는 나의 오른쪽 몸이 내 것이 아닌 듯한 생각이 들었다. 이상했다. 나의 왼쪽 몸에 대해서는 잊고 있었다. 나는 오른쪽을 보고 있을 뿐이었다.

지금 생각하면, 나는 그때 종교적인 상태에 빠져 있었다. 궁극적인 부분에 관심을 가지는 삶의 자세와 그 양식樣式을 종교라고 보는 이들이 있다. 나는 그때 궁극적인 부분의 어느 미소한 부분에 대해 생각을 하고 있었던 것이다. 그것은, 나의 몸은 내 것이 아닐지도 모르고 내가 잠시 빌려 쓰고 있는지도 모른다는 엄연한 인식이었다. 나는 슬펐다. 무섭지는 않았다. 그저 슬프고 아팠다. 그런 경험은 그 이후로 더 이상 없었다. 그 편안했던.

"엄마. 나 입 아파."

"어디 보자. 호오, 입이 찢어졌구나. 걱정할 것 없다. 입이 크려고 그러는 거야."

"말도 못 하겠어."

다음 날 이른 아침에 어머니는 나를 깨웠다. 입은 여전히 아프고 잠이 덜 깨어 칭얼거리는 나를 앞세우고 어머니는 또랑께 미루나무 밭으로 갔다. 노란 미루나무 잎이 낙엽져 있었다. 어머니는 내게 앉아서 똥을 누라고 했다.

"안 나온단 말야."

"그래도 뭐."

"엄마가 앞에 있어서 그래. 어디 좀 갔다가 와."

어머니가 없어진 사이, 나는 똥을 누었다. 내가 똥을 눈 사이, 어머니가 나타났다.

"내가 똥을 누었는지 어떻게 알았지?"

"입 아프다면서 말만 잘하네."

어머니는 내가 눈 똥을 나무꼬챙이로 찍었다.

학교에서 채변 봉투를 수거할 때 어떤 선생님들은 말하기도 했다. "너무 조금 해 오지 말고 밥알만큼 많이 넣어야 합니다." 건강기록부를 보면 변 검사란이 있었다. 날짜, 분석방법, 결과, 투약, 확인. 분석방법에는 '원심분리법'이나 '도말법'이라는 글자가 씌어 있었다. "채변을 해서 비닐봉지에 넣은 뒤에는 꼭 촛불로 입구를 봉해야 합니다."

몇 주일 후 선생님은 기생충 유무 현황을 불러 주었다. 임춘택 회충 십이지장충, 김홍균 회충, 윤택수 회충.

어머니가 웬일로 내가 눈 똥을 나무꼬챙이로 찍는가. 어머니는 그 꼬챙이를 내 얼굴에 들이댔다.

"엄마, 왜 그래?"

"가만히 있어. 이렇게 해야 입병 낫는다."

"에이 참, 지저분하게."

"눈 감지 마."

어머니는 꼬챙이를 얼굴에 들이댔다가 빙글빙글 돌렸다가 가위표를 그랬다가 했다. 길지 않은 동안 어머니의 치료는 끝났고 나는 바지를 올렸다. 나는 내가 눈 똥을 미루나무 낙엽으로 덮었다.

나의 찢어진 입은 나도 모르는 사이에 나아 버렸다. 어머니의 원심분리 치료법이 효험을 본 것이었다. 어머니가 나의 입병에 도말법을 쓰겠노라고 했다면, 차라리 입이 찢어진 채로 있는 게 낫지.

그날, 미루나무 밭에 혼자 앉아서 똥을 누던 때의 차가웠던 발바닥과 엉덩이. 사람은 똥도 누는 동물인 것이다. 그나저나 어머니는 왜 나를 끌고 미루나무 밭으로 갔던 것일까. 아마 아버지가 볼까 봐 그랬을 것이다. 그러고 있는 광경을 봤다면 아버지는 어머니를 비웃었을 것이다. 어머니도 원심분리 치료법을 신빙하지는 않았을 텐데, 그 무슨 정서적 세례의식이었단 말이고.

안방과 웃방 사이는 미닫이문이었다. 웃방은 형이 혼자 썼다. 형의 방은 금지구역이었다. 형은 자기 방에 누나나 내가 드나드는 것을 싫어했다. 어쩌다 들어갔던 기척이 있다 싶으면 형은 심하다고 할 만큼 우리를 때렸다. 형의 방에는 『새농민』『우리들』 같은 잡지들이 있었고 서랍 속에는 녹음테이프가 몇 개 있었다. 웃방에는 뒷문이 없어서 침침했다.

어느 날 나는 어머니에게 물어보았다. 내가 고등학교에 다닐 때였다. 나는 형의 서랍 속에 있었던 녹음테이프를 어머니에게 상기시켰다. 그러나 어머니의 다음과 같은 말은 법률적으로 하자가 있었다.

"그것은 외삼촌들이 형에게 준 것이다. 너의 외갓집은 소종갓집이었다. 외갓집은 꽤 잘살았는데 평소에는 두런두런 좋게 지내다가 돈 문제가 생기자 사촌형제들 사이에 분쟁이 생겼다. 선산이며 종답이며 소작 주던 논밭이 도시계획으로 접수되자 그 보상금의 처리를 놓고 외삼촌의 오촌 당숙어른이 민사소송을 걸었다. 재판은 외삼촌들에게 불리하게 돌아갔다. 어쨌거나 오촌 당숙어른의 언변이 워낙 좋았으니까. 그에 비해서 외삼촌들은 너무 어렸고 속에 든 것도 부족했다. 외삼촌들은 그 재판에서 이겼는데 그것은 형 덕분이었다. 재판이 있는 날은 판사 앞에서 싸우고 재판이 없는 날은 오촌 당숙어른이 외갓집으로 와서 소리 지르는 나날이었고, 외삼촌들은 친척간의 분쟁이 부담스러웠는지 차츰 이겨야겠다는 오기를 뭉툭하게 접어 두려는 때였다. 마침 외갓집에 가서 언쟁과 삿대질이 오가는 것을 본 형은 재판에서 이기는 길을 찾아내었다. 그것은 오촌 당숙이 외삼촌들에게 위협과 사정과 자기모순의 큰소리를 치는 것을 몰래 녹음하여 증거로 제출하자는 것이었고 그것으로 재판은 끝이 나 버렸다. 오촌 당숙어른이 나중에, 택한이 그놈, 필시 큰일 할 것이라고 한 것은 어쩌면 그 어른의 본심이었을지도 모른다. 다 이긴 재판을 열일곱 살 된 녀석 때문에 망치고 말았으니 그렇게 스스로의 분심을 달래야 했을 것이다."

안방에는 사진틀이 하나 걸려 있었다. 작은외삼촌 내외가 초례상 앞에 서 있는 사진, 외할머니 환갑 때 가족들이 둘러서서 찍은 사진, 형이 친구들과 함께 우산봉에 올라가서 찍은 사진 등이 빽빽하게 끼워져 있었다. 그 속에는 형이 작은외삼촌과 함께 찍은 사진도 한 장 있었다. 형이 열두어 살 때였는지 막내조카의 얼굴, 그러니까 형의 막내아들 얼굴과 똑같이 생긴 얼굴이 입술을 오므리고 있었다. 사람은 죽을 때까지 몇 번씩이고 얼굴이 변한다. 한때의 지극한 근심과 환희는 사람의 얼굴을 일그러뜨리고 펴놓는다. 형의 얼굴이 꽃처럼 아름다웠던 그 시절에, 그러나 형은 다리를 저는 불행한 소년이었다.

초등학교 때부터 스무 살 때까지 형은 다리병신이었다. 우리 집 가계에 관절염 유전인자가 있는지도 모른다. 사촌형과 형이라는 두 증례로 관절염 유전인자의 존재를 추정할 수 있는 것일까. 형이 고치를 짓듯이 자기 방을 폐쇄하고 우리를 심하게 다루었던 이유는 유황불 같은 절망감 때문이었을까.

스무 살이 넘어서 해자네 묵은 포도밭을 임대해서 포도 농사를 지은 형은 첫 포도 상자를 트럭에 싣고 서울의 공판장까지 갔다가 오면서 선물을 사 왔다. 그때 나는 막 초등학생이 되었었다. 아무리 그래도 그렇지, 내 선물은 큼직한 빵 한 덩어리였다. 초등학교 4학년인 누나에게는 네 권의 책을 주었다. 『호수에 부는 바람』 『마지막 겨울방학』 등의 제목이었다. 지금 생각하면 그 책들의 내용이 할리퀸 문고보다는 문학적 구조가 탄탄했었다고 기억되는데, 무도회니 심비디움 꽃다발이니 얼어붙은 호수에서의 스케이팅이니 하는 미국 청소년들의 신변잡기가 누나나 나에게 무슨 의미가 있었을까. 하기야 나는 그때 형의 방에서 『성 고은 에세이』와 『하이네 시집』을 보기도 했다. 형은 결핍감에 시달리고 있었는지도 모른다. 그 형의 폭언과 구타와 예기치 않았던 선물은 나를 일정 부분 형성시켰다. 그것도 나의 조건인 것이다.

나는 우리 집을 싫어했지만 아버지는 농사짓는 틈틈이 집을 손질했고 우리가 커 가면서 두 칸의 방을 더 만들었다. 아서 밀러의 『세일즈맨의 죽음』을 보다가 '물과 시멘트만 있으면 행복한 사람'이라는 구절에 이르렀을 때, 나는 그 구절의 완벽한 친화감 때문에 놀랐었다. 아버지는 물과 시멘트만 있으면 행복한 사람이었다. 고고학 박사 인디아나 존스를 연기한 해리슨 포드의 취미가 목공이랬지, 아마. 해리슨 포드의 대패와 아버지의 흙칼. 아버지는 그 흙칼로 우리 집을 시멘트로 발라놓았다. 더 이상 시멘트 바를 곳이 없어진 어느 봄에 아버지는 죽었다. 나도 세일즈맨의 아들이었던 것이다. 우리의 정신분석 끝의 끝에는 무엇이 있는가. 동그랗게 앉아 있는 각자의 뒷모습. 가을 밭에 보이는 연기. 눈이 맵다.

"이거 쓰고 가라."

"싫어."

"쓰고 가."

어머니는 비료 포대를 내밀었다. 장마철이었다. 우산이 없었다. 요소비료인가 복합비료의 포대에 구멍을 한 개 내어 비옷 대신 입고 가라는 것이었다. 구멍으로 머리를 빼고 금세 후끈해지는 포대 안에서 나는 두드러기를 돋쳤다.

"싫어. 안 쓸래. 창피하게 어떻게 이걸 쓰고 학교 가라는 거야?"

"싫으면 관둬."

그때는 우산이 없었다. 대부분 아이들이 비를 맞으며 뛰어서 학교에 가고 집으로 왔다. 그러나 저기 구름처럼 둥실둥실 떠가는 검정 우산. 나는 검정 우산이 부럽고 부끄럽고 부대꼈다. 남홍이 누나 미홍이가 검정 우산 아래에서 가지런한 이빨로 웃고 있었다.

"같이 쓰고 가자. 이리 들어와."

나는 대꾸도 하지 않았다.

"같이 쓰자니까. 다 젖어 버리잖아."

"싫어. 젖든 말든 상관하지 마."

"이상한 애네. 씌워 준대도 싫대. 싫으면 관둬. 물에 젖은 생쥐 꼴이면서. 싫으면 관둬. 관둬."

일본 사람들의 생략어법은 상당히 난해해서 일본 사람들 못지않게 생략어법을 많이 쓰는 우리들에게도 어리둥절한 경우가 있다. 그들은 이 빗속의 대화를 위의 예처럼 주고받지는 않을 것이다.

"이리 들어와. 내가 씌워 줄게."

"좋아."

이때의 '좋아'는 '씌워 주지 않아도 좋아'라는 뜻이라는 것이다, 그들에게는. 나는 '좋아'라고 할 수 없었을 뿐더러 '괜찮아'라고도 할 수 없었다. 나는 정말 싫었던 것이다. 그것은 우산이 없는 집 아이의 못난 자존심이었다. 그러나 그뿐이었을까. 확실한 것은 내가 검정 우산에 한이 맺혀 있었다는 것이다.

"흠씬 젖었구나. 옷 말려야지. 불 때 줄 테니 옷 벗고 이불 속으로 들어가라."

"싫어."

내가 미홍이의 검정 우산 밑으로 들어가지 않았던 것은 어쩌면 내게서 냄새가 날지도 모른다는 염려 때문이었는지도 모른다. 젖었던 옷이 체온에 마르면서 나는 짭짤한 냄새. 그러나 그게 그거 아닌가 말이다.

귀신들

우리는 다 커서도 귀신 이야기를 하면서 밤을 지새우기 일쑤다. 다음은 소라실에서 사는 영호가 해 준 이야기다.

"내가 유성에서 택시를 운전할 때 들은 이야기야. 운전하는 놈 중에 인근이라고 있었거든. 그놈이 어느 날 밤에 공주까지 갔다가 오는 길이었대. 공암으로 해서 오다가 삽재고개를 넘어오자니까 갑자기 목덜미가 써늘하더래. 이상하다고 생각했지만 별일은 아니라고 생각하면서 고개를 내려오는데 골프장 조금 못 미쳐서 한 사람이 차를 세우더래. 보니까 여자더래. 속옷처럼 생긴 하얗고 긴 옷을 입었더래. 달빛도 없는 밤이었는데 그 여자의 얼굴이 피곤해 보이고 슬픈 듯하면서도 예쁜 것이 잘 보이더라는 거야. 뒷자리에 올라탄 여자는 학하리 어디까지 가자고 하더래. 승춘농장 있는 쪽에서 거울을 보니까 여자가 없더래. 머리칼이 쭈뼛 섰겠지. 그래서 뭐라고 하려고 하면서 뒤를 돌아보니까 여자가 옆으로 누워 있다가 일어나 앉더래. '왜 그러세요?' 하면서 저를 쳐다보는데 눈길을 마주쳤던 것도 같고 안 마주쳤던 것도 같고, 아무튼 그 여자가 아주 멀리에 있는 것 같더래. 이거 내가 귀신을 태웠나 보다고 생각한 그 녀석은 다시는 돌아다본다거나 거울을 올려다볼 엄두가 안 나더래. 여자가 가자는 학하리에 갈 때까지 한마디도 못 하고 꼼짝없이 운전만 했대. 학하리에 도착하자 여자는 다 왔다고 하면서 택시비를 가져올 테니 잠깐 기다리라면서 내리더래. 이거 뭐야 싶어진 그 녀석은 공연히 혼자서 오싹했다고 생각하면서 기다렸는데, 아무리 기다려도 여자가 나오지 않더래. 그래서 택시에서 내려 그 여자가 들어간 집으로 들어갔대. 사람을 불러서 이러저러한 여자를 태우고 왔는데 아무리 기다려도 택시비를 가지고 나오지 않아서 이렇게 들어왔노라고 이야기를 하니까, 나온 사람이 그러더라는 거야. 사실은 오늘이 저희 누님이 죽은 날입니다. 결혼도 못 하고 교통사고로 죽었는데 벌써 10년도 더 된 일입니다. 삽재고개에서 죽었지요."

이런 이야기 다음에는 진지하게 논평이 따르게 마련이다.

"택시 운전수 좋은 일 했네."

"그래서 택시비를 받았다고 하대, 안 받았다고 하대? 그런 돈은 안 받아야 좋다고들 하던데."

"아녀. 받아야지. 그래야 귀신도 마음이 편할 것이고, 운전수도 귀신에 홀려서 애먼 짓 했다는 생각이 안 들지."

"교통사고로 죽은 귀신이라 그런지 집으로 돌아가는 방법도 하이카

라네.”

“그 운전수, 귀신을 태웠을 때보다 그 말 듣고 돌아오는 길이 더 무서웠겠다.”

“밤중에 공암이나 공주 가자는 손님 다 놓쳤겠다.”

“그 뒤에 그 운전수 잘되었겠는걸. 고사 지낼 필요도 없고.”

“이건 들은 이야기가 아니고 내가 직접 당한 이야기인데….”

우리는 귀신과 함께 자랐다. 요즘 떠도는 귀신 이야기들처럼 인륜을 무시하며 극단으로 치달리지는 않았지만, 어린 시절에는 지금보다 종류도 많고 숫자도 많았다. 도처에 뭇 귀신들이 득실득실했다.

밤중에 방 안에 서 있으면 귀신이 키를 재 간다며 앉으라고 채근했던 것에서부터, 유성장에서 늦게 돌아오다 은구비에서 도깨비를 만나 밤새도록 씨름을 하다가 닭이 울 때쯤 도깨비가 허둥지둥 그만하자고 말하는 순간 왼편으로 안다리를 넣어 넘어뜨리고 비석에다 묶어 놓고 집으로 왔는데 날이 밝은 뒤에 가 보니 아뿔싸, 부지깽이가 시커멓게 묶여 있더라는 구체적인 증언에 이르기까지, 새미래는 귀신 천지였고, 귀신들은 새미래의 당당한 주민들이었다.

다음은 명옥이의 둘째오빠 청열이가 자기네 친구들끼리 하던 이야기이다. 나는 잠결에 얼핏 들었지만 이야기의 생생한 육체감 때문인지 영 잊혀지지 않았다.

“효순이 아버지가 도깨비에 홀렸던 이야기를 알고 있어. 그 양반이 키는 커다래 가지고 맨날 술에 절어 있잖아. 도깨비한테 잘 홀리는 사람이 따로 있다더라. 하루는 날이 어둑어둑해지려는데, 누가 보니까 효순이 아버지가 그날도 술에 취해서 비틀거리면서 공사실 쪽으로 걸어가더래. 효순이네 집은 송학이 니네 집 앞으로 가든가 장열이네 집 옆의 비탈길을 오르든가 해야 되잖어. 그걸 본 사람은 이상하다고 생각했지만 무슨 볼일이 있는 건지도 모르니까 그냥 집으로 왔대. 한참 지나서 잠을 자려고 하는데 누가 마구 징을 치더래. 나가서 보니까 동네 사람들이 웅성웅성 모여 있는데 그 속에 효순이 어머니가 새파랗게 겁에 질려 있더래. 우리 집 양반이 아직 안 들어왔다고, 분명 술에 취해서 개울 같은 데 처박혀 있을 것인데 아무리 찾아봐도 보이지 않는다고, 또랑께 가겟집에서는 집에 간다고 나갔다는데 어디로 간 것이냐며, 이 애기 같은 양반 죽으면 어떻게 하느냐며, 동네 사람들이 제발 좀 찾아봐 달라고 하더래. 그 양반이 공사실 쪽으로 가는 걸 봤다고 나섰겠지. 공사실? 공사실은 왜? 이렇게 의아한 빛으로 서로를 둘러보는 사람들은 또 도깨비 쫓으러 가야 하게 생겼구나 하고 썩 내키지 않는 얼굴이 되었더란다. 왜 아니겠어? 나래도 그렇겠다. 나는 오늘 몸살 기운이 있어서 못 따라나서겠는걸. 오늘 휘병굴 작은처남이 긴히 상의할 게 있다면서 오기로 한 날이라서. 그렇게 하나둘 뒤로 물러서고 나니까 이장 하는 영한이 아저씨하고 장정 몇 명만 남더래. 그래서 청년들을 모이게 해야겠다고 생각한 영한이 아저씨는 동네 사람들의 의협심을 건드리는 한편으로 방앗간 대범이하고 삼수 아버지 국한 씨하고 키 큰 배서방하고 힘깨나 쓰는 사람들을 부르러 보냈대. 그렇게 사람을 모아서 모두들 공사실로 간 거지. 가면서도 걱정이 태산 같았대. 이 양반이 공사실 넓은 곳의 어디로 갔는지 알 게 뭐람. 마침 땅금 때라서

훔친 책 빌린 책 내 책

사방은 칠흑같이 어둡지, 웅덩이에 빠지고 돌부리에 걸리고 할 때마다 어이쿠 어이쿠 하면서 길을 가는데 모두들 무섭고 궂은일을 하게 됐다면서 언짢은 걸음이었대. 말고개를 지나서 공사실로 접어드니까 어디선가 노랫소리가 나더래. 어디가 어딘지 땅띔도 못 하겠고 노랫소리도 어디서 들리는 것인지 분간이 안 되고 해서 모두 가만히 있었대. 그 노랫소리는 효순이 아버지 목소리더래. 동네 사람들은 옳다꾸나 하고서 가지고 간 작대기로 냇물이며 바위며 마구 내리치고 징을 치고 한바탕 시끄럽게 소리를 질렀대. 도깨비는 소란스러운 것을 싫어한다잖어. 한참을 그러고 있었더니 노랫소리가 그치더래. 사람들도 물을 끼얹은 듯해졌고. 도깨비불이 휙휙 눈앞을 날아다니다가 픽 사그라지고 나니까 순분이네 집 뒷동산 가시나무 덤불에서 효순이 아버지 목소리가 나더래. 앗 따가워, 앗 따가워 하는 소리였대. 동네 사람들이 그리로 우르르 가 보니까, 풀숲 속에 효순이 아버지가 있더래. 옷을 홀랑 다 벗고서 앉지도 서지도 가만히 있지도 못하고 안절부절못하더라는 거야."

"도깨비한테 홀려서 가시덤불 속에서 춤을 추고 있었구나."

"도깨비가 빠져나가서야 아픈 줄을 알았구나."

"효순이 아버지는 여러 번 도깨비한테 홀렸었다며?"

"그 양반이 김씨라서 그럴까? 도깨비는 성이 김씨라잖어."

나는 숨도 쉬지 못하고 그런 이야기를 들으면서 똑바로 몸을 뉘었다. 나는 엎드리면 등이 허전해서 마음놓고 잘 수가 없었다. 새끼똥구멍 부분이 저릿저릿해지면서 귀신이 나를 끌어당길 것 같아서였다. 똑바로 누워 있으면 귀신이 오더라도 최소한 그를 쏘아볼 수는 있을 것이었고, 손으로 냉큼 저리 가라고 내저을 수도 있을 것이었다.

청열이가 한 이야기에는 귀에 솔깃한 부분이 이었다. 그것은 '옷을 홀랑 다 벗고'라는 부분이었다. 어른이 옷을 홀랑 다 벗는다고? 가시덤불 속에서 옷을 홀랑 다 벗고 춤을 춘다면 온몸이 피투성이가 될 텐데. 옷만 아니라 신발도 벗었겠지. 효순이 아버지, 자지가 덜렁덜렁했겠네. 쿡쿡, 참 재밌었겠네. 귀신 이야기는 성적인 억압이 거칠지 않게 분비되어서 설화적 요소와 결합하는 결과가 아닐까. 한 마을의 집단적인 성적 억압과 효순이 아버지라는 희생양과 무지무지 힘세지만 한 됫박의 지혜도 없는 도깨비. 우리 모두의 노출증. 한낮, 광장에서의 섹스. 나의 관음증. 터미널 화장실의 구멍에 막아놓은 휴지 뭉치.

밤은 귀신들의 세상이었다. 길을 가다가 달걀귀신을 밟으면 쭉 미끄러져서 넘어진다. 멍석귀신이 넘어진 사람을 두르르 말아 버린다. 지게귀신이 멍석을 지고서 그들의 세계로 간다. 장대귀신이 뒤따라오면서 바람 가르는 소리를 낸다. 그러나 그 귀신들, 의인화된 사물들은 하나씩의 역할을 맡아서 사람을 돕기도 한다. 다음은 어머니가 들려준 이야기이다.

"할머니가 한 분 있었지. 혼자 사시는 할머니였어. 가을이 되었고 할머니는 밭에서 팥을 따고 있었어. 그때 호랑이가 한 마리 나타났어. 어흥 어흥 할멈아, 내가 배가 고파서 할멈을 잡아먹어야겠는걸. 할머니는 대답했지. 나는 이제 살 만큼 살았고 좋은 꼴도 겪어 보고 못 볼 꼴도 겪어 봤으니 이승에 별 미련은 없구나. 배고픈 너에게 먹을 것이 되는 것도 나쁘지 않고 말고. 하지만 호랑아, 내가 지금 팥을 따고 있지 않느냐. 이 팥으로 팥죽을 끓여 먹은 다음에 나를 잡아먹으면 좋겠구나. 너도 그리 무정한 짐승은 아니니 부디 그렇게 해 주면 좋겠구나. 할머니의 말에 마음이 약해진 호랑이는 그러마 하고서 어흥 어흥 숲으로 사라졌어. 그러면 오늘 밤에 찾아갈 테니 기다리고 있으라구 꼬부랑 할멈, 하면서 어흥 어흥 사라졌어. 할머니는 집으로 돌아와서 팥죽을 쒔지. 팥죽을 먹으면서 생각하니 여간 원통해야지. 호호백발 늙은이가 혼자 사는 것만도 서러운데 끝내 호랑이 밥이 되는구나. 인생이 이렇게 허무할 수가. 한참 울고 있는데 누가 문을 똑똑 두드리는 거야. 달걀이 문 앞에 앉아 있었어. 할머니 할머니, 왜 우세요? 이 팥죽을 다 먹으면 호랑이가 나를 잡아먹으러 온다는구나. 내가 울지 않고 무얼 하겠니? 할머니 할머니, 울지 마세요. 저희가 어떻게 해 보겠어요. 달걀은 친구들을 불러 모았지. 자, 각자 내가 말한 자리에 가 있어야 해. 떨지 말고 쥐 죽은 듯이 기다려야 해. 마침내 호랑이가 찾아왔어. 할머니가 삘삘 울고 있을 줄 알았는데 웬걸, 호롱불도 꺼지고 먹물처럼 깜깜한 거야. 이 할멈이 기절하셨나. 할멈 할멈, 나 왔소. 산중처사 호랑이가 할멈을 잡아먹으러 왔소. 그래도 아무런 기척이 없는 거야. 어이구 깜깜해. 우선 불을 켜야 되겠는걸. 호랑이는 부엌으로 들어가서 아궁이 속에서 불씨를 찾으려고 재를 후후 불었지. 이때 재 속에 숨어 있던 달걀이 퍽 하고 터지면서 호랑이의 눈 속에 재를 튕겨 넣었지. 어이구 눈이야, 어이구 눈이야. 호랑이는 재를 씻어 내려고 자싯물 옹배기로 다가갔어. 앞발로 물을 움켜서 재를 씻어 내려는 순간에 자싯물 속에 숨어 있던 참게가 호랑이의 콧등을 꽉 물어 버렸어. 어이고 코야,

어이고 코야. 호랑이는 영문도 모르고 날뛰었지. 그러다가 부엌 바닥에 엎드려 있던 쇠똥을 밟았구나. 쭉 미끄러지면서 엉덩방아를 찧고 말았어. 어이구 엉덩이야, 어이구 엉덩이야. 호랑이는 엉금엉금 기어서 부엌문으로 나오려고 했어. 이때 부엌문 위에 올라가 있던 궤짝이 호랑이 위로 뚝 떨어졌지. 호랑이는 납작해졌을 수밖에. 아무리 납작해졌어도 호랑이는 호랑이지. 어깨뼈가 빠졌을까 발톱이 뭉그러졌을까. 그래도 호랑이는 우물쭈물 일어서는 거야. 이 모양을 보고 있던 작대기들이 몰려와서 호랑이를 흠씬 두들겨 팼어. 다시 엎어진 호랑이에게 다가온 것은? 그것은 멍석이었어. 멍석이 호랑이를 두르르 말아놓으니까, 지게가 멍석을 지고 산으로 갔다는 이야기야."

어머니는 다음과 같은 이야기도 해 주었다.

"옛날옛날 한 옛날에, 한 젊은이가 있었지. 그 젊은이는 장가를 가고 싶었지만 가난하고 못생겨서 장가를 들지 못하고 있었어. 그런데 듣자하니 어디어디로 가면 좋은 수가 생긴다는 거야. 거기 덕이 높은 중이 있다는 거야. 어떻게 하면 장가를 들 수 있는지 물어보기로 하자. 젊은이는 길을 떠났어. 몇날 며칠을 가다 보니 어떤 집 앞에 자태가 고운 처녀가 다소곳이 앉아 있었지. 부끄러워하는 처녀에게 물어보니 시집을 못 가서 그런다는 것이었어. 나는 지금 뭐든지 다 알고 있다는 어디어디의 덕이 높은 중에게 가는 길이오. 내가 가서 처녀가 누구와 결혼하는지 물어보겠소. 젊은이는 또 길을 갔어. 몇날 며칠을 가다 보니 어떤 집 앞에 한 할아버지가 시름에 겨워 앉아 있었지. 물어보니 할아버지네 배나무에 배가 열리지 않는다는 것이었어. 나는 지금 뭐든지 다 알고 있다는 어디어디의 덕이 높은 중에게 가는 길입니다. 제가 가서 왜 배가 열리지 않는지 물어보겠습니다. 젊은이는 또 길을 갔어. 몇날 며칠을 가다 보니 앞에 큰 강이 넘실거리고 있었어. 갑자기 커다란 이무기가 나타났어. 너는 지금 어디어디의 덕이 높은 중에게 가는 길이지? 어떻게 알았느냐? 당신 같은 사람이 몇백 명이나 그리로 갔지만, 아무도 강을 다시 건너오지 못했다. 그들은 약속을 지키지 않았거든. 그래서 내가 다 잡아먹었다. 약속을 지키지 않는다고 잡아먹었다는 것은 하나도 자랑할 게 못 되는군 그래. 나도 알고 있지만 어쩔 수 없었다. 이무기가 하는 말로는, 어디어디는 강 건너에 있는데 그리로 가려면 제가 건네줘야만 한다는 것이었어. 그런데 조건이 있어. 무슨? 어디어디의 덕이 높은 중에게 가면 내가 왜 하늘로 승천하지 못하는지 물어봐 다오. 그거야 어렵지 않지, 내 약속한다. 젊은이는 이무기의 등에 올라타서 넘실거리는 강을 건넜어. 그리고 어디어디의 덕이 높은 중을 만났어. 세 가지만 물어야 한다. 젊은이는 고민에 빠졌지. 물어볼 것은 네 가지였거든. 그 처녀는 시집을 가야 한다. 그 할아버지네 배나무에는 배가 열려야 한다. 이무기와 한 약속은 지켜야 한다. 나는 장가를 가고 싶다. 고민에 고민을 거듭하다가 마침내 젊은이는 덕이 높은 중에게 세 가지를 물어보았어. 역시, 덕이 높은 중은 모르는 게 없었지. 젊은이는 집으로 돌아오기 시작했어. 넘실거리는 강물에 이르자 이무기가 나타나 젊은이를 태우고 강을 건넜어. 왜 내가 하늘로 승천하지 못하는지 알아 왔느냐? 그것은 네가 욕심이 많아서 그런 것이래. 너는 여의주를 두 개나 갖고 있다며? 한 개는 누구에겐가 줘야 된대. 그랬구나 그랬구나. 이 여의주를 너에게 줄게. 약속을 지켜 줘서 정말 고맙다. 젊은이가 여의주를 받은 다음 순간에 이무기는 용이 되어 비늘도 찬란하게 하늘로 승천했지. 여의주를 들고 몇날 며칠을 걸어서 젊은이는 할아버지네 집에 닿았어. 젊은이, 왜 배나무에 배가 열리지 않는지 물어보았소? 예, 그것은 배나무 뿌리 아래에 은덩어리가 묻혀 있기 때문이랍니다. 배나무 밑을 파니 과연 은덩어리가 묻혀 있었지. 할아버지는 은덩어리를 나누어서 그 반을 젊은이에게 줬지. 여의주를 들고 은덩어리가 든 자루를 메고 몇날 며칠을 걸어서 젊은이는 자태가 고운 처녀가 있는 집에 닿았어. 제가 누구에게 시집가는지 물어보셨는지요? 예, 아무 달 아무 날에 처음 만나는 남자에게 시집간다고 하더군요. 아아, 오늘이 바로 아무 달 아무 날이고 제가 오늘 처음 만난 남자는 당신입니다. 여의주를 들고 은덩어리가 든 자루를 메고 자태가 고운 처녀와 함께 몇날 며칠을 걸어서 젊은이는 집으로 돌아왔지. 젊은이와 자태가 고운 처녀는 결혼을 해서 행복하게 잘살았다는 이야기야."

텔레비전이 없는 대신 어머니들이 옛날이야기를 해 주는 시절이었다. 그 시절은 가고 없다. 옛날이야기는 이제 『구비문학전집』 속에 엉성하게 모여 있을 뿐이다. 귀신들도 어디론가 황황히 사라져 버렸다. 귀신도 살지 못하는 땅에서 사람이 홀로 잘살기를 바라는 것은 욕심을 넘어서 논리적 파탄이다. 시끄러워. 텔레비전이나 켜 봐.

투르게네프의 단편소설 「베진 초원」을 읽는다. 러시아 대평원의 한여름 밤에 마을 아이들이 초원에 나와서 늑대와 승냥이 떼로부터 말들을 지키고 있다. 그들은 모닥불을 피우고 냄비에 감자를 찌면서 자기들의 관심사를 이야기한다. 소작농의 아들들이고 품위와 자제의 미덕을 교육받은 자작농의 아들도 하나 끼여 있다. 끼리끼리 모이면 으레 그렇듯이 그들도 귀신 이야기를 시작한다. 제지 공장의 수차를 돌리고 기침도 하는 보이지 않는 귀신, 마을의 목수를 사랑하다가 목수의 환심을 사지 못하여 상심하고 마는 물의 요정 루살카, 사람의 얼굴을 말끄러미 바라보는 흰 털이 곱슬곱슬한 말하는 새끼 양, 한숨을 쉬면서 땅 위에서 연방 무엇인가를 찾는 이미 죽은 지주는 자신을 짓누르는 무덤을 열기 위해서 절단초絶斷草를 찾고 있다, 산림지기 아킴은 물에 빠져 죽은 뒤로 물귀신이 되었다, 말 못하는 벙어리지만 손뼉을 치고 나뭇가지를 꺾는 숲귀신, 그중에서도 '언제고 한번은 이 세상에 나타날' 손을 댈 수도 잡을 수도 없다는 트리시카. '그 이상한 괴물은 그리스도교 신자들이 참나무 몽둥이를 들고 포위하면 사람들 눈에 띄지 않게 된대. 아무것도 안 보이니까 포위했던 사람들은 거꾸로 자기 동료들을 때리게 마련이고. 감옥에 가두면 트리시카는 물이 먹고 싶다고 국자를 달라고 해서는 그 국자 속으로 기어 들어가 흔적도 없이 사라진다더라. 쇠사슬로 묶어도 트리시카가 손바닥으로 치기만 하면 당장 풀어진다는데, 그런 괴물이 시골과 읍을 돌아다니고 있대. 그놈은 장난꾸러기라서 그리스도교 신자들을 골탕먹이기 일쑤라는 거지. 그래도 이쪽에서는 어쩔 수가 없대. 정말 교활한 괴물이지.' 투르게네프의 귀신들은 모두 러시아 농민들의 분신이거나 러시아 농민들이 바라는 자의식의 산물이다. 귀신이 무서운 것은 귀신 속에 깃들어 있는 진실 때문이다. 그것에는 불평 불만이 교묘하게 감춰져 있다. 때가 되면, 물이 차오르면, 귀신들은 이 세상에 나타나서 죄 많은 사람들의 집과 경작지와 무덤을 휩쓸고 다닐 것이다.

"누나. 무서운 얘기해 줘."

"없어."

"해 줘. 남들한테는 잘 해 주면서."

"우리 학교에서 있었던 얘기야. 하루는 한 아이가 화장실에 갔대. 똥을 누고서 밑을 닦으려고 종이를 찾으니까 종이가 없더래. 너무 급해서 종이도 못 가지고 갔던 거겠지. 어떻게 할까 궁리하면서 앉아 있었더니 뒤에서 이상한 소리가 나더래. 그래 뒤를 돌아다보니까 털이 숭숭 난 빨간 손이 나와 있더래. 그 손이 말하더란다."

"빨간 종이 줄까, 파란 종이 줄까?"

"얌체. 알고 있었구나?"

"그래서 그 아이는 주머니칼을 꺼내서 털이 숭숭 난 빨간 손을 찔렀대."

"못 말려."

"그런데 누나. 이 얘기 별로 무섭지 않지 않아? 처음 들었을 때도 별로더라."

"네가 화장실에 갔는데 털이 숭숭 난 빨간 손이 나와서 빨간 종이 줄까, 파란 종이 줄까 한다면 어떻겠니? 안 무섭겠어?"

"파란 종이로 줘, 그러지 뭐."

"잘도 하겠다, 겁쟁이 주제에. 그 다음 얘기는 모를걸? 나도 얼마 전에 들었는데, 며칠 뒤에 오랫동안 못 만났던 친구가 그 아이를 찾아왔더래. 그 친구는 손바닥을 다쳤다면서 붕대를 감고 있더래. 언제언제 책상 위에 있던 주머니칼이 떨어져서 그랬다고 하더래. 그 아이가 화장실에 앉아 있던 그 시간에."

"좀 무섭다, 누나."

나는 눈을 감았다. 누나도 말이 없었다. 나는 손을 누나 얼굴에 가까이 흔들면서 말했다. "빨간 종이 줄까, 파란 종이 줄까? 빨간 종이 줄까, 파란 종이 줄까?" 누나는 여전히 말이 없었다. 나는 손을 내리고 반듯하게 누웠다. 눈앞의 어둠 속에서 털이 숭숭 난 빨간 손이 나타났다. 그런데 그 털이 숭숭 난 빨간 손은 오른손이었을까 왼손이었을까. 밑을 닦을 때는 왼손을 쓰는 거라니까 왼손이겠지. 아니, 그 털이 숭숭 난 빨간 손은 종이를 주려고만 했을 뿐이니까 오른손인지도 몰라. 그나저나 나중 얘기는 괜히 들었네. 기분이 나빠졌어. 그때였다. 누나가 손으로 내 얼굴을 쓰윽 문지르면서 음산한 목소리로 말하는 것이었다.

"빨간 종이 줄까, 파란 종이 줄까?"

방물장수들

한 달이나 두 달에 한 번씩 뚱뚱이 아줌마가 우리 집에 찾아왔다. 뚱뚱이 아줌마는 방물장수였다. 이름처럼 굉장히 뚱뚱한 아줌마였다. 뚱뚱이 아줌마는 네모 반듯하게 보따리를 만들어서 이고 다녔다. 나는 '뚱뚱이 아줌마는 좋겠네, 인사할 때도 머리를 수그리지 않고 입으로만 뭐라고뭐라고 하면 될 테니' 하고 생각했다. 팥죽색 보자기를 풀면 딱딱한 마분지의 상자가 나왔고 마분지 상자를 열면 그 속에는 별게별게 다 들어 있었다. 요지경 속이었고 부엉이 소굴이 따로 없었다. 분갑과 참빗과 머릿기름과 눈썹연필 같은 화장용품, 손톱깎이와 귀이개와 머큐로크롬과 이약과 세숫비누 같은 위생용품, 청심환과 정로환과 스트렙토마이신과 멘소래담 같은 의약품, 바늘과 실과 가위 같은 바느질용품, 이스트와 화학조미료와 당원과 식용색소 같은 식품첨가제, 그리고 화투와 성냥 같은 것도 있었다.

어머니는 뚱뚱이 아줌마가 오면 한두 가지는 꼭꼭 샀는데, 그것들이 필요하기도 했겠지만 더 중요한 것은 뚱뚱이 아줌마가 전해 주는 소문들이었다. 참기름골 은뜰댁한테는 제 배 아프고 낳은 자식보다 움딸이 더 지성으로 위한다더라, 창말에 사는 배씨네 둘째아들이 그렇게 잘생겼더라 하는 이야기도 있었지만 대부분은 좋지 않은 이야기들이었다. 누구누구네는 또 딸을 낳았다더라, 칠형제봉 밑의 툼벙에서 젊은 여자가 빠져 죽었는데 그게 누구인지 아직도 모른다더라, 쌀금이 다락같이 올라서 우리같이 농사 안 짓는 사람들 쌀 팔아먹기가 여간 힘든 게 아니다, 계룡산 골짜기 상신리에서는 소를 세 마리나 도둑맞았다더라.

이런 흉흉한 이야기 끝에 뚱뚱이 아줌마는 작은 저울을 꺼냈다. "그새 얼마나 모았수?" 뚱뚱이 아줌마는 집집마다 다니면서 머리카락을 모았다. 머리를 빗을 때마다 빠지는 머리카락은 한 올도 떨어뜨리면 안 되었다. 그것을 모았다가 뚱뚱이 아줌마에게 파는 것이었다. 나는 뚱뚱이 아줌마의 저울을 볼 때마다 그 아줌마가 요술쟁이처럼 보였다. 그것은 정말 작은 저울이었다. 머리카락을 다는 저울이니 오죽할까. 동네에서 고구마 가마니를 달 때 쓰는 저울의 50분지 1 정도나 되었을까. 그래도 눈금이 새겨진 대와 손잡이와, 뭉친 머리카락을 올려놓는 동그란 쟁반과 주사위보다 조금 더 큰 야무지게 생겨 먹은 추 일습이 온전하게 갖춰진 저울이었다. "아줌마는 저울눈 보는 데는 선수라서…." 뚱뚱이 아줌마는 그렇게 말해서 어머니를 기쁘게 했다. 그것은 케케묵은 상술이었을 것이다. 상술이 너무 야멸찬 말이라면 그것은 인

정이었다. 우리는 남들이 자기를 얼마나 알아주느냐에 따라 인생관이
달라지는 존재인 것이다. 그러니까 뚱뚱이 아줌마는 60년대 말엽에서
70년대 초엽까지 이 나라가 세계 여러 나라에 수출했던 가발을 만드
는 재료를 수집하는 사람이었다. 방물장수는 부차적인 것이고 더 먼저
는 머리카락 수집상이 아니었을까. 여인네들의 머리카락까지 팔아먹
었던 이 나라의 남루. 나는 뚱뚱이 아줌마가 보자기를 싸는 솜씨를 항
상 감탄스럽게 쳐다보았다. 척척 매듭을 짓는 솜씨는 언제 보아도 일
품이었다. "다음에 올 때는 놋그릇 광약 좀 갖다 줘요." "알았수, 머리
카락이나 많이 모아 놔요."

옷감장수 아줌마도 종종 들렀다. 물양단과 광목과 인조견과 삼베 따
위를 가지고 왔다. 나는 옷보다는 옷감을, 그림보다는 물감을 더 좋아
한다. 곱게 개킨 옷감들에서는 좋은 냄새가 났다.

언젠가 추석 전이었다. 옷감장수 아줌마가 옷감이 아닌, 옷을 가지
고 온 적이 있었다. 보따리 안에는 아이들 옷이 가득했다. 어머니는 내
게 추석빔을 사 주었다. 그 옷은 진보라색의 코듀로이 재킷이었다. 가
슴주머니가 달린 옷이었다. 내가 입었던 옷 중에서 내 기억에 남아 있
는 가장 오래된 옷이 이 코듀로이 재킷이다. 새미래에서는 코듀로이
천을 '고리땡'이라고 했다.

이불 호청에 풀을 먹이고 다듬이질을 하기 전에 어머니는 입으로 물
을 뿜어 호청에 습기를 주고 옷감장수 아줌마가 가지고 다니는 옷감처
럼 접었다. 다듬잇돌의 크기에 호청을 맞추는 것이었다. 호청 접기는

아무리 어머니라도 혼자서 할 수가 없었다. 누군가 앞에서 잡아 줘야 했다. 양손에 호청을 잡고 있다가 어머니가 왼손과 오른손을 번갈아가며 호청을 간추리는 속도에 따라 무릎걸음으로 어머니 쪽으로 다가가야 했다. 나는 그 일의 단순하면서도 입체적인 변화감이 좋았다. 다듬이질을 마친 호청을 다시 빨랫줄에 널면 나는 호청 속을 왔다 갔다 했다. 그 호청은 커튼이고 책상보이고 머플러이고 '등장인물들, 경악한 모습으로 정지하며 천천히 막이 내린다'의 막이 아니었던가.

옹기장이 아줌마도 빼놓을 수 없었다. 옹기장이 아줌마는 가을걷이가 끝나고 콩을 쑤어 메주를 만드는 때에 찾아왔다. 옹기는 가지고 다니기에 용이한 물건이 아니었으므로 옹기장이 아줌마는 마을 어느 한 집에 옹기를 풀어 놓고 있었다. 그 집의 바깥마당에 가면 크고 작은 독과 단지와 그것의 뚜껑들, 동이와 시루와 장군과 뚝배기와 약탕기들이 늦은 가을볕을 받으며 반짝거리고 있었다. 하수도나 굴뚝을 할 때 쓰는 옹관들도 있었다. 옹기에는 손가락으로 아무렇게나 빠르게 그린 무늬들이 그려져 있었다.

동네에 드나드는 방물장수와 옷감장수와 옹기장이는 중매쟁이 노릇도 했다. 중매결혼은 신중해야 했다. 너무 까다롭게 따지고 사람을 놓아 넌지시 알아보는 것은 사위스런 일이라고 했지만 자칫 속아서 결혼하는 수도 없지 않았다. 그런 점에서 방물장수들은 안전했다. 이 마을 저 마을을 다니면서 나이가 찬 처녀 총각들을 눈여겨봐 두었다가 한쪽으로 치우치지 않게 연분을 맺어 주는 일은 분명 복 받을 만한 일이었다. "글쎄, 나를 믿고 딸을 줘요. 내가 이번으로 새미래에 발을 끊을 것도 아니고." 장독대 앞에서 오고가는 이야기에는 신뢰의 훈김이 묻어 있었다. 그러한 때에 장독대의 간장독에는 짙게 익은 간장이 가득 차 있었고 숯과 붉은 고추가 둥둥 떠 있었다. 장독대 옆에는 샛노란 감국이 피어 있었다.

그렇게 자식들을 짝지어 주기로 하면 이제부터 마을 사람들의 검증 단계가 이어졌다. 방물장수들이 다니는 지역이라면 새미래 어느 어머니들의 친정 마을이기 십상이었고 그 어머니들의 검증은 당연히 믿을 만했다. 그 검증은 당당한 권리였으며 또한 신성한 의무이기도 했다. 자기 친정 조카의 약점, 그러니까 소처럼 끙끙 일을 잘하는 사람이지만 하는 짓이 반편이라는 사실을 귀띔하지 않았던 사람이 마을 사람들에게 백안시당했던 예를 나는 알고 있다.

목기를 파는 아저씨, 대나무 소쿠리를 파는 아줌마, 체를 고쳐 주는 아줌마, 생이끼 속에 든 수삼과 종이상자 속에 든 백삼을 가지고 다니는 아저씨, 칼 가는 아저씨, 오징어와 꽁치와 명태를 자전거 짐받이에 싣고 다니는 아저씨, 새우젓장수 아줌마, 선지피를 이고 다니는 아줌마 들이 드문드문 오가고 있었다.

언젠가 우리 집 사랑방에 치과 기공사가 머문 적이 있었다. 마을 사람 몇몇이 이빨을 해 넣었다. 이빨에는 금이빨과 은이빨과 산뿌로치이빨이 있었다. 산플라티나 합금을 새미래에서는 산뿌로치라고 고쳐 불렀다. 뭐니뭐니 해도 금이빨이 최고라지만 누런 금이빨이 입안에 들어 있다는 것은 아무래도 천박했다. 그래서 그랬는지 몰라도 마을 사람들은 산뿌로치이빨을 해 달라고 계약을 하곤 했다. 치과 기공사는 말하곤 했다. 물론 계약한 사람들이 돌아간 뒤에 혼잣말처럼 지껄였다. "천박하기는 뭐가 천박해? 가난뱅이들이 돈이 없으니까 하는 소리지." 그것은 치과 기공사의 '집단 내 독백'이었다. 마을 사람들도 할 말이 없지 않았다. "그 양반한테 이빨을 하면 껄끄러워서 마뜩찮지만, 그래도 안 하는 것보다는 나으니까 하는 거지 뭐." 가난뱅이와 무자격 치과 기공사의 관계. 그것은 시장 원리의 좋은 모형이었다.

나는 치과 기공사가 작업하는 것을 내내 지켜보았다. 분홍색의 물렁거리는 인공수지人工樹脂를 입안 가득 물었다가 빼내게 한 다음, 이빨 자국의 속에 석고를 부어 굳히고, 석고이빨에 산뿌로치를 덧입혀 이빨을 만들어 내는 과정은, 사실 좀스럽고 더러웠다. 저렇게 더럽게 만든 이빨을 끼고 다닌단 말이지? 치과 기공사가 사용하는 도구들도 원시적이었다. 그의 손톱은 또 얼마나 뭉툭하고 둔해 보였던가.

"어때요? 잘 맞어요?"

"어째 좀 거치적거리는 것도 같고 그러네."

"아, 제 이빨이 아닌데 어련히 안 그렇겠는가? 며칠 참으면 괜찮어질 테요."

"이제 쇠가죽도 씹어 먹겠네 그려."

몇 번씩이나 이빨을 고쳐 끼워야 하는 돌팔이였어도 그는 전문가다운 자존심을 버리지 않았다. 그에 의하면 세상에 똑같은 이빨은 하나도 없다는 것이었다. 그래서 대학을 6년씩이나 다니면서 이빨 하나만 배우는 사람들도 있지 않느냐고, 그 치과 의사들도 이빨 만드는 일만은 자기 같은 이들에게 맡기지 않더냐고, 의사들이야 썩은 것 빼내고 주사나 놓고 치열 교정이나 하지 않더냐고 은근히 차별을 두었다. 딴은 그 말이 맞는 것 같았다. 이빨 좋은 것도 오복의 하나라는 말은 예나 지금이나 그르지 않았다. 그 말은 너무나 당연해서 아무 책에도 씌어 있지는 않은 터이고.

땜장이도 가끔 찾아왔다. 땜장이의 작업도 치과 기공사의 작업과 비슷한 점이 있었다. 땜장이는 우선 화덕에 석탄불을 피웠다. 불이 이글이글 피어나면 그 안에 컵 모양의 두툼한 도가니를 올려놓고 그 안에 쇳조각을 넣었다. 아니, 아연이나 납이나 구리 같은 것이었을 것이다. 화덕의 바람구멍을 활짝 열어 놓고 조금 있으면 뭉클뭉클 금속이 녹았다. 땜장이는 솜을 넣은 헝겊 뭉치를 판판하게 해서 그 위에 쌀겨를 놓고 오목하게 만든 다음, 녹은 쇳물을 떠서 쌀겨 위에 놓았다. 쇳물의 표면이 흔들흔들했다. 땜장이는 그것을 솥이나 냄비의 구멍 뚫어진 자리에 대고 밀착시켰다. 맞은편에도 똑같은 헝겊 뭉치를 댔다. 그렇게 하고서 한참 지나서 떼면 쇳물이 솥이나 냄비에 엉겨 붙어서 때워지는 것이었다. 땜장이는 말하곤 했다. "못 쓰는 놋수저 같은 거 있으면 내놓으시오." 놋수저가 작은 용광로 속에서 녹으면서 모습을 잃어 가는 것을 지켜보면서, 그것이 솥 밑에서 납작하게 눌어붙어 나타나는 것을 지켜보면서, 나는 물체의 둔갑술을 어렴풋이 가늠했다. 나는 땜장이가 되어도 좋을 것이었다.

봄이 되면 우리 집에 송아지가 한 마리 들어왔다. 그 송아지는 주인이 따로 있었다. 우리는 그 송아지를 키워서 주인에게 돌려줘야 했다. 소를 키우는 대가는 그 송아지가 큰 소로 자라서 다시 송아지를 낳으면 우리가 송아지를 갖는 것이었다. 적어도 2년이나 3년은 키워야 송아지를 낳는데 그때까지 들이는 공력에 비하면 너무 손해 보는 거래였다. 가끔씩 소 주인이 와서 소를 보고 가기도 했다. 소를 잘 키운다고 소문이 나야만 그나마 송아지를 얻을 수 있었다. 소가 없는 집에서 제 소를 기르게 되기란 하늘의 별을 따기보다도 어려웠다. 2년이나 3년 동안 쏟아부은 공력으로 낳은 송아지를 잘 건사하면 되지 않느냐고? 그게 쉽지 않았다. 송아지가 생기면 그 송아지를 팔아 돈 쓸 일이 생기는 것이었다. 그런 것이 없는 집의 살림이었다. 일할 철이 되어 소 부릴 일은 쌓였는데 집에 소가 없다면 소를 꿔 와야 했다. 소를 하루 빌리면 사람이 하루 품을 갚아야 했다. 우리의 사회체제는 이래저래 빈부의 격차가 커지는 구조였다.

아버지는 기어이 소를 한 마리 온전히 가지게 되었다. 송아지가 커서 코뚜레를 하게 되고, 쟁기를 메어 논밭을 갈게 되고, 겨울에 춥지 말라고 외양간 앞에 멍석을 쳐 주고, 짚신을 삼아 신겨 주고, 빗으로 털을 빗겨 주면서 아버지는 행복했을 것이다. 아버지는 노간주나무를 구부려 코뚜레를 만들면서 우리들에게 당신의 즐거운 속을 들킬까 봐 쩔쩔매는 것 같았다.

나와 누나는 우리의 첫 소에게 '태산이'라는 이름을 붙여 주었다. 태산이가 늙어서 장에 내다 팔고 태산이의 새끼를 키우게 되었을 때에도 소의 이름은 역시 태산이였다. 마을에는 소 거간들이 이 집 저 집 기웃

거리며 다니기도 했다. 마을 사람들은 소 거간들을 싫어했다. 소 거간들은 소의 나쁜 점만 이러쿵저러쿵 들춰내어 소값을 깎아 내렸다. 소도둑들과 소 거간들은 서로 한통속이라는 말도 있었다.

새미래의 아이들은 소를 뜯겨야 했다. 소를 몰고 다니면서 풀을 뜯어 먹게 하는 것을 '소 뜯긴다'고 했다. 어디로 가면 풀이 많을까. 가끔은 소에게 벼나 고구마 줄기를 뜯어 먹게 버려 두기도 했다. 아무래도 소를 잘 못 뜯겼다고 여겨지면 소를 시냇물로 끌고 갔다. 소는 물을 얼마나 많이 먹는지, 집으로 가면 어머니는 소의 배를 퉁퉁 두드리면서 한마디씩 했다. "소 배 속에서 출렁출렁하는 소리가 나네." 나는 속으로 소리쳤다. '나도 뜯길 만큼 뜯겼단 말이에요.'

마을에 튀밥 튀기는 아저씨가 들어오면 나는 어머니와 한바탕 입씨름을 했다.

"엄마, 우리도 강냉이 튀밥 튀기자."

"그게 무슨 맛이 있다고 또 강냉이 튀밥 타령이냐?"

"쌀을 한 되 가져가면 강냉이를 한 되 그냥 튀겨 준다잖어. 돈도 안 받고 그냥 튀겨 주는데 얼마나 이익이야?"

"그게 다 장삿속이지, 쌀하고 강냉이하고 값 차이가 얼마나 나는지 알기나 해? 쌀 튀밥은 씹히지도 않고 맛도 젬병이더라."

"엄마, 제발 강냉이 튀밥 튀기자. 강냉이 튀밥은 양이 많아서 오래오래 먹는대."

"자꾸 그러면 이번에는 튀밥이고 뭐고 일없을 줄 알어."

어머니는 강냉이 튀밥 알레르기가 있었다. 이번에도 내가 지고 말

모양이었다.

우리는 '나무 이름 대기 짝짝짝'이라는 놀이를 했었다. 꽃 이름, 과일 이름, 짐승 이름으로 그 놀이는 무한정 이어졌다. 둥글게 모여 앉아서 놀이를 시작했다.

"나무 이름 대기 짝짝짝."

"소나무."

"짝짝."

"참나무."

"짝짝."

"오리나무."

"짝짝."

"밤나무."

"짝짝."

"뽕나무."

"짝짝."

이런 식으로 차례로 돌아가면서 나무 박람회를 개최하는 놀이였다. 한 박자 늦게 댄다거나, 나무 이름을 못 댄다거나, 이미 말한 나무 이름을 댄다거나 하면 지는 것이었다. 세상에 나무는 굉장히 많으니까 끝없이 계속되어야 하는 놀이였지만 두 바퀴 이상 돌아가기가 쉽지 않았다. 내 차례가 되면 '물푸레나무'라고 해야지 하면서 짝짝, 짝짝 하고 있는데, 바로 옆에 앉은 녀석이 물푸레나무를 먼저 대 버리면 만사가 끝나는 것이었다. '나무 이름 대기 짝짝짝'은 꽃 이름으로 피어나기도 하고 강 이름과 산 이름으로 살눈 맺히기도 하면서 사물들의 마지막에 놓여 있는 어떤 원형으로 다가가는 놀이가 아니었던가. 우리가 튀밥 이름을 거론하기도 했음은 궁금한 혀의 요술이었을까.

튀밥 튀기는 아저씨가 가지고 다니는 것은 몇 개 안 되었다. 화덕과 재료를 넣어 돌리는 검은 통과 튀밥을 받는 그물주머니와, 통을 열 때 쓰는 쇠갈고리와, 쌀이며 보리쌀이며 강냉이를 재는 깡통들과 잘게 쪼갠 장작들이 전부였다. 어머니는 내게 쌀 한 되와 튀밥 튀기는 돈과 자루를 내주었다. 이미 깡통들이 한 줄로 죽 늘어서 있었다. 한참을 기다려야 할 것이지만 그것을 개의할 것은 없었다. 튀밥통을 빙글빙글 돌리는 것, 튀밥통을 덥히는 화덕에 부채질을 하는 것, 튀밥이 튀겨져 나오는 펑 하는 소리와 뿌연 김과 고소한 냄새. 그리고 나는 당당한 손님이었다. 옆에서 얼쩡거리다가 한 줌씩 튀밥을 얻어먹는 것과는 처지가 다른 것이었다. 거기에는 불안감이 따랐다. 내 튀밥이 조금밖에 안 나오면 어떡하나 하는 염려가 그것이었다. 줄을 섰다가 잘 튀겨 주세요 하고 말하고, 가져간 자루에 튀밥을 받고서, 손바닥 안에 꼭꼭 쥐어서 땀이 밴 돈을 건네고서 돌아오면 그만인, 누구나 할 수 있는 일이었지만, 나는 집으로 돌아올 때까지 한 번도 자리를 뜨지 못했다.

마을에는 엿장수와 번데기장수와 아이스케키장수도 왔다. 번데기장수는 나에게 의미가 없었다. 내가 번데기를 먹은 것은 스무 살도 훨씬 넘어서였다. 번데기에서 나는 냄새도 냄새였지만 더 못 견디겠는 것은 그것이 누에와 굼벵이와 송충이와 구더기와 하나도 다를 게 없다는 나의 연상으로부터 왔다.

항열이네는 누에를 쳤다. 농협에 가서 누에씨를 받아올 때는 까만 알들이 모기 눈물처럼 적은 양이었다. 그것이 알을 깨고 한 잠 자고 두 잠 자고 세 잠 자고 하는 동안 무섭게 자랐다. 누에는 먹성이 좋았다. 누에들이 뽕잎 먹는 소리는 나뭇잎에 빗발이 듣는 것과 방불했다. 웬만큼 큰 누에를 혓바닥 위에 올려놓으면 천천히 기어서 배 속으로 들어간다고도 했다. 깨끗한 향기가 썩 좋다는 것이었고 배앓이도 낫게 한다는 것이었다. 그 누에가 명주실을 토해 내고 가죽만 꺼멓게 남은 것이 번데기 아닌가 하는 생각으로 나는 번데기를 먹을 수가 없었다. 번데기장수는 종이를 고깔 모양으로 접어서 탑처럼 거꾸로 끼워 놓고 하나씩 뽑아서 번데기를 담아 주었다.

엿장수는 고물수집상이었다. 떨어진 고무신이나 장화, 헌 책, 빈 병, 쇠붙이, 깨진 유리 조각 등을 받고 엿을 주었다. 엿에는 세 종류가 있었다. 흰엿과 강엿, 그리고 가락을 늘이지 않고 두부처럼 두껍게 엿판째로 가지고 다니며 끌로 떼어 파는 엿이 있었다. '신도안'에서 엿을 곤다고 했다. 신도안 아이들은 좋겠네, 매일매일 엿을 먹겠네. 현대 한국어에 '엿 먹어'라느니 '엿 같다'라느니 하는 말이 있다. 왜 이런 말들이 생겨났을까.

"잡숴."

"뭐라고?"

"잡수라고."

"뭘?"

"엿."

찐득찐득하게 늘어붙는 엿을 마음의 평정하지 못함에 비유하는 이 비속어의 사회적 배경에는 무엇이 있을까? 초콜릿? 캔디? 누가? 마이 구미? 아마도 천민적·매판적 자본주의자가 아닐까. 근대까지는 '엿처럼 달갑게 여긴다'는 의미의 감이상甘飴賞이라는 말이 쓰이기도 했으니 '엿 같다'는 말의 돼지 같고 바보 같고 좆같은 기의記意는 분명히 저쪽에서 온 것이겠다.

새미래에는 위에 말한 상인들 외에 성격이 모호한 자들도 찾아왔다. 한번은 미국인 선교사들이 왔었다. 그들은 우리말을 하나도 하지 못했다. 예수를 팔러 오면서 우리말도 배워 오지 않았다는 것은 문제였다. 같이 온 우리나라 사람이 통역을 했다. 우리는 주기도문을 배웠다. 「요한복음」 구절에 가락을 붙여서 노래도 불렀다.

'하나님이 우리를 이토록 사랑하사 독생자를 주셨으니, 누구든지 예수 믿으면 멸망하지 않고, 영생을 얻으리로다, 영생을 얻으리로다.'

그들은 십자가 모양으로 만든 습도계를 하나씩 나눠 주었다. "이것을 기둥에 붙여 놓으십시오. 십자가가 파랗게 변하면 비가 온다는 표시입니다." 나는 십자가 습도계를 받지 못했다. 미화 오빠인 빽빽이가 중간에 몽땅 가로채 버렸던 것이다. 어거지를 빽빽 쓴다고 해서 빽빽이라고 불렸던 세창이는 깡패였다. 우리가 마피아들에게서 느끼곤 하는 야성적인 매력이 없었던 것은 아니지만.

미국인 선교사들은 장로교나 성결교 쪽의 사람들이었을 것이다. 요즘 길거리에서 말쑥하게 양복을 차려입고서 거슬리지 않게 선교하는 그 모르몬교도들과는 많이 달랐다. 코스타리카공화국의 이탈리아인 조르조 비올라의 말처럼 종교가 여자들을 위한 것이라면, 이 땅을 휩쓴 미국 종교들의 놀라운 통찰력.

"여러분, 독생자가 무엇인지 아십니까? 독생자는 외아들이라는 뜻입니다. 하나님께는 아들이 한 분뿐이셨습니다. 그 귀한 아들인 예수님을 우리에게 주신 것입니다. 우리를 사랑하시기 때문이었습니다."

그것은 나쁘지 않은 말이었다. 그러나 영생이라는 말은 이해가 되지 않았다. 죽지 않고 영원히 사는 수가 정말 있을는지 의문이었다. 미국인 선교사들이 와서 정희네 바깥마당에 천막을 치고 예수를 팔았던 그날부터 정희는 또 쩡쩡거리기 시작했다. 정희의 별명은 그렇지 않아도 쩡쩡이었다. 정희네는 우리 마을에서 제일 부자였다. 지금 정희가 자기 형에 대해서 쩡쩡거린다면 뭐 할 말이 없다. 정희 형 장열이는 좋은 그림을 그리는 화가이고 내 보매도 따뜻하고 담담한 붓질과 이미지가 일가를 이루었으므로.

선교사들보다는 사냥꾼들이 더 신나는 방문자였다. 그들이 오면 우리는 자청해서 몰이꾼이 되었다. 그때가 지금보다 사냥감이 많았는지는 자신할 수 없다. 숲이 우거졌어도 지금이 더 우거졌고 지금은 그때처럼 마을 사람들이 기를 쓰고 덫을 놓거나 청산염 묻힌 콩을 뿌리거나 하지도 않는다. 그래도 환경오염이나 공해 같은 말이 없던 때였으니까 건강한 짐승과 새들이 살고 있었을 법은 하다.

한번은 사냥꾼들이 공사실로 몰려갔다. 우리도 줄레줄레 따라갔다.

겨울이었다. 잠사가 있는 뾰족산의 발치에 이르렀을 때 꿩들이 후르르르 날아올랐다. 그러자 사냥꾼들이 하늘에 대고 마구 총질을 하는 것이었다. 우리는 깜짝 놀랐다. 세상에, 총알이 아깝지도 않나? 그 사람들 돈이 썩어 나는가 보다. 그날 그들은 꿩을 한 마리도 잡지 못했다. 다음 날부터 얼마 동안 우리는 끝이 나지 않을 논쟁에 돌입했다. 그들이 가지고 있던 총이 4연발총이었느니 6연발총이었느니 하는 싸움이었다. 산탄을 한 발씩 장전하고 공기를 압축해서 쏘는 단발총만을 보아 왔던 우리에게 귀가 멍멍한 소리를 내는 그들의 총은 아직도 먼 미지의 것이었다.

그러니까 새미래는 경제적으로 자급자족하지 못하는 공동체였다. 세상에 어느 인간 공동체가 자급자족할 수 있겠는가. 인간과 다른 생명체의 차이점은 바로 이 부분에 있는지도 모른다. 새미래 사람들에게 사냥꾼이나 선교사는 필요하지 않을지도 모른다. 튀밥 튀기는 아저씨와 엿장수와 번데기장수와 아이스케키장수가 오지 않는다고 새미래가 어떻게 되는 것도 아니다. 소 거간도 마찬가지이다. 치과 기공사도 그렇다. 땜장이와 옹기장이 아줌마와 옷감장수 아줌마도 번거롭기는 하겠지만 새미래 사람들끼리 어떻게 해나갈 수 있을지도 모른다. 그러나 새미래는 제 태인 형편에 따라 거기 사는 새미래 사람들이 쌀농사와 고구마농사를 지으며 살도록 되어 있었다.

선사시대에 이 땅의 선조들이 백두산 부근에서 나는 흑요석으로 화살촉을 만들었듯이, 그 화살촉으로 들꿩과 섬비둘기를 쏘았듯이, 아무리 폐쇄된 공동체라 해도 밖에서 오는 신기하고 놀라운 소문, 먹을 것과 입을 것과 이야기와 눈부시고 의젓한 아이디어에 관한 소문으로부터 언제까지나 안전할 수는 없다. 인간의 각 공동체들을 서로 이어 주고 서로 비슷비슷하게 만들어 주는 것, 그것은 우리의 귀이고 혀이고 코이고 눈이고 살갗의 따스함이다. 남이 농사지은 곡식, 남이 잡은 방어와 메추라기, 남이 만든 쟁깃날과 워크맨, 남이 발견한 마젤란 해협, 남이 고정시켜 놓은 사과나무의 우성 돌연변이, 남이 겪은 슬픔과 환희, 남이 생각해 낸 율도국과 아틀란티스를 가지고 우리는 잘 보이지도 않지만 손에 손을 잡고 윤무를 추는 것이다. 그 춤은 어제에서 내일까지 끊임없이 계속된다.

방물장수들이 새미래를 드나들던 시절이나, 지금 아무 때나 가서 필요한 것들을 골라 살 수 있는 말쑥한 방물 기업들이 스물네 시간 내내 불 밝히고 있는 시절이나 달라진 것은 없다. 다만 우리에게는 너무 비슷해져 버려서 때때로 다투기도 하고 서운하게 할퀴기도 하는 우리의 오늘과, 퇴행이라고 해야 할지 추억이라고 해야 할지 잘 모르겠는 쪽 창 너머의 어제가 있을 뿐이다.

도둑놈

초등학교 3학년 때였다. 누가 육성회비를 도둑맞았다고 선생님한테 이른 모양이었다. 선생님은 도둑을 잡아내야겠다고 생각했던 것 같다. 선생님이 도둑을 잡아내기 위해서 동원한 몇몇 방법은 끝내 실패했다. 선생님은 우리에게 돈을 가져간 사람은 이따가 쉬는 시간에 선생님에게 살짝 말을 하라고 했다. 아무도 말을 하러 가지 않은 쉬는 시간이 지났고, 선생님은 우리에게 가방을 뒤집으라고 했다. 다음에는 호주머니 검사를 했다. 그렇게 한 시간이 지나고 다음 시간에 선생님은 비커에 검은색의 액체를 담아 가지고 왔다.

"이 비커에 들어 있는 물은 화학 약품이다. 가져간 사람이 안 나올 때에는 여러분들에게 이 화학 약품이 얼마나 효과가 좋은지 보여 주겠다. 거짓말을 한 사람이 이 약품에 손가락을 집어넣으면 금세 손가락

훔친 책 빌린 책 내 책

이 썩기 시작한다."

그러나 아무도 일어나지 않았고 선생님은 그 화학 약품을 실험하지 않았다. 나는 손가락을 그 속에 넣는 순간 하얗게 뼈만 남고 살이 깨끗하게 썩어서 떨어져 나가는 상상을 하면서 치를 떨었다. 듣자 하니 그 시절쯤에 선생님으로부터 그와 똑같은 협박을 당한 사람이 적지 않은 모양이었다. 또 듣자 하니 그 실험을 끝까지 추진하고 그래서 범인을 잡아낸 선생님이 있는 것도 아닌 모양이었다. 초등학교 선생님들은 왜 그런 무리한 방법을 써 보려고 시도하는 것일까. 그 무슨 폭력이란 말인가. 설령 마음 약한 진범이 그 협박이 무서워서 울음을 터뜨리며 자수를 한다고 해도 그 무슨 야만이란 말인가. 화학 약품을 쏟아 버리고 온 선생님은 우리에게 종이를 한 장씩 나눠 주었다.

"자기가 생각하기에 누가 가져간 것 같다고 짐작이 가면 그 사람의 이름을 써라. 두 사람을 써도 좋고 세 사람을 써도 좋다. 짐작이 안 가는 사람은 꾸며서라도 꼭 써라."

우리는 짝꿍도 귀뚜라미도 모르게 이름을 써서 냈고 선생님은 쪽지를 펴 보면서 교탁 위에서 분류를 해 가면서 고개를 흔들기도 하고 끄덕거리기도 했다. 그러더니 몇 명을 앞으로 나오라고 했다.

"네가 가져갔니?"

"아닙니다."

"가져갔으면 지금이라도 말을 해."

"저는 안 가져갔습니다."

"가져간 것보다 말을 안 하는 게 더 나빠. 그걸 잘 알고 있겠지?"

"예. 그렇지만 저는 안 가져갔습니다."

"그런데 왜 이 쪽지들에는 네 이름이 제일 많이 씌어 있지?"

"모릅니다. 저는 안 가져갔습니다."

"확실해?"

"예."

다음 사람에게는 더욱 비열한 방법으로 물었다.

"왜 가져갔지?"

"저도 안 가져갔습니다."

"솔직히 말하는 게 좋아. 선생님이 보기에도 네가 가져간 것 같은데?"

"예?"

"가져갔다고 말만 하면 다 용서해 줄게. 그까짓 돈이 뭐 중요하니? 정직한 게 제일이지."

"그래도 저는 안 가져갔습니다."

"선생님 눈을 쳐다봐. 눈 깜빡거리지 말고. 왜 가져갔지?"

"정말 안 가져갔습니다."

"울지 마. 우는 것을 보니 수상하다, 너?"

"정말, 정말 안 가져갔어요."

"정말이야?"

다음 사람과도 같은 종류의 문답이 오고 갔다. 결과는 보나마나였다. 선생님은 긴 회초리를 가져왔다. 계집애 두엇이 삐질삐질 울기 시작했다. 선생님은 벌써부터 당황하고 있었다. 선생님은 잘못 생각한 것이었다. 아이들을 너무 순진하게 봤든가 스스로를 너무 믿었든가. 아무튼 선생님은 절망한 것이었다. 그럴수록 머리를 쳐드는 우스운 전투욕. 이제는 나도 선생님을 이해할 수 있다, 절반쯤은. 그러나 나머지 절반은 지금도 이해할 수 없다. 그때 그 선생님이 키 작고 못생기고 임신을 한 여선생님이었다고 해도. 이 부분에서 오해가 없기를 바란다. 나는 여성들을 열등한 존재라거나 소금기 없는 눈물이나 줄줄 짜는 존재라고 생각하지는 않았다. 그러나 여성성女性性이라는 형편없는 개념이 우리의 여러 공동체에 횡행하고 있음도 사실이 아닌가. '여성들이여, 우리 모두 진정한 여성성으로 무장하자'라고 할 때의 여성성과도 다른 이 개념이 두루두루 등용되고 있음에 착안하기로 하자. '여성다움'이나 '여성스러움'이 아니라 '여자 같은 멸망할 바빌론아'라고 할 때의 '여자 같음'. 그 선생님은 여자 같은 여선생님이 아니었을까. 내가 아직까지도 그 선생님을 원망하는 것은 다음과 같은 이유 때문이다.

선생님은 한참 동안 침묵을 지키더니 우리들에게 눈을 감으라고 했다.

"눈 뜨지 마라. 선생님하고 눈이 마주치는 사람은 앞으로 불러내겠다."

그러더니 돈을 가져간 사람은 오른손을 들라고 했다. 얼마 동안 다시 침묵이 이어졌고 선생님은 손을 내리라고 했고 눈을 뜨라고 했고 천천히 말을 이었다.

"자기가 가져가지 않았는데도 방금 전에 손을 든 사람은… ."

앞으로 나오라는 것이었다. 나는 자리에서 일어나서 앞으로 나갔다. 나는 손을 들었던 것이다. 내가 왜 손을 들었는지 그 자세한 속내를 나는 모르고 있다. 아무튼 나는 손을 들었던 것이다. 그런데 자기가 가져가지 않았는데도 손을 든 사람이 나 말고도 두 명이 더 있었다. 종도와 현순이. 나는 그들이 가져가지 않았다는 것을 안다. 그들은 가져갈 수가 없다.

선생님은 기가 막혔을 것이다. 눈을 감으라고 하고서 별 기대도 없이 손을 들라고 했더니 세 명의 오른손이 슬금슬금 올라가는 광경. 선생님은 속으로 쾌재를 불렀을까? 저 손 중에 한 손이 사악하게도 돈을 훔쳤다는 말이지? 선생님은 그 광경을 보면서, '어이쿠 내가 크게 잘못하고 있구나' 하고 생각했어야 한다. 어떻게 세 명이 손을 들 수가 있다는 말인가. 내가 이들에게 얼마나 죄의식을 강요했으면 이런 일이 벌어진다는 말인가.

그러나 선생님은 물러서지 않았다. 나와 종도와 현순이에게 혐의를 두고 어쨌든 취조를 시작한 것이었다. 내가 제일 불리했다. 종도는 1등을 도맡아 하는 기특한 학생이었고 현순이는 평소에도 수줍어하다 못해 자기 표현도 제대로 하지 않는 무구한 성품의 학생이었다. 그들은 자리로 돌아갔다. 나만 남았다. 선생님은 나의 품성을 캐기 시작했다.

"왜 손을 들었지?"

"답답해서….."

"답답해서?"

"예."

"뭐가 답답했지? 답답하다고 손을 들었다는 것을 선생님은 이해를 못 하겠다."

"벌써 세 시간이나 공부도 못 하고… 가슴이 답답하고, 배도 아프고…."

"그게 말이 되니? 너만 공부 못 했니? 왜 선생님 눈을 못 쳐다보니? 네가 정말 안 훔쳤니?"

"안 훔쳤습니다. 정말 답답했습니다."

"뭐 사고 싶은 것 없니?"

"예?"

"뭐 사고 싶은 것 없느냐고?"

"있습니다."

"뭐지?"

"연필 깎는 칼하고 크레용."

"그래서 훔쳤니?"

"안 훔쳤습니다. 제 가방도 보고 제 주머니도 보고 제 서랍도 보셨잖아요."

"쉬는 시간에 딴 데다 숨겼을지도 모르지 뭐. 윤택수가 쉬는 시간에 어디로 가는 것 본 사람 손 들어 봐라."

내가 쉬는 시간에 어디로 나갔었던가? 잘 생각이 안 나네. 그러자 이미 손을 드는 거추장스러운 일에 앞장서서 나설 아이는 없었다. 아무도 손을 들지 않았다.

"그렇지 않니? 또 다른 사람의 가방 같은 데다 넣었을 수도 있고. 왜 훔쳤니? 어디다 감췄지?"

"저는 안 훔쳤습니다."

나는 울기 시작했다. 벌써부터 울고 있었는지도 모른다. 나는 내가 울고 있다는 것을 느끼고 있었다.

"울지 마. 우는 것은 자백한 거나 마찬가지야. 훔친 돈을 어디에 감췄지?"

어디에다 감췄느냐고요? 선생님, 제가 정말로 훔쳤나요? 제가 저도 모르는 사이에 훔쳐 버린 걸까요? 저도 모르겠어요. 제가 훔쳤는지도 모르죠. 그럴지도 몰라요. 그렇지만 그 돈이 어디에 있는지는 모르겠어요. 어디에 감췄는지 차근차근 생각해 보라시지만 생각이 안 나요. 선생님, 제발. 저는 너무 답답해서 손을 들었던 것뿐이지 더는 아무것도 몰라요. 나는 주저앉았다.

"일어나."

나는 일어났다. 선생님은 우회적인 방법을 쓰기 시작했다.

"지금까지 돈이나 물건을 훔친 적 없었니?"

나는 생각할 기력도 상실하고 있었다. 선생님은 집요했다.

"잘 생각해 봐. 아무리 작은 거라도 좋아."

"쌀단지에서 엄마 몰래 쌀을 훔쳐 먹은 적이 있습니다."

"또?"

"명옥이네 딸기를 따 먹은 적이 있습니다."

"또?"

"가게에서 파는 비타민을 제가 낸 돈보다 몇 알 더 집어 온 적이 있습니다."

"또?"

나는 꾸미기 시작했다. 꾸민다고 해 봤자 쌀과 딸기와 비타민의 범

주에서 벗어날 수는 없었다. 그러고서 나의 기억은 끝이 나 있다. 아주 비참한 기억의 모퉁이에는 열 살 먹은 내가 훌쩍거리며 앉아 있다. 그것은 카인의 이마에 찍혀 있다는 살인자의 표시, 바로 도둑놈이라는 허물이다. 그 허물을 어느 정도 잊기까지 2년이 넘게 걸렸다. 그리고 초등학교 6학년 때에 나는 그 선생님보다 더 비겁하게 한 친구에게 도둑놈이라는 누명을 덮어씌웠다. 그럴 수도 있는 것이었다.

그때 나는 반 친구들로부터 걷은 돈을 가지고 있었다. 그 돈이 불우이웃돕기 성금이었는지 방위 성금이었는지 입원한 친구를 문병 가기 위해서 모은 돈이었는지는 잘 모르겠다. 며칠째 나는 그 돈을 가지고 있었고 어느 날 그것을 잃어버렸다. 내가 돈을 물어내야 할 판이었다. 물어내는 것도 물어내는 것이었지만 나는 나의 부주의함에 화가 나고 있었다.

나는 도둑놈을 잡아내야 했다. 돈을 훔쳐갈 만한 아이들을 내 나름의 추리로 가려내기 시작했다. 먼저 우리 마을 아이들을 제외시켰다. 내가 좋아하는 아이들도 제외시켰다. 공부를 잘하는 아이들도 제외시켰다. 키가 크고 힘센 아이들도 제외시켰다. 너무 바보 같은 아이들도 제외시켰다. 그런 식으로 추리를 해 나갔더니 대여섯 명의 아이들이 용의자로 떠올랐다. 나는 그 아이들에 대하여 탐문을 시작했다. 누가 가게에 가서 잘 까먹는지, 누가 나의 눈길을 슬슬 피하는지, 누가 혼자 노는지, 누가 내게 관심을 가지는지, 누구네가 제일 가난한지 따위에 대한 정보 수집 끝에 나의 더러운 칼은 황병룡이라는 친구를 겨누게 되었다. 그는 콩알이 되었고 나는 콩깍지가 되었다. 그러나 나는 그에게 대놓고서 왜 훔쳤느냐고 몰아세울 수는 없었다. 정말 유감천만이었다. 그를 관찰하면서 전후 맥락을 생각하니 그는 틀림없는 도둑놈이었다. 증거는 없었다. 그러나 그는 도둑놈이어야 했다. 나는 돈을 잃어버린 것이 아니라 돈을 훔쳐 간 도둑놈을 잡아낸 것이었다. 나는 권한이에게 상의를 했다.

"병룡이가 훔쳤어."

"정말이냐? 어떻게 알았어?"

"이만저만하고 이러저러하므로 병룡이가 훔친 게 분명해."

"그런 것은 확실하지 못해."

"나는 알아. 병룡이는 내 눈을 똑바로 못 쳐다보거든. 내가 병룡이한테 아직도 범인을 찾지 못했다고 말하면 병룡이는 얼굴이 빨개지거든. 그것도 수상해."

"아예 왜 돈을 훔쳤느냐고 해 보지 그랬냐?"

"정말 그래 볼까?"

"그만둬라. 그러다가 큰코다칠라. 뭐 하나 확실한 것도 없으면서. 꼼짝못하는 증거가 있어야 돼."

"병룡이야."

범인을 찾아내고서 수사 결과를 발표하지도 못하고 돈을 받아 내지도 못하고 내가 바보가 아니라는 것을 밝혀내지도 못한 나는 점점 못난 생각 속으로 빠져들어 갔다.

그렇게 시간이 흘렀다. 다른 아이들이 그 돈에 대해서 아무런 흥미도 가지지 않게 되었을 때에도 나는 병룡이에게 악질적인 압력을 넣고 있었다. 나는 양심적이고 당당한 피해자로서 그럴 권리가 있다고 생각했다. 그러는 중에 나는 절묘한 해결책을 마련하고 있었다. 잃어버린 돈을 잘 간수하지 못한 죄의식이 한 친구를 의심하는 죄를 낳았고 그 죄 속에서 허우적거리다가 하나의 출구를 발견한 것이었다. 그것은 그를 용서해 주자는 대범한 마음가짐이었다.

나 혼자서 범인을 만들고 그 범인을 못살게 굴다가 마침내 진이 다 빠져 버린 연후에 그를 용서해 주자고 마음을 가다듬었던 초등학교 6학년 때의 나와, 초등학교 3학년 때의 나는 무슨 관련이 있는지 나는 모른다. 나는 지금 뉘우치고 있다. 용서해 줘. 내가 잘못했어.

"너, 이리 잠깐 와 봐."

쳐다보니 키가 작은 청년이 나를 지목하고 있었다. 짧게 깎은 머리, 금속테 안경 너머에 빛나는 눈, 얇은 입술의 그는 휴가 나온 군인인 듯했다.

"왜 그러죠?"

"할 말이 있어."

그는 나를 서가 뒤편으로 이끌고 갔다. 작은 방이 하나 있었다. 그는 문을 닫았다.

"가방 이리 내."

"왜 그러는 건지 말을 해야죠."

"왜 그러는지는 네가 잘 알 것이고, 조용히 해."

그는 목소리를 낮췄다. 내 가방을 빼앗더니 그 속에서 제임스 클라벨의 『쇼군』 제1권을 끄집어냈다. 다시 가와바타 야스나리의 『설국·천우학』을 끄집어냈다. 그것들을 내 앞으로 밀어 놓았다.

"훔친 거지?"

"한 권은 아니고 한 권만 훔친 것입니다."

나는 가와바타 야스나리를 집어들었다.

"이것은 아닙니다."

"그래? 그걸 누가 믿어 주지?"

나는 읽다 만 부분을 펼쳐서 접어 놓은 것을 보여 주었다. 그는 수긍했다.

"좋아. 이 책을 훔치지 않았다는 것은 인정해."

그는 잠깐 입을 다물었다가 다시 눈빛을 빛낸다.

"하지만, 이 책도 훔친 것 아냐? 오늘 훔친 것은 아니라고 해도 언제 다른 데서 훔친 건지도 모르는 일이잖아. 그러지 않았다는 걸 어떻게 증명하지?"

"증명하기 어렵습니다. 그래요. 이 책도 훔친 것으로 하죠."

"훔친 것으로 하죠? 말을 정확하게 해야 하지 않겠어?"

"이 책도 훔쳤습니다."

"어디서? 언제?"

"모릅니다."

"그렇겠지. 너무 많이 훔쳐서 언제 어디서 훔쳤는지 당연히 모르겠지."

그는 나의 배를 서너 차례 가격했다. 작은 몸집치고는 상당히 강한 기세였다. 나는 왠지 모르게 기분이 좋아졌다. 이런 날이 올 것이라고 진작부터 생각하고 있었다. 그는 나를 의자에 앉히고 내 앞에 섰다. 자기를 쳐다보라고 했다. 나는 일단 기가 꺾여서 그를 맞바라보지 못하고 그의 바지춤께에 눈길을 주고 있었다. 그의 청바지에서 깨끗한 면화 냄새가 났다.

"몇 권이나 훔쳤지?"

"서른 권쯤."

"그것밖에 안 돼?"

"마흔 권쯤."

"솔직하게 다 털어놔."

"좋아요. 지금까지 삼백 권은 훔쳤을 겁니다."

"좋아. 지금까지 몇 번 들켰지?"

"이번이 처음입니다. 오늘도 안 들킬 수 있었는데."

"재수가 없었다?"

"그렇습니다."

"이 새끼 상습범에다 뻔뻔스럽고 반성하는 기미도 없네."

그는 나의 얼굴을 걷어찼다. 나는 의자에 앉은 채 뒤로 무너졌다. 그는 나를 일으켜 세워 다시 의자에 앉혔다. 그는 내 앞의 의자에 앉으며 담배를 물었다. 불을 붙이는 그의 손은 섬세한 얼굴과 달리 투박했다.

"훔친 책을 어디다 팔았지?"

"팔지 않았습니다."

"그러면?"

"읽었습니다."

"읽었다? 못 믿겠는데? 읽었다는 걸 어떻게 믿지?"

나는 『설국·천우학』을 집어 들고 뒷날개 부분을 펴서 그에게 건넸다. 거기에는 나의 독후감이 적혀 있었다. 그는 그것을 읽었다. 짧은 독후감이었지만 꽤 오래 읽었다. 거기에는 이런 글이 적혀져 있었다.

한 일본 여자의 옷자락에

천 개의 깃털을 가진 학이 있다

재주도 좋지, 그 얇은 천 위에 어떻게 하늘을 마련하고

비학飛鶴을 날염한 것일까

한 일본 여자는 목덜미가 참하고

용감한 왜구의 아내인데

소금으로 절여진 젊은 적병의 목을 들고

조심조심 빗질을 하고 있다

천 개의 깃털을 가진 학이

포르릉 포르릉 떨고 있다

그것은 시였다. 가와바타 야스나리의 이미지를 의빙한 탐미주의적인 시. 그것은 내가 쓴 것이었다.

"이게 뭐야?"

『설국·천우학』의 「천우학」을 읽었다는 증거. 독후감. 시.”

그가 책을 놓았다.

"좋아. 내가 빗질을 해 주지.”

그의 눈초리가 갑자기 사나워졌다. 그는 파출소로 전화를 했다. 경관이 한 명 와서 나를 인수인계했다. 그는 수갑을 꺼내어 내 손목 하나

와 자기 손목 하나에 각각 채우고 나를 끌고 갔다.

다음 날 나는 파출소를 나왔다. 등이 허전하고 무릎이 딱딱했다. 그때 누가 나를 뒤에서 툭 쳤다. 그였다. 어제 입고 있었던 청바지와 양복저고리를 입은 그가 서 있었다.

"지난밤은 추웠지?"

나는 대답도 하지 않고 돌아섰다. 썹새끼. 그가 앞을 막아섰다.

"배고프지?"

"내게 무슨 볼일이 있죠? 내가 훔쳤다는 삼백 권의 책을 돌려 달라는 건가요? 내가 이렇게 쏘다니는 게 마음 놓이지 않는다는 건가요?"

"진정해. 어제는 미안했다."

"미안해할 것 없어요. 제발 혼자 있게 내버려 둬요."

"알았어. 그래도 몇 마디 얘기 좀 했으면 한다."

그는 아침밥을 사 줬다. 내가 맛없는 밥을 한없이 느리게 지분지분 먹는 동안 그는 내 앞에서 아무 말도 없이 앉아 있었다. 나는 물을 마셔서 입안을 헹궜다. 그가 물었다.

"담배 피울래?"

"안 피워요."

"잠 못 잤지?"

"웬걸요? 아주 잘 잤는데. 내가 앉아 있는 자리 밑으로 보일러 파이프가 지나가서 뜨끈뜨끈했고, 그 사람들도 꽤 친절했고."

"너무 뻐기지 마. 뻐길 걸 뻐겨야지."

"어제 나를 파출소에다 넘긴 것이 미안해서 왔나요?"

도둑놈   127

"아냐. 미안할 것도 없고, 그랬다고 잘했다는 것도 아니지만. 조서는 어떻게 썼지?"

"묻는 대로 다 말했지만 그 사람은 자기가 꾸며서 쓰더라고요."

"묻는 대로 다? 꾸며서?"

"왜 훔쳤느냐고 묻길래 책만 보면 훔치고 싶다, 반짝거리는 비닐표지며 새 책에서 나는 냄새며 손바닥에 올려놓았을 때의 느낌 같은 것들 때문에 훔쳤다고 했더니…."

"그랬더니?"

"그는, 책 살 돈이 없어서, 너무나 읽고 싶어서, 잠깐 정신을 잃어버렸습니다, 라고 썼고…."

"그리고?"

"그만 할래요. 그 웃기는 연극."

"연극?"

"내가 뭐라고 말해도 그는 혼자서 소설을 쓰더라고요. 가난한 빈농의 아들로 태어나? 가난한 농부라고 하든가 그냥 빈농이라고 하든가. 그걸 쳐다보고 있자니까 한심해서."

"그걸 지적해 보지 그랬어 왜?"

"왜 지적해요? 이 사람이 내 죄를 탕감해 주려고 이러는구나 하는 생각이 드는데, 왜 그 사람을 화나게 해요? 그랬다가는 어제…."

"형이라고 해."

"그랬다가는 어제 형이 그랬던 것처럼 갑자기 눈초리가 찢어질지도 모르는데."

"그러니까 너는 너대로 솔직하게 다 말했고, 그 경관은 경관대로 너를 위해서 구구절절 감동적인 소설을 썼고, 그래서 너는 양심에 거리끼는 게 하나도 남지 않았고, 그 경관은 선량한 시민을 위해서 그가 할 수 있는 최대한의 노력을 다한 것이고, 그러저러한 사정을 너는 다 재고 있었다는 말이군."

"그렇죠."

"결국 나만 나쁜 놈이 되었네."

"그래서 이렇게 나를 보러 왔잖아요."

"그래도 기분이 안 좋은데?"

"웃기지 마세요. 어제 형이 짜든 각본에 따라 나도 그 경관도 형도 꾸역꾸역 연극을 한 거라는 걸 누가 모를 줄 알아요?"

"너 정말 재미있는 놈이구나."

"이제 가야겠어요. 아무튼 고마웠어요."

그는 나를 잡지 않았다. 앉은 채 가방을 챙기는 나를 보며 그가 말했다.

"앞으로는 책을 안 훔치겠네?"

"글쎄요. 장담은 할 수 없지만 노력은 해봐야죠. 그런데 형은 휴가 나온 건가요?"

"그렇다고 해 두지 뭐."

나의 책 도둑질은 그렇게 해서 끝났다. 1980년 1월의 일이었다. 그때 나는 고등학교 3학년이었고, 아마도 그는 민정감시요원이었을 것이다. 그는 유능한 요원이었을 것이다, 어쩌면.

얼마 후 나는 기소유예 통보를 받았다.

동물들

우리 집에서는 개나 고양이가 잘 되지 않았다. 그런 것들이 안 되는 집이 따로 있다고 했다. 어렸을 적에는 한 번도 개나 고양이를 기른 적이 없다. 눌은밥이나 축내지 실속 없는 농사라고 어머니는 말했다. 사실 개나 고양이에게 줄 게 없었다고 해야 옳았다. 음식을 버리면 죽어서 아귀가 된다고 했다. 아귀는 수채에 머물며 사람들이 버리는 밥찌꺼기를 먹고산다는 것이었다. 그는 목구멍이 실처럼 가늘다고 했다. 아무리 먹어도 배가 고픈 아귀는 자코메티의 인물상보다도 더 빼빼 말라서 죽지도 못하고 살아간다는 것이었다. 그 아귀를 위해서라도 수채에 음식을 좀 버려야 하지 않겠느냐는 나의 말에 어머니는 한숨을 쉬었다. 나중에 김수영의 시에서 '도야지 우리의 밥찌끼 같은 서울의 불빛'에 쐬었을 때에 나의 이마에는 어머니의 한숨이 훅 끼치는 것이었는데, 사람 먹을 것도 없는데 개는 무슨 개냐는 논리가 백 번 맞는다고 해도, 없으면 없는 대로 또 어떻게 해 나가는 것이 우리네 살림살이 아닌가 말이다.

나는 개를 기르고 싶었다. 개를 훈련시키고 싶었고 개를 데리고 동네를 쏘다니고 싶었고 싫어하는 아이들을 얼씬하지 못하게 하고 싶었다. 그런 나는 동네 개들과 친하지 못했다. 나는 개를 무서워하는 아이였다.

콘라드 로렌츠에 의하면 개들은 몇 개의 동심원을 그리고 있다고 한다. 가장 바깥에 있는 원이 경계선이라는 것인데, 그 선에 적들, 개들에게 적이라면 사람밖에 더 있겠는가, 아무튼 적이 경계선 안으로 침범해 오면 개들은 부단히 적의 동정을 살피게 되고, 더 안쪽에 그어진 도피선 안으로 침범해 오면, 분쟁이나 송사보다는 비열하더라도 평온이 낫지 하면서 즉각 경계선 밖으로 도망을 치며, 미처 도망가지 못하는 중에 가장 안쪽에 있는 공격선 안으로 침범해 오면 감연히 혹은 할 수 없이 적에게 달려들어 물어뜯는다는 것이다.

나는 한 번도 개에게 물리지 않았으니 공격선을 범하지 않은 셈인데, 또 모른다, 줄에 묶인 개를 공격선 안에서 비겁하게 괴롭혔는지도. 로렌츠는 말하고 있었다. 어떤 소년이 처음 보는 개와 친밀하게 어울려 논다면 그 소년의 심성이 꿋꿋하며 훌륭한 교육을 받은 것으로 보아 무리가 없다고. 나는 개와 친하지 못했을 뿐더러 개를 두려워하는 편이었다. 낯선 개라면 더욱 그랬다. 나는 내 나름대로 경계선과 도피선을 긋고 있었던 것이다.

그럭저럭 나는 몇몇 개들과 안면을 트게 되었는데, 권식이네 개 '다찌'와 권갑이네 개 '베루'가 그중 만만했다.

개들도 이름을 가진다. 이름은 관심의 결과이다. 서커스의 동물들이나 동물원의 짐승들에게 이름이 있는 것처럼, 동물 소설 속의 동물들이 인간적인 행동을 하며 고유명사로 언급되는 것처럼, 관심이 집중될 때에 이름은 의미를 띠기 시작한다. 이때의 관심은 상호적이다. 일방적인 관심은 실망을 낳고 실망은 노여움으로 번지며 노여움은 마침내 무관심을 형성한다. 사람의 침대 위에 올라오는 희귀한 동물의 하나인 고양이가 '나비'라고 통칭되는 것은 우리에게 관심을 보이지 않는 그들의 냉정함 때문이 아닐까. 강석경이 포착한 거위의 이름이 '거철이'이고 취미가 고약한 어떤 서양 사람들이 돼지를 씻기고 치장하고 귀여워하면서 이름을 들먹거리기도 하는 것은 거위와 돼지가 저를 거두는 주인을 알아보고 아양을 떨기도 하는 때문일 것이다. 그렇다면 '톰'은 무엇인가. 엘리엇의 『고양이 행장기』와 우리의 옛날이야기 「개와 고양이」는 무엇인가. 모르기는 해도 우리의 외로운 자화상이 삼투된 것이 아닐까.

다찌와 베루가 그랬듯이, 오늘 우리의 개들은 대체로 서양식 이름을 가지고 있다. 우리는 개에게 '요한'이라는 성스러운 이름을 붙이기도 한다. 요한이라는 개 이름을 한 번도 들은 적이 없다고? 그렇다면 '쫑'이라는 이름은 무엇인가. 쫑은 존 피츠제럴드 케네디, 장 자크 루소, 이반 데니소비치, 후안 카를로스, 요한 크루이프와 같은 족보가 아니었던가. 우리는 우리의 개들에게 '덕구'나 '바둑이'나 '삽살이' 따위의 이름을 붙이기를 그만두고 왜 서양식 이름을 붙이기 시작했을까. '벤지'? '파트라슈'? '아인슈타인'? 그것은 어찌 되었든 우리를 함락시킨 그들을 그렇게라도 능멸하려는 못난 방어기제가 아닐까. 명찰을 달아주고, 수백 번을 부른 끝에, '아인슈타인' 하고 부르면 시큰하게 돌아보는.

우리는 그렇게 사랑을 쏟은 개들을 잡아먹기도 한다. 다찌도 잡아먹혔다. 권식이와 권순이는 다찌를 죽인다고 삘삘 울어놓고서는 정작 개장국을 끓여 놓자 언제 그랬느냐는 듯이 국물을 홀짝거리고 고기를 삼켰다. 마땅한 일인진대 우리와 개는 그렇게 한 몸이 되기도 하는 것이다. 믿기 어려운 일이기는 하지만, 어느 까마득한 오지에 가면 죽은 이의 사체를 끓여서 식구들끼리 둘러앉아 울면서 먹기도 한다는데, 생각하면 그보다 더 죽은 이를 사랑하는 방법이 어디 있겠는가. 그렇게 해서 후손들과 한마음 한 몸이 되기만 한다면 나도 산적이나 스튜가 되어 식탁 위에 오르고 싶다. 마지막 한 방울까지 후손들에게 먹히고 나서 그들의 집의 축대에 견치석犬齒石으로 박혀 그들의 일거일동을 감시하고 싶다.

형이 결혼을 하고 조카들이 집에 와서 살게 되면서 우리도 개를 기르게 되었다. 개나 고양이가 잘 안 되는 집이라는 말이 거짓이었음이 드러났다. '바둑이'는 아주 잘 컸다. 이름처럼 흰빛과 검은빛의 털이 근사하게 무늬 진 녀석이었다. 몇 년을 키워도 바둑이는 체고 30센티미터, 체장 50센티미터에서 더 이상 성장하지 않았다. 아버지는 벌써부터 실망하는 눈치였지만 우리는 쾌재를 불렀다.

바둑이는 귀족의 피를 물려받은 성싶었다. 대소변을 가릴 줄 알았고 아무리 추워도 고양이처럼 부뚜막이나 아궁이를 탐하는 궁상을 떨지 않았고 경솔하게 함부로 짖지도 않았다. 초콜릿이나 아이스크림을 먹을 때면 의젓한 품이 사람처럼 보였다. 처음 대하는 사람이라도 그들이 우리의 친척이나 친구라면 살갑게 굴었으니 바둑이는 독심술도 행했던 것이다.

단 하나 못마땅한 습성이 있었다. 바둑이는 밥을 주면 먹지 않고 있다가 그것이 쿰쿰하게 썩기 시작해서야 입을 대는 것이었다. 조카들은 바둑이의 그런 식습관을 고치려고 애를 썼지만 끝내 여의치 못했다. 된장과 치즈와 포도주 등속을 가리켜 레비 스트로스는 '썩혀 먹는 음식'이라고 이름 붙이고 존재를 이루는 삼각형의 한 모서리로 삼았었거니와, 바둑이의 식습관도 그렇게 오묘한 것이었던가.

바둑이는 새끼를 세 배인가 네 배를 낳았다. 그 작은 녀석이 새끼를 낳다니 기특하면서도 애처로웠다. 더 안된 것은 바둑이가 암내를 풍기는 때였다. 그럴 때마다 집 주변을 어슬렁거리는 수캐들을 보면서 우리는 가슴이 철렁 내려앉는 것이었는데, 그것은 바둑이에 비해서 수캐들이 너무 크다는 데에서 연유했다. 바둑이보다 두 배나 세 배 이상 큰 녀석들이 대부분이었으니 우리는 우리 바둑이에게는 어림도 없다고 지레짐작하곤 했다. 바둑이의 사랑에 걸맞는 크기의 짝을 바라면서 우리는 수캐들을 쫓았다. 바둑이가 귀족의 피를 물려받았으리라는 우리의 판단은 그가 자신의 사랑 장면을 한 번도 우리에게 보여 주지 않은 사실에서도 찾을 수 있다. 바둑이는 정숙했다. 한 번도 숨차게 뛰어

훔친 책 빌린 책 내 책

들어와서는 누가 나를 쫓아왔어요 하고 호들갑을 떨지도 않았다. 바둑이는 자신의 상대를 꼼꼼하게 골랐을 것이다. 성격이 좋고 부지런하고 교육을 잘 받고 혈통이 좋은 녀석으로.

다섯 살이 되었을 때인가 해서 바둑이는 병에 걸렸다. 눈곱이 끼고 시름시름하더니 급기야 백내장으로 진행되었다. 그때가 바둑이의 첫 위기였다. 아버지는 기회다 싶었는지 바둑이를 팔아 버리자고 했다. 조카들은 바둑이를 상거리의 사촌형네 집으로 피신시켰고 결국 바둑이는 유성까지 가서 치료를 받았다. 마침 아버지는 탈장 수술을 받느라고 입원을 했었고 그 사이 바둑이는 멀쩡해진 눈으로 돌아왔다. 아버지가 퇴원해 돌아왔을 때에 가장 반갑게 맞이한 것은 바둑이였다. 그래도 아버지는 자신의 수술비와 입원비의 절반쯤이나 든 바둑이의 치료비가 이해되지 않는 듯 두어 번 입맛을 다셨다. 그 뒤에도 바둑이는 새끼를 한 번 더 낳았고 아버지가 돌아가신 뒤에도 우리 집에서 살았다.

바둑이의 두 번째 위기는 나의 불찰로 말미암아 일어났다. 그는 내가 산책을 나서면 저 먼저 산책 코스를 앞질러 가곤 했는데, 그날도 은굴로 산책을 나선 참이었다. 한중이네 산과 정희네 산의 사이로 난 마사토 깔린 길을 지나 막 은굴로 들어서서 모롱이를 꺾어 들었는데, 우리의 바로 앞에 훌쩍 커다란 그레이하운드 종의 개가 한 마리 막아서는 것이었다. 나도 깜짝 놀랐지만 그놈도 놀란 기색이었다. 미처 경계선이나 도피선을 칠 틈도 없이 공격선 안에서 마주쳤으니 저도 기겁을 했으리라. 나는 생각 없이 바둑이에게 공격 신호를 보냈다. 그러자 바둑이는 지체 없이 그레이하운드에게로 돌진했다. 그가 달려 나가는 것을 보며 나는 당황했지만 말리고 말고 할 계제가 아니었다. 그는 화살처럼 달려갔다가 꽃잎처럼 나가떨어졌다. 다음 순간 바둑이는 다시 그레이하운드에게로 돌진했고 잠깐 사이에 뒷다리를 물리고 말았다. 그제야 나는 바둑이의 원군이 되어 그레이하운드를 공격했다. 바둑이는 큰 상처를 입었다. 피를 뚝뚝 떨어뜨리고 이빨을 악물었다. 개들의 복종심에 대해서는 익히 들어왔어도 나의 무모한 명령에 반사적으로 행동에 나섰던 바둑이를 나는 기막힌 심정으로 끌어안았다.

바둑이는 그 뒤로 두 해를 더 살았지만 천수를 누리지는 못했다. 폐경기에 이른 것이 확실하고 체내 기생충 탓으로 윤기를 잃어버리자 어머니는 바둑이를 팔아 버렸다. 잡아 봤자 개장국 몇 그릇 나오지도 않을 바둑이를 팔았다고 우리는 투덜투덜 어머니를 원망했다. 그러나 바둑이는 죽어서까지 제 임무를 다한 셈이다. 개의 삶은 그렇게 되어 있는 것이다. 우리는 그에게 바둑이가 아니라 '순덕이'나 '아오코'나 '사빈느' 같은 이름을 지어 주지 못했던 것을 아쉬워했다. 바둑이에 대한 우리의 기억이 강렬할수록 우리는 또다시 개를 기를 엄두를 내지 못하리라. 사람은 평생에 한 마리의 개로 족한 것이다.

이 밖에도 나는 몇 마리의 개를 더 알고 있다. 그들은 모두 잡종 개였다. 혈통 운운했지만 사실 바둑이도 잡종이었다. 세상 어디에도 순수한 피로만 이어진 개는 없겠지만, 또 그러한 일견 문란한 듯한 교잡이 개를 인간과 더불어 번성하는 종족으로 만든 것이겠지만, 내가 알고 있던 개들의 놀랄 만한 평범함을 생각하면 마음이 울적해진다. 개들의 왕성한 난교亂交, 그 건강한 평화.

그 부대에는 그저 그런 인사계가 하나 있었다. 내가 그 인사계를 미워할 특별한 이유는 물론 없었다. 그러나 그와 관련해서 떠도는 소문에 대해서는 참을 수가 없었다. 그 부대에는 셰퍼드 종의 개가 한 마리 있었는데, 수색견도 아니고 경비견도 아닌 그 개는 부대 안을 어슬렁거리고 다니면서 공연히 발길질이나 당하는 놈이었다. 그 개를 인사계가 가지고 논다는 소문이었다. 인사계는 그놈을 붙들어 놓고 두어 번 수음을 시켜준 모양이었다. 그 뒤로 그놈은 인사계를 만나면 땅바닥에 벌렁 드러눕는다는 것이었다. 내가 그 소문을 듣고 혐오감에 치를 떨었던 것은 품위에 관한 문제였을까. 사람은 개들에 대해서 지켜야 할 예의가 있는 것이다. 개가 사람에 대해서 예의를 지키듯이. 우리는 개를 우리의 성의 도구로 사용해서는 안 된다.

언젠가 진지 개념도를 그리다가 쓰던 붓이 모지라진 적이 있었다. 궁리 끝에 군견의 털을 한 움큼 얻기로 했다. 군견병에게 말해 봤자 일언지하에 거절할 게 뻔했다. 훔치기로 했다. 우리는 밤에 가위를 가지고 나갔다. 준비해 간 카스텔라 봉지를 던져 주고서 우리는 군견을 어르면서 꼬리털을 싹둑 잘라 냈다. 상황실로 돌아와서 우리는 개털을 가지런하게 간추렸고 모지라진 붓의 슴베를 벌려 털을 물렸다. 감쪽같았다. 다음 날 군견병의 눈치를 살폈지만 그는 카스텔라 봉지에만 신경을 쓸 뿐이었다. 군견병의 보직 분류번호는 100 - 9였다. 100이 보병이므로 보병이 개를 한 마리 데리고 있는 상형문자였다. 제 아들의 꼬리털이 움푹 사라졌는데도 이상을 발견하지 못한 군견병의 태만은 사실 우스웠지만, 개집 옆을 오가면서 가위질 자국을 힐끔거렸던 악취미도 딱하기는 마찬가지였다. 그 개털 붓의 성능이 괜찮았었는지는 기억에 남아 있지 않지만, 그때 잠시나마 개에게 미안하기는 미안했었던 것이다. 우리는 개들에 대하여 지켜야 할 예의가 있는 것이다.

경상남도 진양군 일반성면에서 대전으로 유학 온 녀석과 같은 동아리에 들었던 적이 있었다. 수박을 아주 좋아했던 녀석이었다. 밭에 심은 수박이 원주율에 맞춰 몸집을 키우고 그 안에서 수박 당이 스스로 꼴을 갖추어 달콤해지는 것은 언제 생각해도 기적 같은 사실이지만, 녀석은 수박을 미학적으로 좋아했다. 적당한 크기의 수박을 손으로 받쳐 들고 걸어가는 기쁨을 내게 나눠 주었고, 김성탄과 임어당과 김현이 칼로 수박을 쪼개면서 경험하는 수평과 수직, 평면과 입체, 순청純靑과 순홍純紅, 정지와 변화의 다성악多聲樂을 격세유전과 원격 공감으로 공유했던 간間 텍스트를 하나하나 짚어 주기도 했다. 수박은 설탕보다 소금을 찍어 먹는 게 더 깔끔하다는 것도 그 녀석에게 배웠다.

그 녀석은 개와 잘 사귀었다. 길을 가다가 개를 만나면 쭈그려 앉아서 개를 부르는 것이었는데, 개들은 그에게 경계선과 도피선과 공격선을 일시에 허물어 버리고 달려들곤 했다. 나는 그와 친구가 되기로 작정했다. 개와 잘 지내는 자라면, 하는 계산이었으리라. 우리는 개들과 함께 늙어 가는 게 아닐까 한다.

개 이야기가 너무 길어지고 말았다. 고양이와 염소와 자라와 소쩍새와 도마뱀과 오소리와 치리와 민물새우 등 그 시절 우리들의 네거티브 필름에 윤곽을 새긴 동물들의 이야기를 하고 싶었던 것이었는데, 개에게 정신을 팔다 보니 한없이 길어졌다. 이제 개들은 내버려 둬야겠다.

어느 해 여름이었던가. 아버지는 대나무 소쿠리를 두 개나 망가뜨렸다. 어머니는 아버지에게 언짢은 소리를 했다. 대나무 소쿠리에는 겉대 소쿠리와 속대 소쿠리가 있는데, 아버지가 망가뜨린 소쿠리는 모두 겉대 소쿠리라는 것이었다. 겉대 소쿠리가 더 매끄러워서 가시랭이가 일지 않고 값도 훨씬 비싸다는 어머니의 말은 아마도 맞을 것이었다.

"대나무 소쿠리 한두 개가 문제인가? 내가 그놈을 잡기만 하면."

"그놈이 날 잡아잡숴 하고 달려들기라도 한답니까?"

그놈이란 뜸부기였다. 우리 논에 뜸부기가 살고 있다는 것이었다. 논두렁 풀을 깎고 있는 참에 그놈의 뜸부기가 부주의하게도 벼 포기 사이에서 동그스름하게 얼굴을 내밀더란다. 새벽 어둠이 다 가시지 않은 무렵이었지만 눈가의 짙붉은 안경을 똑똑히 보았다고 아버지는 말했다. 나는 뜸부기라는 말에 흥분해 버렸다. 뜸부기가 논에 산다는 것을 이미 알고 있었고, 뜸북뜸북 하고 우는 뜸부기의 울음소리를 드문드문 듣기도 한 터였다. 아버지는 새벽마다 소쿠리를 들고 뜸부기를 잡으러 나갔다. 아직 뜸부기의 집을 찾아내지는 못했지만, 실상 뜸부기의 둥지를 찾고 못 찾고는 문제가 아니라고 했다.

"지금쯤이면 뜸부기 새끼들 겨드랑이에 날갯죽지가 펄렁펄렁하겠수."

"그건 그렇지."

아버지는 후퇴했다. 그러나 아버지에게 중요한 것은 뜸부기 어미이지 새끼가 아니었다. 뜸부기 어미는 음흉해서 사람의 눈을 현혹시켰다. 그는 공중에서 둥지로 곧장 날아들지는 않았다. 둥지에서 훨씬 떨어진 곳에 앉아서는 둥지까지는 벼 포기 사이로 걸어간다는 것이었다. 아버지의 말로는 뜸부기의 논 속 길에는 일정한 규칙이 있다는 것이었고, 며칠 동안의 관찰로 대강의 파악을 했노라는 것이었다. 동쪽 길로 들어갔다가 서쪽 길로 나왔고 다시 서쪽 길로 들어갔으니까 이번에는 북쪽 길을 택하여 걸어올 것이므로, 길목에 소쿠리를 대고 있다가 번개처럼 뜸부기를 낚아채면 된다는 식으로, 아버지는 뜸부기와 고급스러운 유희를 즐기고 있었다.

"그걸 잡아서 뭘 하실 거유?"

"팔지."

"뜸부기를 누가 사 간답니까?"

"모르는 소리. 뜸부기는 약으로 쓰는 새라구. 고기를 고아 먹으면 산모의 젖이 흔해진다는 말도 못 들은 사람 같군 그래."

"그걸 잡았다고 치고, 얼마나 받을 것 같수?"

"낸들 아나. 나가 봐야지."

"어련하시겠수. 그놈의 뜸부기, 코빼기나 구경하게 되려나 모르겠수."

"두고 봐."

아버지의 뜸부기 사냥은 여름 내내 계속되었고, 뜸부기의 논 속 길의 규칙도 아버지의 머릿속에 환하게 그려졌지만, 결국 아버지는 그 시골뜨기 뜸부기를 잡지 못했다.

그해 벼를 베면서 아버지는 뜸부기의 둥지를 발견했다. 뜻밖에도 둥지는 갈개 친 도랑에서 두 발도 안 되는 곳에서 발견되었다. 아버지는 내색을 하지 않으려고 애쓰는 듯했지만, 건성으로 벼 베는 일을 돕고 있던 나는 아버지가 꽤 당황한다는 것을 알았다. 모르긴 몰라도 아버지는 뜸부기 둥지의 위치를 잘못 추정했던 것이다. 둥지의 위치를 잘못 추정했으니 뜸부기의 논 속 길에 대한 가설도 가설로 끝나 버렸던 것이다.

이듬해 여름이 되자 어머니는 아버지에게 뜸부기가 왔느냐고 물었다. 그러자 아버지는 평소와 영 딴판으로 어머니에게 소리를 빽 질렀다. 뜸부기고 뭐고 무슨 여편네가 입을 너무 경망하게 달싹거린다는 핀잔이었다. 어머니는 찔끔했지만, 속으로는 그러는 아버지를 곱게 담아 두는 것 같았다. 당신들의 난해했던 사랑법.

내가 뜸부기를 본 것은 군대에 가서였다. 중대 정문에서 보초를 서고 있었다. 해가 지고 어둠이 내려앉는 시간이었다. 아는 사람은 알겠지만 어둠은 위에서 아래로 내려 깔린다. 모래시계 속의 모래가 시나브로 떨어지는 것처럼, 어둠은 아마포의 무게로 우리와 사물을 감싼다. 그러한 때에 우리는 우리의 눈을 신뢰할 수 없다. 거리 감각이 사라진다. 어디선가 크고 긴 짐승이 숨을 쉬는 소리가 난다. 나는 화기소대의 김병장과 함께 씨도 안 먹히는 이야기를 하고 있었다. 이야기를 했다기보다는 그의 물음에 나는, 내키지는 않지만 환심을 살 만한 음성으로 그건 이렇고 또 그건 저렇고 하며 대답하고 있었다.

"군대 오기 전에는 뭐 했지?"

"학교 다녔습니다."

"어디? 무슨 과? 몇 학년?"

"어디. 무슨 과. 몇 학년."

"공부 잘했던 모양이군."

"웬걸요."

"여학생은 많았나?"

"꼭 절반이었습니다."

"애인은?"

"없었습니다."

"특별한 일 없었어?"

"별로."

"말해."

나는 신병이었다. 그의 어조가 문득 엄격해졌으므로 나는 말을 해야 했다. 내게 무슨 특별한 일이 있었던가. 나는 이야기의 꼬투리를 잡아야 했다. 나는 이야기의 꼬투리를 잡았다.

"2학년 초여름이었습니다. 나는 공부도 재미없었고 그렇다고 데모를 열심히 하지도 않았습니다. 남들과 다른 점이 있었다면 책 보는 재미로 학교에 다닌다는 정도였을 겁니다. 그때 카잔차키스를 읽고 있었습니다."

"카잔차키스가 뭐지?"

"그리스 소설가입니다."

"알았어. 계속해."

그의 어조가 더 엄격해졌다. 나는 긴장했다. 나는 그의 경계선을 건드린 것일까, 설마 도피선은 아니겠지.

"강의시간에도 강의는 안 듣고 책만 봤습니다. 그러자니 뒷자리에 앉기가 일쑤였습니다. 그날도 뒷자리에 앉아서 책을 보고 있었는데 누가 뒤에서 나를 쿡 찌르는 것이었습니다. 돌아보았더니 한 여학생이 생글거리고 있었습니다. 아마 강의에 늦게 도착해서 내 뒷자리에 앉은 모양이었습니다. 내가 왜 그러느냐고 눈을 끔벅거렸더니 그 여학생은 내게 작은 소리로 선물을 하나 주고 싶다고 했습니다. 나는 가슴이 뽀개질 것 같았습니다. 그 여학생은 사뭇 예뻤고 좋은 냄새가 났거든요. 숫기가 없어서 말도 못 붙이는 중이었는데 먼저 말을 걸어왔고 더욱이 선물을 주고 싶다는 말은 또 무엇인지, 정신을 차릴 수가 없었습니다. 그러나 그 여학생의 제안은 내게 어림도 없는 수작이었습니다. 자격지심을 끌어안고 있던 나는 그 말에 불쾌한 심기가 무럭무럭 피어올랐습니다. 나를 놀리는 거겠지 여우같은 계집. 그 여학생은 정말 여우같은 데가 있었거든요. 그래 눈썹을 우그러뜨리고 쳐다보고 있었습니다. 그 여학생은 나의 그런 심정을 아는지 모르는지 여전히 생글거리면서 내게 또 묻는 것이었습니다. 무슨 선물인지 알어?"

그때였다. 김병장이 손을 들어서 나의 말을 가로막았다. 그리고 나의 앞을 가로질러서 성큼성큼 걸어갔다. 나는 그가 걸어가는 쪽을 바라보았다. 그리고 보았다. 그것은 새였다. 어스름 때문에 분명하게 분간되지는 않았지만 채 자라지 못한 작은 새끼 새가, 우리가 보초 서고 있는 옆의 논에서 나와 있었다. 김병장은 그 새끼 새를 경제적인 동작으로 잡았다. 그는 내게로 돌아와 새를 보여 주었다. 털에 물기가 묻어 있는지 김병장의 엄지손가락과 아귀 부분에는 물방울이 튀어 있었다.

김병장은 고른 숨으로 내게 말했다.

"뜸부기 새끼다. 이제 좀 있으면 어미가 찾으러 올 거다."

나는 숨을 들이켠 채 가뭇가뭇 정신을 놓고 있었다. 뜸부기라고? 이놈이 뜸부기 새끼이고 좀 있으면 어미가 찾으러 온다고? 나는 믿어야 할지 안 믿어야 할지 갈피를 못 잡고 있었지만 믿지 말아야 할 이유는 어디에도 없었다.

"만져 봐도 될까요?"

"마음대로."

나는 오른손 집게손가락으로 그놈의 머리를 살짝 건드렸다. 그놈은 부리를 한껏 찢으며 삐악거렸다. 나는 이크, 하면서 손을 거두었고 김병장은 그러는 나를 득의만만하게 바라보았다. 그리고 김병장은 주의를 뒤쪽으로 돌렸다.

"어미다. 소리가 들리지?"

"모르겠는데요."

"잘 들어 봐. 뜸부기가 물을 밟는 소리가 들리지?"

그러나 내 귀에는 아까부터 나던 크고 긴 짐승의 들숨과 날숨 소리만이 순정하게 와 부딪힐 뿐이었다.

"평상시 같으면 뜸부기가 저렇게 물을 후정거리지 않지만, 새끼를 찾느라고 경계심을 잃어버린 거야. 이쪽으로 점점 다가온다."

김병장은 뜸부기 새끼를 가만히 땅 위에 놓았다. 다음 순간 우리 앞으로 검은 물체가 후두둑 다가왔다가 사라졌다.

"새끼를 데려갔어."

훔친 책 빌린 책 내 책

엄밀히 말하면 나는 뜸부기가 아니라 뜸부기 새끼를 본 것이었다. 그것도 김병장의 손아귀에 잡힌 그놈의 일부분만 본 것이었다. 그래도 고향이 전라남도 보성군 벌교읍이라는 김병장 덕분에 나는 어린 시절의 아버지의 뜸부기와 해후한 것이었다. 그가 뜸부기 새끼를 잡고 어미가 물 밟는 소리를 듣고 새끼를 놓아 주고 그들이 사라진 논을 바라보았던 얼마 안 되는 시간 동안, 나는 왠지 그가 좋아질 것 같다는 생각이 들었다. 그러나 그는 다시 엄격해진 어조로 돌아갔다.

"아까 하던 얘기, 계속해."

아까 하던 얘기? 아아 여우 얘기. 나는 이야기의 꼬투리를 다시 잡아야 했다. 나는 이야기의 꼬투리를 다시 잡았다.

"그 여학생은 내가 대답할 틈도 주지 않고 저 혼자 지껄였습니다. 그것은 바리캉이야. 나는 그때 바리캉이란 말을 몰랐습니다. 나는 얼굴을 붉혔습니다. 그 여학생이 말을 걸었다는 사실이나 선물을 주고 싶다는 말보다도 바리캉이 뭔지 모르는 자신에게 화가 났기 때문이었습니다. 그렇다고 바리캉이 뭐냐고 물어볼 수도 없었습니다. 나는 후끈 달아오른 채 물었습니다. 왜? 그러자 그 여학생은 하나도 망설이지 않고 대답하는 것이었습니다. 내가 뒤에서 보자니까 너의 목덜미가 지저분해 보여서. 나는 더욱더 얼굴이 달아올랐습니다. 한번 그 여학생을 쏘아보고 나서 고개를 바로 했지만 부끄러운 듯도 하고 부아가 나기도 하고 아무튼 그랬습니다. 강의가 끝나고 나서 나는 그 여학생에게 갔습니다. 머리카락이 지저분하게 난 내 목덜미는 그렇다고 하고, 왜 선물이니 뭐니 말하는 거지? 그 여학생은 전혀 물러서지 않고 그렇다고

동물들　　　　　　　　　　　　　　　145

심각한 것 같지도 않은 음성으로 대답하는 것이었습니다. 바리캉으로 뒷머리를 자르고 면도칼로 잔털을 밀면 어떨까 해서. 나는 기가 막혔습니다. 네가 직접 해 주겠니? 그 여학생은 정색한 표정을 하며 말했습니다. 좋아."

"그리고?"

"그리고 아무 일도 없었습니다. 나는 지저분한 목덜미로 다녔고 강의시간에는 카잔차키스를 봤고 그러고는 여름방학이었습니다."

뜸부기가 울고 있었다. 나는 뜸부기 새끼가 어미에게 분명히 몇 대 맞았을 거라고 생각하고 있었다.

며칠 후 일요일에 나는 김병장과 권투를 하게 되었다. 글러브를 끼고 급조한 간이 링에서 벌어진 권투시합에서 나는 흠씬 두들겨 맞았다. 김병장은 경제적인 권투를 했다. 발놀림과 섀도 모션과 스트레이트 가격. 어느 한 군데에도 허튼 동작이 없었다. 일방적으로 몰린 시합이 끝나고 나서 김병장은 글러브 낀 손을 휘감아 돌려서 나의 목덜미를 두어 번 툭툭 치는 것이었다. 나는 퍼뜩 깨달았다. 그때, 그 여학생이 내 목덜미를 면도질해 준다고 했을 때, 나는 그 여학생에게 내 목덜미를 맡겨야 했던 것이었다.

고등학교 1학년 때였다. 나는 권한이와 함께 공사실 초입에서 쉰다랑 쪽으로 올라가고 있었다. 우리 옆으로는 석간수가 얼어붙어 있었다. 그 작은 도랑 너머는 곧장 10여 미터 정도의 절개면切開面을 이루고 있었다. 절개면에는 군데군데에 물총새의 구멍이 나 있었다. 도랑가에는 찔레나무와 산초나무 같은 섶나무가 밀생해 있었고, 그 나무들

위로는 후물루스 자포니쿠스라는 학명의 덩굴식물이 서리를 맞아 시
들어 있었다. 그 나무와 덩굴 사이로 작은 새들이 미묘한 음빛깔로 쪼
로롱거리면서 들락날락하고 있었다. 권한이가 내게 물었다.

"저 새, 이름이 뭔지 아니?"

"글쎄, 참새 같기도 하고."

나는 참새보다도 작은 그 새의 이름을 몰랐다. 우리는 이름을 모르는
무엇을 사랑할 수 없다. 권한이는 내게 그 새의 이름을 가르쳐 주었다.

"저 새가 뱁새라더라. 사전에는 붉은머리오목눈이라고도 되어 있던
데."

자전거와 통학버스

"너, 오상영 형 알지?"

그를 왜 모르겠는가. 그는 수재라고 소문난 형이었다. 초등학교 6년
동안 내내 1등을 놓치지 않았다는 역사도 역사였지만, 중학교에서도
화려한 전설은 훼손되지 않았고, 누가 뭐래도 그는 대전고등학교에도
차석으로 들어갔다는 신화를 쌓은 인물이었다. 그를 왜 모르겠는가.
나이가 그와 같은 누나가 그와 이야기를 나누며 걸어오는 것을 보면,
누나의 동생인 나까지 머리가 좋아지는 듯한 착각으로 즐거워지기도
했었다. 그의 목소리와 그의 눈빛과 그의 옷차림 등으로 나는 그에 대
한 밀랍 이미지를 완벽하게 갖춰 놓고 있었다. 그는 새미래가 오랫동
안 기다려 온 인물이었다. 나다니엘 호손의 「큰바위 얼굴」을 공부하면
서도 나는 그의 이미지가 떠올라 묘한 친근감을 가지기도 했다.

그러나 권한이가 내게 오상영 형을 아느냐고 물어 온 것은 중학교 1
학년 때, 그러니까 오상영 형이 고등학교 2학년 때였다. 그는 유성까
지 자전거를 타고 가서는 시내버스를 갈아타고 대전까지 통학하는 중
이었다. 대전고등학교는 음악시간에 기타를 배운다는 것이었다. 그가
자전거 뒤에 책가방을 묶고 폴리에스테르의 기타 케이스를 한손에 들
고 자전거를 타고 가는 것을 보면서 나는 먼 나라의 사랑을 꿈꾸고 있
었다. 그를 왜 모르겠는가. 그는 자신의 입신양명만이 아니라 새미래
를 영광스럽게 만들 인물이었다. 그런 그를 내게 확인시키고 있는 권
한이는 슬며시 싱글거리는 것이었다. 그 형이 또 무슨 굉장한 일을 했
다는 말인가. 나는 속이 묵직해졌다.

"어제 유성에서 걸어오다가 그 형을 만났어."

6킬로미터가 넘는 거리였지만 우리는 곧잘 걸어서 학교를 오가곤
했다. 대개는 몇몇이 어울려서 걸어가자, 그러자 하고 검정 운동화 속
의 발가락들을 미끈미끈 학대시켰다.

그날, 권한이는 혼자였다고 했다. 혼자서는 아무래도 심심했고 더
힘들었지만, 우리는 간혹 그러기도 했던 것이다. 곧은 신작로를 지나
유성여고 들목에 막 다다랐는데, 옆에 자전거가 와서 서더라는 것이었
다. 그 형이었다.

"아, 형."

"혼자 가는구나."

"예."

"내가 태워 줄까?"

"뭘요."

"아냐. 와."

그 형은 자기 책가방을 풀어서 핸들에 걸치고 안장을 비웠다. 권한이가 우물쭈물하자 다시 재촉했다. 할 수 없었다. 나는 권한이에게 기타를 환기시켰다.

"기타는 어떻게 하고?"

"기타는 없더라."

그렇게 자전거를 얻어 타기는 했지만, 어쩐지 불편한 마음이더란다. 그 형이 비척거리면서 출발을 하고 나서도 불편한 마음은 여전하더라고 했다. 얼마 가지 않아서 문제가 발생했고, 권한이는 그것에 대하여 이야기하려는 것이었다.

"가맛골 입구에서 두 번째 바람 모퉁이까지는 물매가 뜬 오르막길이잖어. 오르막길이라고 할 수도 없는 그곳에 이르자 오상영 형은 힘이 부치는 것 같았어. 엉덩이를 들고 발판을 몇 바퀴 돌리더니 땅으로 내려서는 거야. 나도 내리려고 했지만 그 형은 그냥 앉아 있으라고 하더라구. 그러더니 자전거를 끌고 가기 시작하는 거야. 그렇게 한 백 미터쯤을 갔다니까."

"그냥 있으라고 해도 내려야 하지 않았을까?"

"그건 그렇지. 그래도 기분은 삼삼하더라구."

권한이는 무엇인지 신나는 눈치였다. 나는 그 어색했을 장면을 생각하면서 어딘지 아쉬워졌다. 그 형은 우리 모두의 우상이 아닌가. 그 형의 주변에 형성되어 있던 광휘가 납빛으로 사라져 가고 있었다.

우상과 영웅에게도 결함은 있는 것이겠지만, 결함도 결함 나름이 아닌가. 육체적으로나 정신적으로 순결해야 한다는 강박관념 때문에 많은 이들이 스러지고, 어이없는 운명의 장난으로 근친상간적 관계에 빠지거나 신의를 배반할 수밖에 없는 외곬으로 치달리며, 잠시의 자만과 방심이 돌이킬 수 없는 난관을 불러와 장엄하게 패배하거나 비감스럽게 죽어 가는 따위라면 우상과 영웅에게 합당한 비극이고 멜로드라마가 되겠지만, 힘이 모자라서 자전거를 끌고 가야 했다니, 그것도 뒷자리에 조그만 녀석을 대롱대롱 태운 채 바람 모퉁이를 지나왔다니, 자못 실망스러운 사실이었다. 그것은 자신에게 성실하지 못했다는 반증이 아닌가. 그 형은 역기나 철봉도 하지 않는다는 말인가. 학교에서나 집에서나 조금도 쉬지 않고 공부만 하는 수재는 이미 수재의 자격이 없는 것이 아닌가. 또 그것은 자신에 대한 배려에 소홀했다는 게 아닌가. 기껏 자전거를 탄 채 위엄을 잃어버리다니, 처음부터 친절하고 인간적인 우상은 없는 것인지도 모르는 일이었다.

나는 권한이의 말을 듣고 나서 아쉽고 아깝고 야속하기는 했지만 속상하지는 않았다. 그때는 모르고 있었지만 나는 순간적으로 우상을 파괴해 버린 것이었다. 너무 일찍 혹은 너무 늦게까지 우상을 숭배하는 것은 좋지 않다. 아니 우상을 숭배해도 괜찮은 때란 없다. 그 형이 나중에 뭐가 됐더라, 새미래를 영광스럽게 하는 존재가 되지 못한 것은 확실하지만, 틀림없이 건강한 생활인, 다정한 지역사회 인사가 되었을 것이다.

서머셋 몸의 『과자와 맥주』를 읽으면서 가슴에 따뜻한 물이 고인 적이 있다. 약간은 냉소적이지만 멋지게 균형감각을 유지하고 있는 그 소설을 나는 어떤 점에서 영국문학의 한 정점이라고 보기도 하는데, 거기에 어션든이 자전거를 배우는 장면이 나온다.

인적이 드문 길에서 자전거와 씨름을 하고 있는데 저쪽 길 끝에서 두 사람이 자전거를 타고 나타난다. 당연히 어션든은 무안해졌고 자전거를 타고 가다가 내려서 쉬고 있는 사람처럼 주변 경치를 보는 척 가장한다. 어션든이 서 있는 데에 이르자 한 사람이 자전거에서 떨어진다. 들꽃처럼 청초한 여자. 그도, 그 옆에서 함께 자전거를 끌고 온 여자의 애인도 어션든은 알고 있다. 여자가 말한다. "이럴 줄 알았어요, 사람을 만나면 떨어져요." 여자의 애인, 비천한 신분 출신이지만 자유로운 정신의 소유자인 무명작가가 어션든에게 말을 건다. 성공회 목사의 조카인 우리의 어션든은 난처해진다. 그러나 신사는 남을 기만하지 않아야 한다는 제국주의적 낭만으로 교육받고 있는 어션든은 곧 자기는 자전거를 아직 타지 못하며 지금 배우는 중이라고 털어놓는다. 소설 속의 사건이나 일상생활 속의 사건이나를 막론하고, 이렇게 되면 일은 두텁게 되어 가게 마련이다. 어션든은 그의 적지만 중요한 조력을 받아 자전거 타는 법을 배우게 되고, 큰아버지의 눈을 피해 그와 함께 교회묘지 등지로 탁본을 뜨러 다니게 되고, 그가 지내고 있는 셋집을 드나들게 된다. 나는 어션든보다 불리한 입장이었다.

중학교 3학년 때까지 나는 자전거를 타지 못했다. 기막힌 현실이지만 정말 그랬다. 그때까지 한 번도 자전거를 배워 보려고 시도를 하지 않았었다.

기술시간이었다. 선생님이 한 녀석을 일으켜 세우더니 묻는 것이었다. "자전거가 왼쪽으로 쓰러지려고 하면 핸들을 어느 쪽으로 꺾어야 하지?" 나는 속으로 '그야 오른쪽이겠지' 하고 생각을 했다. 그러나 일어선 녀석은 "왼쪽입니다" 하고 대답하는 것이었고 선생님은, "그렇지" 하면서 심상하게 넘어가는 것이었다. 나는 놀라고 말았다. 그리고 나는 실험을 해 봐야겠다고 생각했다. 나는 내가 자전거를 못 탄다는 사실을 뼈저리게 느꼈다.

그날 밤 나는 자전거를 끌고 초등학교 운동장으로 갔다. 나는 그날 페르시아 융단을 하나 얻었다. 그러나 내게는 함께 자전거를 타고 탁본을 뜨러 갈 사람이 없었다. 모름지기 자전거는 혼자 배우면 안 된다. 뒤에서 자전거를 잡아 주는 사람, 잡아 주다가 앞사람이 모르게 자전거를 놓아 버리고 따라오면서 "혼자서도 잘 타네"라고 말해 주는 사람이 있어야 한다.

나중에 『과자와 맥주』를 읽으면서 나는 탁본을 뜨러 가기는 가야겠다고 생각했고, 고등학교를 졸업하고 2월 말쯤 해서 정말로 탁본을 뜨러 길을 나섰다. 목표는 경상남도 울주군에 있는 '반구대' 암각화였다. 대전에서 대구까지는 기차를 탔고, 대구에서 울산까지는 고속버스를 탔다. 울산에 내려서 나는 반구대를 아는 사람을 만나려고 질문 공세를 폈다. 울산 시민들은 반성해야 한다. 나는 백 명도 넘는 사람들에게 똑같은 질문을 해야 했고, 반구대라는 지명을 알고 있던 그 사람도 암각화가 아니라 낚시터로서의 반구대라고 말하는 것이었다.

어쨌거나 나는 반구대 가는 시외버스를 탔고 어둠 속에서 버스를 내렸으며 외길로 난 산길을 이십 리 상거쯤 걸어서 몇 채의 집이 있는 마을에 도착했다. 가게나 술집을 찾았지만 그런 것은 없었다. 간신히 불이 켜진 외딴집 앞에서 인기척을 냈다. 반구대를 찾아왔노라는 말에, 얼굴에 꺼끌꺼끌하게 수염이 난 주인남자는 낚시철도 아닌데 웬일이냐면서 들어오라고 했다. 반구대는 선사시대의 암각화가 있는 곳이 아니라 낚시터였던 것이다. 나는 이만저만해서 탁본을 뜨러 왔노라고 했다. 주인남자는 알 만하다는 듯이 턱을 주억거리더니 지금은 배를 띄울 수가 없다는 것이었다. 이 산골짜기에 배라니 천만뜻밖이었다.

"배라니오?"

"모르고 온 것 같은데, 반구대까지 물이 차오른 지 한참 됐소."

"그러면 암각화는?"

"그것도 반쯤은 잠기도 반쯤은 남고 그랬지요."

"그렇다면?"

그래서 탁본을 뜨려면 배를 타고 나서든가 물이 얼어붙은 뒤에 하든가 해야 하는데, 마침 따지기 때가 아니냐고, 일정을 잘못 잡고 왔다는 것이었다.

"따지기 때라니오?"

그것은 해빙기라는 말이었다. 나중에 백석의 시에서 '따디기'라는 평안도 방언을 가려 읽으면서 나는 반구대에서의 그날 밤의 낭패를 떠올리며 짐짓 쓴웃음을 짓기도 했다.

주인남자는 내게 저녁을 먹었느냐고 물었다. 나는 주인남자의 숙성

한 딸이 끓여 주는 라면을 먹었다. 국물 속에는 민물고기가 통째로 들어 있었다. 피라미와 송사리와 미꾸라지의 잔챙이들. 라면은 불어서 뭉클거렸고 비린내도 났다. 내 옆에서 주인남자는 소주를 마셨다. 반구대를 끼고 있는 산골짜기 마을에 아버지와 다 자란 딸과 어린 아들이 살고 있었고, 나는 민물고기를 넣어 끓인 라면을 얻어먹었던 것이다. 클레멘타인이 따로 없었다.

그날 밤 나는 초등학교 5학년이라는 주인남자의 아들과 함께 잤다. 그것은 이상한 일이었다. 방이 두 칸뿐이라면 아들과 딸을 같이 재우는 편이 자연스럽지 않겠느냐는 마음이었다. 잠이 들었는가 하는 마련에 눈을 떴다. 무슨 기척이 있었던 것이다. 다시 잠이 들려는 참이었는데, 옆에서 자고 있던 녀석이 내 속옷 속으로 손을 뻗쳐왔다. 나는 녀석의 손의 호기심과 불안감 섞인 동작을 알고 있었다. 나도 그랬던 적이 있었다. 나는 엉뚱하게도 자는 척 가만히 있었다. 훨씬 전에 지었던 죄를 이렇게 탕감하는구나 싶기도 했다. 녀석은 대담해졌고 내 자지를 가지고 놀기 시작했다. 나는 뻣뻣해진 자지를 녀석의 손에 버려둔 채, 맞은편 방에서는 주인남자와 딸이 한 몸이 되어 있을지도 모른다는 상상을 했다. 그러다가 나는 부드럽고 축축한 감촉을 느끼고 몸을 일으켰다. 녀석이 나의 자지에 자기의 입을 가져다 댄 것이었다. 내가 일어나자 녀석은 화들짝 놀라면서 떨어졌다. 나는 녀석을 당겨 안으면서 괜찮으니 계속하라고 짤막하게 말했다. 나의 힘에 눌려 다시 나의 자지를 입에 넣은 녀석은 이빨로 꽉 깨물었고 그 순간 나는 사정을 했다.

이튿날 일어나 살펴보니 녀석의 잇자국이 서툰 바늘땀처럼 선명하

게 찍혀 있었다. 나는 마른 갈대와 명아줏대와 녹아 내리다가 설얼어

붙은 얼음판과 월면月面과도 방불한 진흙 앙금의 굳은 껍질들을 바라

보면서도 자지 뿌리께가 은근하게 쑤시는 것 같았다. 소년의 이빨 끝

에 함초롬히 묻어 있는 푸르스름한 독毒.

　나는 수원지의 간조대干潮帶에 서서 소심한 눈빛으로 건너편의 암

벽을 넘어다보았다. 저 암벽에는 선사시대의 교미하고 있는 멧돼지와

살집이 향긋한 날짐승만이 아니라 신라시대의 암각화들도 남아 있다

지, 산자수명한 곳을 찾아내는 눈썰미라면 누구에게도 뒤지지 않을 겨

레붙이들이었으므로 이곳의 명미明美함이 서둘러 발견된 점도 수긍이

가는 일이겠고, 카렌 블릭센은 『아웃 오브 아프리카』에서, 공중에서

내려다본 자신의 커피농장이 기하학적인 네모꼴을 하고 있다는 사실

에서 원형적 성취감을 느꼈었노라고 고백하고 있거니와, 사물을 상형

하는 초보적인 기호들을 저 암벽에 쪼아 넣었던 이들도 그렇고 꽃피는

시기에 이른 신라시대의 갱 집단인 화랑들이 이곳에 이르러 자신을 아

껴 주던 진골眞骨 미망인을 그리워하면서 '일산日傘을 쓴 여인'을 아로

새겼던 것도 그렇고, 이 나라에는 사대부만 많을 뿐 관직이 없구나 문

법과 시학과 경학經學을 다툴 마당이 없구나 탄식하던 모모한 인사들

이 시회詩會를 빙자한 '풀밭 위의 식사'를 꾸려서 이곳을 찾아와 우아

한 칠언절구를 파임과 삐침 서슬도 완연하게 새기게 했던 왕도王道의

그늘도 그렇듯이, 우리는 천년이 지나도 오히려 의연할 돌의 도화지를

대하면 무엇인가를 새기고 싶어지는 것이겠지. 나의 배낭 속에는 탁본

도구 일습이 들어 있었고 2월 하순의 아침은 암벽의 이마쯤에 희미한

안개를 걸고 있었다.

　나는 클레멘타인의 집으로 와서 늦은 아침을 먹었다. 혼자 먹는 밥. 어젯밤에 동침했던 녀석이 밥상 맞은편에 앉아 있었다. 녀석은 나의 눈길을 피하지 않았다. 녀석의 아버지가 내게 자전거를 내주겠노라고 말했고 나는 고맙다고 했다. 나는 녀석을 뒤에 달고 버스 타는 곳까지 갔다. 오르막과 내리막이 섞바뀌는 산길은 자전거로도 힘이 들었다. 뒤에서 나의 허리를 부여잡은 녀석의 손길은 선입견 때문이겠지만 왠지 다정다감했다. 한번은 오르막에서 녀석을 내리지 못하게 하고 자전거를 끌고 올라갔다. 오상영 형이 그랬던 것처럼.

　"나 내릴게요."

　"그냥 있어."

　"힘들잖아요."

　"어젯밤, 재미있었다."

　녀석이 얼굴을 찌푸렸다. 금방 울상이 되었다. 너무 짓궂은 게 아닌가 하는 생각도 들었지만 그런 녀석을 쳐다보는 것은 정말 재미있었다.

　"잘못했어요. 다시는 안 그럴게요."

　"다시는? 너하고 나하고 언제 또 만나지기나 하겠니? 그건 그렇고, 너 솜씨가 좋던데?"

　녀석은 글썽글썽해졌고 기어이 눈물을 떨어뜨렸다.

　"공연한 말을 했구나."

　"아니어요. 정말 그런걸요 뭐."

　녀석은 왁 울음을 놓았다. 나는 자전거를 세웠고 녀석을 내리게 했다. 쉽게 그칠 것 같지 않은 녀석의 옆에 앉아서 나는 녀석이 띄엄띄엄 이야기하는 클레멘타인 집의 속사정을 들어야 했다.

"아버지를 미워하지는 않아요."

"그럼 됐다. 그만 일어나자."

녀석은 선선하게 말을 들었다. 주먹으로 눈물을 훔치면서 녀석은 씨익 웃는 것이었다.

"너, 자전거 탈 줄 아니?"

"아직."

"그러면서 왜 따라나섰어?"

"집까지 끌고 가면 되잖아요."

"너 여기서 돌아가라."

"아직 반도 안 왔는데."

"나는 괜찮아."

나는 비교적 평탄한 길을 골라 녀석에게 자전거 타는 법을 가르쳐 주었다. 녀석은 이내 배워 버렸다. 누군가 뒤에서 잡아 주기만 한다면 자전거 타기는 문제가 아닌 것이다. 송글송글 땀방울이 내비친 얼굴을 쳐다보면서 나는 녀석이 이제부터는 아버지를 미워하게 될지도 모른다는 생각을 했다. 그 편이 더 좋을지도 모른다는 생각도 들었다. 버스 타는 곳에서, 녀석은 내 옆에서 버스를 기다려 주었다.

중학교 2학년 때였던가, 집으로 가는 완행버스를 타고 보니 옆에 순원이가 서 있었다. 순원이는 초등학교 동창생 계집애였다. 5학년 때에

서울로 전학을 갔다가 6학년이 되면서 다시 우리 학교로 전학을 온 순원이에게, 나는 그리 맹렬하지는 않은 적개심을 품고 있었다. 명옥이의 말에 의하면 순원이는 서울에서 꽤 똑똑해져서 돌아왔다는 것이었다. 곧, 자신의 의견을 조리 있게 펼치는 재주가 비상하다고 했다.

한번은 6학년 여자반에서 학교 전체회의가 있었다. 4학년 이상의 고학년들을 각 반에서 몇 명씩 모이게 하여 개최한 회의였다. 선생님들이 교실 뒤편에 주욱 서 있었고 엉겁결에 교실을 빼앗긴 6학년 계집애들이 복도에서 안을 들여다보고 있었다. 순원이가 의장이었다. 회의는 열기 없이 진행되었다. 회의 구성원들 자체가 정서적으로 일치되어 있지도 않았을뿐더러 그 시절 시골 초등학교 학생들의 발표력에도 문제가 있었던 것이다. 안건도 너무 거창했다. '좋은 학교를 만들자.' 분명 오상영 형의 동생이었다고 기억되는 4학년 계집애 하나가 일어나서 자기들 또래의 이익을 대변하는 의견을 발표하고는 아무도 손을 들지 않았다. 결국은 순원이 혼자서 회의를 이끌어 나가야 했다.

"좋은 의견이 있으면 발표해 주십시오."

"의견이 없습니까?"

"오늘 회의의 목적은 우리 학교를 공부하기 좋은 학교로 만들기 위해서 우리가 무엇을 해야 하는가를 의논하는 것입니다. 이에 대하여 좋은 의견이 있으면 서슴지 말고 발표해 주십시오."

순원이는 당황하지 않았다. 두리번거린다거나 선생님들에게 도움의 눈길을 보내지도 않았다. 순원이는 자신의 역할을 즐기는 것 같았다. 아무도 손을 들지 않는 시간이 강철 차꼬에 묶인 채 흘러갔고, 순원이는 결코 서두르지 않으면서 그렇다고 침묵의 시간을 드리우지도 않으면서 혼자서 말을 하고 있었다. 순원이의 회의 진행기술이 능란했다고는 말할 수 없을지도 모른다. 회장의 역할은 활발한 의견이 백출하게 하면서 그 의견들을 합리적으로 조정하여 일정한 결론을 유도해 내는 것일 터이므로, 그때 순원이는 실패하고 있었다고 하지 않으면 안 된다. 아무튼 그때 나는 순원이의 능소능대한 위기관리 능력과 사내아이 몇 명은 능히 찜 쪄 먹을 숙기에 압도당해 있었다. 서울에서 꽤 똑똑해져서 돌아왔다는 명옥이의 말은 사실 이상이었던 것이다.

어느 순간인가, 나는 손을 들고 있었다. 순원이는 나를 지명했고 나는 자리에서 일어났다. 나는 운동장에 밤새 떨어진 플라타너스와 사탕단풍나무 낙엽을 오후 청소시간이 아니라 아침에 등교하여 쓸면 좋겠다고 말했다. 안건을 상정하는 데에 별 하자가 없었다고 나는 나중까지 생각했었는데, 순원이는 뜻밖에도 다음과 같이 말하는 것이었다.

"좋은 의견이기는 한데, 아침에 등교하는 시간이 사람마다 다르고 어둔이나 무넘이고개에 사는 사람들은 1교시 공부시간에 대어 오기도 빠듯한 현실을 감안하지 않은 것 같습니다. 이렇게 하면 어떨까요. 의견을 발표한 어린이가 아침마다 학교에 일찍 온 사람들을 모아서 낙엽을 쓸면 좋겠다는 생각입니다."

순원이의 말은 월권이었다. 회장에게는 최후의 순간까지는 자기의 견이 없다는 것을 순원이는 모르고 있었을까. 순원이는 나의 의견에 동의를 구하는 절차도 밟지 않았고 나더러 낙엽 쓰는 책임을 지라는 것을 직권으로 매듭 짓지도 않은 채, "다른 의견은 없습니까?" 하고 회의를 원점으로 돌리고 말았다. 나는 무시당한 것이었다. 그때도 나는 내가 철저하게 무시당했다는 것을 알았었다. 굉장히 분하다는 느낌이 었고 창피하기도 했지만, 나는 의사 진행 발언을 하기 위해서 손을 든 다거나 하지는 못했다. 회의는 거의 아무런 소득도 없이 끝났고 나는 내가 앉았던 자리의 책상 속에 챙모자를 넣어 두었다는 사실도 잊은 채 그 교실에서 도망쳐 나왔다.

나의 순원이에 대한 적개심은 그때부터 시작되었을 것이었다. 무엇인지 반칙을 당하고 말았다는 생각, 반칙에 대하여 바보처럼 이의를 제기하지도 못했다는 생각, 그렇더라도 순원이가 대단한 것은 틀림없다는 생각으로, 나는 편하지가 않았다.

그 순원이가 내 옆에 서 있는 것이었다. 집안이 넉넉하지 못해서 1년 늦게 우리가 다니던 남녀공학 중학교에 들어온 순원이였다. 나는 말을 건네야겠다고 생각했다. 적개심은 적개심이고 인정할 것은 인정해야 한다는 생각도 있었을 것이다. 또 적개심을 불러일으키는 존재라면 그는 어지간한 친구보다 더 낫기도 한 것이 아닌가. 무엇보다도 그게 벌써 언젯적 얘기란 말인가. 나는 순원이에게 말을 붙여야 한다고 스스로를 설득시키고 있었다. 나는 순원이와 친해져야 해, 이보다 좋은 기회는 없겠지, 어떻게 말을 시작해야 할까. 나는 바지 주머니 속에서 손가락을 꼼지락거리고 있었다.

그때였다. 우리가 서 있는 바로 앞의 좌석에는 곱게 늙은 할아버지 내외분이 앉아 있었는데, 그 할아버지의 깨끗한 삼베 저고리로 잉크가 방울방울 떨어지고 있었다. 이상李箱은 그의 산문에서 '머룻빛 잉크'

라고 쓰고 있다. 이상의 모국어 감각은 그렇게 천의무봉한 데가 있다. 철필 안에 잉크를 담아 알파벳을 익히면서 우리는 중학생이 되었었다. 아닐린 염료의 냄새, 잉크가 튄 하얀 하복夏服. 잉크병 속에 넣는 스펀지, 철필이 공책에 긁히는 소리, 볼펜의 쇠구슬 심이나 사인펜의 펠트 심에 비한다면 까다롭고도 정결한 철필의 물성物性, 잉크의 친수성親水性이 완전히 발휘되기 전에 종이를 대어 떠내는 마블링 무늬, 심층심리를 비춰 내는 잉크 그림.

잉크가 방울방울 떨어지고 있었다. 나는 선반 위를 쳐다보았고 그 잉크가 나의 책가방에서 흘러내리고 있음을 확인하였으며 황급한 손길로 책가방을 선반에서 빼내었다. 할아버지의 삼베 저고리에서는 잉크가 머룻빛으로 번지고 있었다. 할머니가 분홍빛 수실로 네 모서리를 갈무리한 손수건을 꺼내어 잉크 자국을 닦아내려고 애쓰고 있었다. 할아버지도 할머니도 난데없이 닥친 불운 속에서 부질없는 동작을 되풀이할 뿐, 불운의 원인에 대해서는 미처 생각하지 않고 있었다. 선반에서 책가방을 꺼내며 손바닥을 오므려서 떨어져 내리는 잉크를 받았으므로 내 손은 머루즙 틀을 밟는 노예의 발바닥처럼 젖어버렸다. 나는 할머니와 할아버지에게 다음과 같이 말해야 했다.

"죄송합니다. 제가 책가방을 선반에 얹으면서 잉크병이 깨진 모양입니다. 뜻하지 않게 나들이를 망치게 되신 점에 대하여 최대한의 용서를 빕니다. 어르신께서 입으신 손해에 대해서는 변상을 하겠습니다. 저는 새미래에 살고 있습니다. 누구누구의 둘째아들입니다. 거듭 죄송합니다."

그러나 나는 아무런 말도 하지 못했다. 나의 위기관리 능력은 그 정도였던 것이다. 우물쭈물하는 사이에 버스는 우리 마을까지 와 있었고, 무책임하고 비겁하고 비참하게도 나는 버스를 내렸다. 나는 순원이 앞에서 나의 적나라한 품성을 들키고 만 것이었다.

그때도 중학교 2학년 때였다. 나는 어머니와 함께 버스를 탔다. 빈자리가 있었다. 어머니와 좀 떨어진 자리에 앉아서 부르릉거리는 차체의 흔들림을 즐기고 있었다. 버스는 다음 정류소에서 섰고 영관이가 승강구를 올라와 내게로 다가왔다. "어, 웬일이냐?" 나는 아는 척을 했고 영관이도 가볍게 눈길을 내게로 쏟았다. 나는 왜 여기에서 버스를 타느냐고 물어보려고 했다. 영관이는 나더러 자리에서 일어나라고 했다.

"우리 어머니셔."

영관이는 점잖은 중년부인을 내게 소개했고 영관이의 어머니는 내가 앉았던 자리에 천천히 앉았다. 나는 얼굴이 상기되었다. 나는 또 잘못을 저질렀고 저지르고 있는 중이었다. 어른이 옆에 서 있는데도 자리에서 일어나지 않은 잘못, 영관이의 어머니에게 인사를 차리지 못하고 쭈뼛거렸던 잘못, 영관이를 어머니에게 소개시키지 않고 있는 잘못.

초등학교 6학년 때였다. 학급회의가 있었다. 명준이가 회장이었고 마침 교감선생님이 담임선생님 대신 회의에 참관하고 있었다. 문제는 거기에 있었다. 회의를 곧잘 주재했던 명준이가 당황하기 시작했다. 우리들 중에 키가 제일 컸던 명준이였다. 우리가 스무 살이 넘었을 때, 권한이는 다음과 같은 말을 들려주었다.

"동식이하고 명준이하고 미꾸라지 서리를 하러 갔었거든. 방앗간 뒤쪽에 양식장이 있잖어. 얼레미 체로 양어장 바닥을 긁으면 미꾸라지 잡기는 누워서 떡 먹기일 거라고 생각했지. 지키는 사람도 없고 시멘트 벽돌로 쌓은 둑 위에 시늉으로 그물을 쳐놓았을 뿐이었으니까 서리 치고는 시시하기도 했던 게 사실이야. 양어장에 도착해서는 그래도 좀 겁이 나더라. 나름대로 긴장을 하기는 했지. 명준이가 얼레미질을 하겠다고 나서더라구. 나는 빠께스를 들고 있었어. 바야흐로 미꾸라지 소탕 작전이 시작된 거지. 명준이는 얼레미를 들고 그물 위로 몸을 굽혔어. 그런데 그물이 생각보다 낡았던 모양이야. 투두둑 그물이 찢어지면서 명준이는 양어장 속으로 처박히고 말았어. 머리서부터 완전히 거꾸로. 진흙탕을 뒤집어쓴 채 일어나는 명준이를 보면서 우리는 한참 동안을 웃느라고 정신이 나갈 지경이었지. 미꾸라지 서리는 그걸로 작파됐지 뭐. 그런데 명준이 키가 웬만한 키냐? 양어장 속으로 처박히는데 시간이 상당히 걸리더라구."

명준이는 별명이 '끼리'였다. '길다'라는 말에서 왔을 이 별명을 들을 때마다 나는 '끼랴 낄낄'이라는 말몰이 소리를 연상하곤 했었다. 그렇게 긴 명준이가 당황하기 시작한 것이었다. 남의 약점이나 콤플렉스를 건드리는 데 이골이 난 내가 그걸 두고 그냥 넘어갈 수는 없는 일이었다. 나는 명준이에게 회장으로서의 품위를 지키라고 요구했다. 명준이는 더 당황했다. 나는 발언권을 얻지도 않고 일어나 다시 명준이의 상처를 후볐다. 나는 쾌감에 휩싸여 온몸을 떠는 사악한 벌레였다. 명준이의 핏물 낭자한 상처의 입에 손가락을 넣어 휘저을 심산으로 내가 다시 일어났을 때, 예기치 않게도 영관이가 나의 말을 가로막는 것이었다. 그는 말했다.

"그렇게 자꾸 비판만 할 것이 아니라, 회의가 진행되도록 해야 할 것 아닙니까?"

나는 이 말을 지금도 기억한다. 영관이는 비판이라고 말했지만 그것은 비판이 아니었다. 그것은 비난이었고 치사한 자기모독이었고 모든 언표 중에서 가장 저질의 것이었다. 영관이의 말은 나를 한순간에 제압했다. 나는 죽을 때까지 그의 말을 잊지 않을 것이다. 그의 말은 나를 지켜 주는 믿음직한 호신부護身符이다. 어린 엘리아스 카네티에게는 친구가 하나 있었다. 카네티는 친구가 자기처럼 책벌레이며 글도 쓴다는 것을 알고 자기가 쓴 글을 보여 준다. 친구는 글을 돌려주면서 다음과 같이 말한다.

"내 글이 훨씬 나아. 하지만 내 글도 아직은 별것 아냐."

카네티의 『입속의 혀』에서 이 말을 읽으면서 나는 살큼 울었었다. 나는 어린 카네티의 친구보다 더 근사한 친구를 가졌었지 않은가. 그 영관이가 지금 내 옆에 서 있는 것이었다. 자부심과 겸손함은 별개의 것이 아니다. 나는 영관이에게 뭐라고 말을 해야겠다고 생각했다.

"나는 얼굴이 빨개지는 일이 많은데, 스스로 그것을 느끼면 점점 더 빨개지는 거야. 어떻게 좋은 수가 없을까?"

영관이는 평온한 오조로 그 '좋은 수'를 가르쳐 주었다.

"동네 형한테서 들은 얘긴데, 얼굴이 빨개지면 속으로 이렇게 생각하라고 하더라. 지금 이 상황에서 내 얼굴이 빨개지는 것은 아주 당연한 것이고 누구라도 그럴 것이다."

영관이의 그 말은 내게 안심부安心符가 되어 주었다.

나는 버스를 좋아한다. 버스는 민주적인 마차이다. 버스 안에서는 지켜야 할 공중도덕이 있고 그 공중도덕을 깨뜨리면서 자유에 대한 본능을 흐릿하게 실감할 수 있다.

언젠가 버스 뒷자리에 앉아서 앞에 앉은 두 소녀의 수다를 기분 좋게 들은 적이 있었다. 그들은 수화手話를 하고 있었다. 그 손들의 악센트와 꾸밈음. 나는 마음이 찬란해지고 있었다. 때때로 버스는 우리를 훈훈하게 만든다.

그러나 지금 내가 이야기하려는 것은 그 완행버스이다. 완행버스를 기다리는 시간에 대하여, 완행버스가 아예 결행하는 것에 대하여, 완행버스의 차장들에 대하여, 그 차부의 매표구와 장의자에 대하여, '유성' '외삼' '감성' '대평리' '종촌' '장기' '공주' 따위의 행선지들에 대하여, 버스 안의 승객들에게 주먹으로 쑥떡을 먹이는 것에 대하여, 열무 보따리를 놓고 운임을 내야 한다느니 돈이 없다느니 하고 싸우던 아주머니들에 대하여. 우리는 그 굼벵이처럼 느리고 생활의 때가 절어 있던 통학버스를 타고서 한 시절을 지나왔다.

냄새, 고요함

"소나기 듣기 바로 앞에 나는 흙 냄새."

"새로 빤 속옷에서 맡아지는."

"노린재 냄새가 좋았던 때가 있었어."

"청상어에게서 나는 냄새는 아포크린샘이 분비하는 땀 냄새처럼 자극적인 데가 있어서, 어린 소녀의 겨드랑이에 맺히는 이슬, 음 너는 냄새가 좋아, 옅지만 누르듯이 침투하는."

나는 코도 지닌 존재이다. 나는 코로 흠흠 냄새 맡는다. 코는 숨쉬고 냄새 맡는 기관이고, '불굴의 콧등'이니 '다마스쿠스로 향한 망루처럼 우뚝한 콧날'이니 하는 문학적 상투어구에 보이듯이, 또한 경주 남산의 부처님들이 뭉개진 코를 달고서 태연하게 앉아 계시는 예에서 알 수 있듯이, 더불어 입매와 음문陰門의 켤레에 값하는 코와 남근男根의

켈레에 대한 믿음이 아이슬란드에서 푸에고 섬까지 거짓말처럼 퍼져 있듯이, 하나의 혹은 여럿의 상징언어이다.

다시 한 번 나는 코도 지닌 존재이다. 이 말은 내가 냄새에 민감하다는 것일 뿐, 하나의 혹은 여럿의 상징언어와는 관계가 없다. 나는 코로써 적과 친구를 구별할 수가 있다. 좋은 냄새와 언짢은 냄새라는 구분을 지나서 나는 우호적인 냄새와 껄끄러운 냄새와 사나운 냄새와 살을 저미는 냄새를 감별해 낸다. 이것은 선험적인 능력이다.

한 사람이 있었다. 그는 이를 테면 선의善意를 오해받는 사람이었다. 우리 주위에는 그런 사람이 있다. '주는 것 없이 미운 사람'이라는 비논리적인 말에 우리는 맞장구를 치면서 살고 있다. 선의를 오해받는 것처럼 절망스러운 경우도 없는데, 막상 우리 자신이 그런 상황에 봉착한다면 어쩌겠는가, 악당이 되든가 죽는 수밖에 더 있겠는가.

아무튼 내가 알고 지냈던 선의를 오해받는 부류에 드는 그는 냉정하고 엄밀하게 말해서 성실하고 아름다운 편이었다. 한 사람이 세상을 살아가면서 성실하고 아름답다는 평판을 듣는다면 성공적인 것이겠는데, 그런 그에게서 나는 왜 언짢은 냄새를 맡아 냈던 것일까. 불끈 그의 성실함과 아름다움을 질투한 것이 아닐까. 아니면 그의 우등생스러움에 기가 질렸던 것일 수도 있다. 그러나 나의 경원敬遠은 나와 비슷비슷한 무리들의 지지를 받았다. 나의 비겁함이 조금쯤 상쇄되었던가.

요컨대 나는 그의 냄새가 싫었던 것이다. 그의 다림질한 옷깃의 냄새와 감지 않아도 정갈한 머리칼 냄새와 일부러 속어를 사용할 때에도 어김없이 드러나는 부르주아 악센트가 나는 싫었다. 뿐더러 그의 냄새는 이러저러하게 수상하다고 타인들에게 떠들고 다녔다. 물론 냄새로써. 나는 악당이고 죽어 가고 있었다. 그럼으로써 나는 흉흉하게 일그러진 성인이 되었다. 이만하면 나는 코도 지닌 존재인 것이 틀림없지 않은가.

나는 몇 가지의 냄새를 가려낼 수 있다. 오히려 지금까지 한 번이라도 맡았던 냄새를 다시 맡게 된다면 나는 그것이 무슨 냄새인지 분간해 낼 수 있다. 여기에는 조건이 따른다. 무쇠 자물쇠에 슨 녹 냄새는 순은 열쇠로써 열리듯이, 냄새와 냄새를 내는 것의 이름을 짝지어 놓았어야 한다는 것. "음, 이 냄새는 내가 열일곱 살 되던 해의 첫여름에 이종사촌형네 뒤뜰에서 맡았던 냄새야"라거나 "이 냄새는 내 냄새지도의 이천오백서른일곱 번째 칸에 실려 있어"라는 등의 자동제어는 성립하지 않는다. 기껏 '풋살구 냄새'나 '갈치구이 냄새'나 '헌 교과서 냄새' 따위의 1대 1 대응만이 가능하다. 그래도 나는 나의 코를 퍽 쓸 만하다고 여기고 있다. 메꽃 냄새와 제비꽃 냄새를 분별해 내는 즐거움을 모르는 사람은 모른다. 그것은 정보이고 재산이고 의미이고 존재감 자체이다.

사물들은 진동하면서 냄새를 뿜는다. 돌에는 돌 냄새, 말똥에는 말똥 냄새, 소금에는 소금 냄새. '물새알은 물새알이라서 / 간간하고 짭조름한 / 미역 냄새 / 바람 냄새.' 이 시구에서 제일 근사한 습판濕板은 '물새알은 물새알이라서'이다. 시인은, 물새는 바닷가 바위틈에 알을 낳는다고 하였다. 가마우지나 칼새 들이 바위 위에 낳아 놓은 보얗게 하얀 물새알, 그 캡슐. 미역, 바람, 사주沙洲, 극광極光, 관습처럼 총배

설강을 유린당하느니 무정란을 낳아 버려야지, 껍질에 묻은 피, 아아 내 불찰이었어, 돌아가야 할 나라의 편견과 편안함.

사물들은 제자리에 놓여 있어야 사물스럽다지만, 제자리에서 쫓겨난 사물들이 불안하게 진동하면서 냄새를 뿜으면, 하나의 사물은 추억과 회한의 존재가 된다. 사물들은 냄새를 발언한다. 제자리에서 제 냄새를 내며 있는 사물들의 꿈과 반성. 보얗게 하얀 물새알에게 바위는 제 가슴의 홈을 언제 허락했던가. 할 수만 있다면, 바위는 석영石英의 돌기를 일으켜서 얄밉게 설계된 알을 아래로 밀어내고 싶다.

나의 집 뒤뜰로 염치없이 귀두를 뻗쳐 올리는 맹종죽의 임자는 파자마 바람으로 골목을 어슬렁거린다. '러닝셔츠 바람으로 자전거를 타는 소년들'과 파자마 바람으로 야기夜氣를 쐬러 골목으로 나온 맹종죽의 임자. 골목에는 골목 냄새, 회음會陰 수풀에는 꿀 냄새, 알껍데기에는 인습과 동굴과 어둠의 냄새. 냄새 없음은 진동 없음이고 사물 없음.

나는 언젠가 한 여인에게 "당신은 냄새가 없군 그래"라고 말해서 그를 절망에 빠뜨린 적이 있다. 나는 그를 사랑하고 있었는데 그는 나와 나의 말을 지금도 용서하지 않고 있다. 나는 결정적인 실패를 한 것이다. 손이 차고 엉덩이가 단단하고 걸음걸이가 꼿꼿한 여인. 그 냄새 없음의 순수에게서 나는 참을 수 있을 만큼의 성욕을 축전蓄電시키고 있었는데, 그는 한순간에 내게서 멀찌감치 도망쳐 버렸다. 그가 도망친 자리에 떨어져 있는 석죽 냄새, 석고 냄새. 나는 지금도 그를 사랑한다. 그는 의심한다. 나는 그가 나를 의심하고 있음을 안다. 그는 그가 나를 의심하고 있음을 내가 안다는 것을 안다. 끝없다. 내가 그의 냄새를 맡지 못하는 것은 그의 냄새와 나의 냄새가 판화처럼 똑같은 탓이었음을 나는 왜 몰랐을까, 우우. 그리로 달려가 그와 나의 냄새의 요철을 맞추어 보리니.

세계는 냄새 쌍들로 이루어져 있다. 아프고 미끄러운, 떨면서 오르내리는, 사치와 가난. '물새알은 물새알이라서', 베갯잇에는 살짝 오줌 냄새, 미역에는 물새알 냄새, 내가 사랑하는 여인에게서는 먼 모래 냄새.

내 입에서는 더러운 냄새가 난다. 내 귀에서는 더럽고 끈끈한 냄새가 난다. 내 뒷목덜미와 샅과 오금에서는 더럽고 끈끈하고 검은 냄새가 난다. 움직이면 안 된다는 것, 움직이면 내 냄새를 들킨다는 것. 나는 내 냄새를 끌어안고 썩어 가고 있다.

나는 스메르자코프이다. 스메르자코프는 말한다. "짜식들, 코가 문드러졌나." 스메르자코프는 목욕을 하지 않는다. 스메르자코프는 콩과 마늘과, 가시가 억세고 몸피가 잘아서 살점을 녹여내야 하는 생선을 먹는다. 스메르자코프는 거친 숲과 유황불 이는 어두운 늪을 쏘다닌다. 스메르자코프는 노래하지 않고 스메르자코프는 도박장에 가지 않고 스메르자코프는 투표하지 않는다. 다시 한 번 나는 스메르자코프이다. 뻔뻔스러운 냄새. 제악諸惡의 진원지이면서 전비前非의 집산지. 나는 냄새이다. 나는 이 냄새와 친해질 수 있을까.

열일곱 살의 봄이었다. 층계참에는 황동의 피타고라스 표지가 상감되어 있었다. 세 개의 정사각형. 제 꼬리를 문 뱀이 정사각형의 선분들 위에 똬리를 풀어 걸치고 나를 위협하였다. 나는 고등학교 1학년이었다. 새미래의 집을 떠나와 대전에서 누나와 함께 자취를 했다. 지붕이 낮고 한쪽 벽이 기울고 기름한 방. 방문 앞에는 쑥갓과 아욱이 파릇이 자라났다.

대문을 나서서 오래된 골목을 올라가 시내버스 종점에서 남쪽으로 꺾어 들면 하얀 페인트를 두껍게 바른 높고 긴 벽 건물이 있었다. 네 모서리에 초소를 틀어 올린 벽. 어둠 속에서 벽을 만난다. 키스와 명상의 때에 뜨는 손가락 끝의 눈들이 더듬더듬 찾아낸 벽의, 따스한 등짝이여. 거기 기대어 눈을 감는다. 그것은 감옥이었다. 이름도 무정한 대전 교도소. 그때 신영복 선생이 그 안에 계셨던가. 너그러운 성품과 빼어난 두뇌의 소유자가 자신의 미덕을 가장 잘 드러낼 수 있는 장소. 그곳은 스무 겹의 벽 안에 있다. 그 맨 바깥벽 아래로 뻗은 길을 따라 학교를 오가면서, 나는 감옥에 갇히고 싶었던가, 정녕 그랬던가. 도둑으로 치면 좀도둑이고 사기꾼으로 쳐도 잔챙이인 나는, 짙붉은 꽃 피고 지는 그리로 가지 못하리라.

나는 숭고하지도 열정적이지도 특별히 불운하지도 않다는 것을 혀에 돋아난 암처럼 자각하고 있었다. 다만 우울하고 어쩌면 악취미에서 벗어나 있고 분명 불만투성이인 열일곱 살의 봄에, 나는 나의 냄새를 싫어하기 시작했다. 층계참에는 황동의 피타고라스 표지가 상감되어 있었다. 제 꼬리를 문 뱀이 정사각형의 선분들 위에 제 몸을 풀어 걸치고 나를 위협하였다. 그리고 그가 다가왔다.

그는 4월 어느 날 나의 뒤에 와서 앉았다. '4월 어느 날'은 현기증이니 요절이니 영원한 형벌이니 하는 소년적이고 일상을 할퀴는 관념들에 마음이 쏠리는 시기이므로, 나는 그가 내 뒤에 와서 앉는 소리를 들으면서 끈끈한 침을 삼켰다. 그는 귀족이었다. 나는 이렇게밖에 쓸 수가 없다. 강인한 어깨와 오만한 무릎, 흰 얼굴, 거리낌 없는 걸음걸이, 수학과 체육에 강하고, 대체로 과묵한 녀석. 귀족을 귀족답게 하는 것은 무엇인가. 나는 그 4월에 알아 버렸다. 그것은 '지나치지 않은 말'이었다. 지나치지 않다는 것은 말의 절대량은 물론이거니와 어세語勢와 음량音量과 어휘력과 수사학에 두루 관계된다. 보라, 어느 귀족이 수다스러운가. 그런 것은 없다. 있다면 사이비이거나 괴물일 뿐.

4월 어느 날 다가온 그를 보는 순간 나는 눈이 부셨고 곧 열등감에 휩싸였고 끝내 불쾌한 자의식에 사로잡혔다. 눈부심이 빗선이라면, 열등감은 밑선이고 자의식은 수직선. 그 모든 것을 나는 냄새로써 획득한 것이다. 냄새는 직각삼각형처럼 구체적이고 치명적이다. 전나무와 그림자 길이와, 그림자 끝과 전나무 끝을 잇는 선이 대지에 닿은 각도를 거칠게 잰 두 변수로써 전나무의 높이를 개산概算하는 일을, 지치지 않는 정열로 계속했다는 비트겐슈타인. 때때로 그는 강풍으로 갸웃이 몸을 구부린 전나무의 높이를 계산하기도 했을 것이다. 비트겐슈타인이 했다는 놀이에는 태양과 지구와 달의 운동을 빌려 온 것도 있었다지. 태양의 둘레를 공전하는 지구의 둘레를 공전하는 달, 그 셋이 어쩌다가 그리는 직각삼각형. 세계는 직각삼각형들로 이루어져 있다. 코사인 뾰족뿔 아래에서 홀로 웅크려 있는 스메르자코프. 구리와 아연과 납의 비율.

과연 보라, 나는 말이 지나치다. 지나친 말은 지나친 냄새이고 스스로를 설득하지 못하고 있음이고 천박함이다. 나는 말의 절대량이 많고, 어세가 울퉁불퉁하고, 음량이 고르지 못하여 끽끽거리고, 날카롭고 짜랑짜랑한 어휘를 굳이 찾으려 하고, 비유와 예증과 교란과 광채에 탐닉하면서 푸코적 고고학자인 척한다. 할 수 없지, 천성이 그런 것을 어쩌겠어, 요사스러워라, 혀끝에 창과 도끼와 끌을 달고 태어났으니, 말할 때마다 너의 입천장과 잇몸은 흥건히 피에 젖겠으나, 할 수 없지, 천성이 그런 것을 어쩌겠어. 스스로의 지저분한 성품을 처음으로 알아차린 날의 훈훈함. 4월 어느 날 나의 뒤에 와서 앉았던 그와는 어떻게 지냈는지 궁금하신가. 그이 냄새를 흠흠 냄새 맡기 위해 친구로 삼았고, 그의 냄새의 결승문자를 해독하기 위해 그의 방에 드나들었으며, 그의 냄새를 흉내 내기 위해, 그러니까 나의 냄새를 털어 내기 위해 마귀의 비결을 사용하였다.

나는 냄새의 반대말을 고요함이라고 믿고 있다. 그러니까 시끄러움의 반대말은 냄새 없는 무균無菌이 된다. 나의 감각 체계가 몇 차례 교반되어진 상태, 그것을 나는 심미적 착란에 따르는 쓸쓸한 보상이라고 여긴다. 나는 몇몇의 고요한 시간과 장소를 알고 있다. 이제 그 하나를 쓰려는 참이다.

나는 이명耳鳴을 가지고 태어났다. 가만히 귀를 기울이고 있으면 나의 귀에서는 고주파의 소리가 들린다. 나지막한 고주파의 금속성은 일말의 파동도 없이 이어진다. 친근하고 촘촘하다. 알베르토 모라비아의 『로마 여행』에 '따뜻하고 풍부하고 치밀하다'는 멋진 구절이 나오지 왜. 나는 물어보았다. 너희도 들리느냐. 그들은 들리지 않는다고 했다. 나는 이해할 수 없었다. 그들은 나의 건강을 염려하였다. 나는 건강하다. 우리 사회의 의료 시스템이 베푸는 시행착오와 불친절로부터 멀리 떨어진 곳에서 뒤적뒤적 책을 보고 있으려니 억울할 만큼 건강하다.

나는 그들을 무시하였다. 나의 귀에서 울리는 이 소리는 피와 림프액이 순환하는 소리이고 지구가 공전하는 소리이며 먼 별에서 쏘는 메시지에 감응하는 소리라고 허풍을 쳤다. 그러나 나의 귀에서 울리는 소리는 없는 것이나 마찬가지이다. 그 소리는 처음부터 지금까지 일말의 파동도 없이 그저 이어지고 있을 뿐이므로. 변별할 수 없는 무엇에는 명찰을 달아 줄 수가 없다. 하다못해 날렵한 번호표 하나 끼워 넣을 틈도 없는 그 소리를 무한이라고 부르랴, 신의 젖이라고 부르랴.

그 소리는 내가 다른 것에 정신이 팔려 있으면 사라진다. 연필을 깎고 물거품을 움키고 그의 궤변에 홀리고 일곱점무당벌레의 등 뚜껑이 어떻게 열리는지 쳐다보고 있을 때에, 나는 그 소리를 듣지 못한다. 그러니까 그 소리는 내가 아무것도 하지 않고 있을 때에 전염병의 소문처럼 일어서는 것이다. 손으로 귀를 막아도 들리는데, 특별히 이 사실은 그 소리의 수상한 신분을 은유한다. '내 눈앞에는 가을산이 솟아 있었다. 아름다웠다. 나는 눈을 감았다. 내 감은 눈앞에 가을산은 의연히 솟아 있었다.' 이런 류의 문장이 암시하는 바는 너무나 뻔해서 재미없지만, 사실은 사실이다. '내 귓전에는 아직도 그때 아버지가 들려주시던 말씀이 또렷하게 남아 있다' 류의 문장도 낯설지 않다. 우리 인식의 상像은 시간이 흐를수록 음영 깊어지기도 한다. 그렇다면 나의 귀에서 울리는 이 소리도 나의 이미지 조작의 결과란 말인가. 없지만 있다는 말인가. 있지만 없다, 없지만 있다.

나는 또 물어보았다. 정말로 들리지 않느냐. 그들은 당황하였다. 나는 이해하였다. 그들은 그들의 귀에서 울리는 그 소리와 이미 일치해 있는 것이다. 변별할 수 없고 손으로 귀를 막아도 막지 않아도 들리는 소리를 가려내는 내게 문제가 있다. 그러므로 나는 이명을 가지고 태어났다. 나는 신종新種이다. 살아가는 데 불리하다.

물항아리, 여물 바가지, 김장독, 털실로 뜨개질한 모자, 장롱 속, 얕은 동굴, 깍지 낀 두 손바닥 사이, 호두 껍데기를 쏠아서 섬세한 구멍을 뚫은 벌레의 입속, 작은 손가방, 암돌쩌귀 안으로 머뭇머뭇 들어가는 숫돌쩌귀, 마지막 열차의 유리창에 어린 습기가 뭉쳐서 흘러내리는 자국. 고요해라, 한껏 고요해라. 그러한 때에 나는 나의 이명조차 잊는 것이다. 아무것도 하지 않고 그냥 있어도, 이명마저 비껴서 있는 아늑한 마을.

남쪽은 앞쪽이다. 선조들이 남녘 남南과 북녘 북北을 각각 앞 남과 뒤 북이라고 새겼었음에 비추어도 그렇다. 한 무리의 사람들에게 어느 한쪽이 앞쪽이라면 문화인류학적 관심을 쏟을 만하겠는데, 역시 우리는 북방민족의 후예인지도 모른다. 바지를 입고 말 달리던 뒷숲의 기억. 그러나 나는 동쪽을 앞쪽이라고 벌써부터 정해 놓았다. 내 아버지의 황성요배가 빚은 결과일까.

나는 내가 동쪽을 앞쪽이라고 여기는 이유에 대해 곰곰 따져 보았다. 아침에 일어나 방문을 열고 나오면 해가 눈을 멀게 했다. 우리 집

대문도 동쪽에 놓여 있었다. 큰산에서 일어난 우미동천이 동쪽으로 흘러내리는 것, 학교도 시장도 동쪽에 있었고, 유성도 대전도 동쪽으로 가야 했으며, 우리의 밭이 있는 말고개와 평평굴도 동쪽으로 난 오솔길을 걸어야 했다. 그만하면 내가 동쪽을 앞이라고 정해 둔 이유로 충분했다. 나는 앞을 보며 똑바로 걸어가면 되는 것이었다. 길을 걸을 때는 두 눈을 똑바로 뜨고, 한 발을 땅에 디딘 다음에 다른 발을 떼고, 입으로 숨쉬지 말고, 어른들 만나면 공손하게 인사하고, 꽃이나 새가 있다고 너무 해찰하지 말아라. 어머니가 가르쳐 준 대로 걸어가기만 하면 되는 것이었다. 북쪽은 왼쪽, 남쪽은 오른쪽, 큰산이 바람 막아 주는 서쪽은 뒤쪽. 나는 그렇게 앞쪽으로 학교에 가고 외갓집에 가고 간혹 일하러 갔다.

이 책을 읽는 당신은 어느 쪽이 앞인가. 앞이니 뒤니 시답잖은 얘기라고 생각하지 말고, 당신의 시간 먹통 안에 든 먹줄을 고요히 튕겨보라. 먹물이 튀긴 했지만, 그렇다 당신의 앞은 바로 그쪽이다. 그쪽으로 당신은 아버지를 부르러 갔었고 애인을 만나러 갔었고 주일마다 교회에 갔었다. 그럼으로써 당신은 안심하였고 귀천貴賤과 상하上下를 틀지을 수 있었다.

남쪽은 앞쪽이다. 그리고 내게는 동쪽이 앞쪽이다. 나는 두 앞쪽을 가지고 있는 것이다. 다행한 일이다. 앞이 하나였더라면 나의 삶은 좀 시시했을 것이다. 그렇다고 내가 푸지고 알차게 살고 있다는 것은 아니로되, 끝없음의 첫 분절인 두 번째 앞을 슬며시 세움으로 해서 혼란스러움과 소심함을 피할 수 없었으되, 하마터면 나는 돌 하나의 깡깡

한 마음을 지니고 살 수도 있었다.

　그것은 당신도 마찬가지, 당신도 최소한 두 개의 앞을 가지고 있다. 하나는 더럽게 얽혀진 한 무리의 앞, 다른 하나는 스스로 지어 가진 바로 그 앞. 두 앞은 드물게 포개지기도 하지만 '숲에 선 나무들처럼' 떨어져 있다. 가까워졌다가 멀어지고 너무 멀어져 불안해지면 어느새 체접遞接하려 애쓴다. 당신에게만 귀띔하지만, 두 앞의 꼬리가 맞붙는 경우가 있다. 그러한 때에 우리의 삶은 훌쩍 고양된다. 앞으로 십 년이 흘러도 백 년이 흘러도 세상은 하나도 변하지 않을 것이고, 우리는 늙을 것이다.

　그날이 봄이었는지 겨울이었는지는 기억에 없다. 나는 대전교도소 담 밑의 그 길을 가고 있었다. 비포장길이었다. 긴 담을 따라 시내 쪽으로 내려오는 참이었는데, 뒤에서 무슨 소리가 들렸다. 나는 돌아보았다. 말 한 마리가 달려오고 있었다. 아니, 말이 아니었는지도 모른다. 노새였는지도, 그럴 리 없겠지만 라마나 야크였는지도. 예수시대였다던가, 함흥평야 일대에 자리잡고 있었다는 동예東濊라는 나라의 특산물 가운데에는 과하마果下馬가 있었다고 한다. 과일나무 밑으로 등을 다치지 않고 들어설 수 있을 만큼 작은 말이었다는 소리일까. 과일나무도 과일나무 나름 아닌가. 나는 과하마를 떠올릴 때마다 오얏나무를 함께 끌어온다. 오얏나무 그 아래, 동쪽 창해蒼海의 해명海鳴에 귀 기울이고 있는 늙은 말 한 마리.

　나는 돌아보았다. 과하마 한 마리가 달려오고 있었다. 달그락달그락 갤럽 해 오고 있었다. 그 뒤에 말의 주인인지 하는 사람이 허겁지겁 따라오고 있었다. 나는 그가 지르는 소리를 들은 것이었다. 그는 뭐라고 소리 지르는가. "거기 앞에 가는 양반, 말을 가로막아 줘요"였을까, "이놈아, 네가 가면 어디를 가겠다고 속을 썩이느냐"였을까, "아이구 이놈아, 아이구 이놈아"였을까. 나는 부지불식간에 말의 고삐를 잡아야겠다고 생각했으리라. 나는 말의 고삐를 잡아채려고 왼손을 내밀었고, 다음 순간 덜컥 하는 서슬에 길바닥으로 쓰러졌다. 보니, 나를 스쳐간 말은 한참 앞쪽까지 가서 멈춰 있었다. 또 보니, 그놈은 뒤에 왜식倭式 달구지를 매달고 있었다. 변두리에서 달구지를 끄는 비루먹은 과하마. 말 주인이 나를 일으켰다. 멀쩡했다. 나는 말에 차인 게 아니라, 달구지 바퀴에 치인 것이었다. 바퀴는 나의 무릎을 얌전하게 가로눕히고서 그 위로 휙 지나쳤다. 바지를 걷어 올리니 무릎 양옆으로 허물이 벗겨져 있었다. 말 주인이 혀를 찼다. 속으로 '그렇게 무모하게 달려들고도 이만한 걸 다행으로 여기시오'라고 중얼거렸을 것이다. 그는 말과 달구지를 수습했고 나를 근처 허름한 의원으로 데려갔다. 나는 어쩐지 미안하고 화가 났다. 말 주인에게 미안했고, 그렇게밖에 할수 없었던 나의 솜씨에 화가 났다. 말만 보고 달구지는 보지 못했던 부주의에도 화가 났다. 내 마음과 눈과 손의 협응력은 역시 이런 정도로구나 하는 열패감이었으리라.

사르트르의 『말』에, 자코메티에 관한 이야기가 나온다. 자코메티는 어느 날 차에 치였는데, 차에 치이고 땅으로 쓰러져 내리는 영겁의 미끄럼틀 위에서 생각했다는 것이다. '아, 내게도 무슨 일이 일어나는구나 마침내.' 자코메티의 슴슴한 자기응시에는 감동적인 파장이 있다.

사르트르는 자코메티의 말을 빌려서 우리 삶의 범용함을 이야기하는 것이다. 어느 날 느닷없이 다가와 나를 쓰러뜨리는 외부의 타격.

그는 화가였다. 80년대에 학교를 다녔으므로 민중미술과 표현주의를 그림 그리다가 죽었다. 그의 죽음은 애잔했다기보다는 스산했다. 그가 살아 있으면서 그림 그리고 책 읽고 사랑하던 언제인가, 발에 붕대를 감고 절룩거린 적이 있었다. 그는 씨익 웃어넘겼다. 다른 녀석의 설명에 의하면 승용차 뒷바퀴에 치인 결과였다. 그는 깜찍한 착상에 사로잡혔었다. '저 차바퀴 아래에 발을 놓으면 어떻게 될까, 발가락에 힘을 주면 충분히 견디겠지, 입김에도 날아갈 만큼 작은 차 아닌가, 지금이 기회야, 거북이처럼 느리게 오고 있잖아, 마침 길도 흙길이니 충격을 안아 주겠지.' 그는 발끝을 차바퀴 아래로 쓰윽 밀어 넣었다. 아름다운지고, '나는 오늘 낮의 고비를 넘어가다가 / 낮술 취한 그 이쁜 녀석을 만났다'.

달구지 바퀴가 무릎 관절을 섭렵하며 지나가는 동안 나는 무슨 생각을 했는가. 생각은 무슨 생각, 다만 고요하였을 뿐.

거짓말

나는 다음과 같은 어법들을 싫어한다.

"너한테만 하는 얘긴데….”

내가 그에게 무엇이기에 나한테만 말하려는 것일까. 나한테만 하는 얘기라고? 그렇다면, 하지 마, 듣지 않겠어. 나 혼자 듣고서 어쩌라는 것이지? 하지 마, 제발 저리 가 줘. "당신에게만 하는 이야기이오만, 사실은 이모저모하고 여차저차하오, 새겨들으시오.” 이러한 어법을 애용하는 자들을 가리켜서 우리는 정상배라고 한다. 하늘이 알고 땅이 알고 당신이 알고 내가 알고 있는 사실들을 가지고 '당신에게만' 어쩌고 하는 유치한 횟가루를 뒤집어씌워서 한 나라의 우두머리가 된 예를 우리는 알고 있다. 그는 지금도 당신에게만, 당신이야말로 하면서 *끄나*

풀들을 다독거리고 있다. 그 패거리들은 이리 쪼르르 저리 쪼르르 몰려다니면서 입을 오물거리고 있다.

어느 아름다운 봄날이었다. 몸 안에 사과즙을 담고서 스무 살 청춘들은 거기 서 있고 앉아 있고 오가고 있었다. 어느 순간인가, 2층 창가에 한 녀석이 나타나서 소리치는 것이었다. 자세히는 알지 못했어도 안면이 있던 그 녀석의 말은 그날의 햇살처럼 찬란했다.

"수연아, 너한테만 하는 얘긴데, 나는 너를 사랑해."

그는 손을 흔들었다. 수연이라는 이름의 들꽃만이 아니라, 거기 서고 앉고 오가던 모두의 귀에 와 부딪힌 '너한테만 하는 얘긴데'.

"꼭 말을 해야 알겠느냐."

'너한테만 하는 얘긴데'가 은폐어법이라면, 이것은 차단어법이라고 할 수 있겠다. "한두 마디 비치면 열두 가지 사정을 파악할 수 있어야지, 그렇게 둔하고 미련하게 굴면 어찌하오, 그래도 모르겠으면 그만두시오, 지금 크게 잘못되고 있지는 않으니까 그런 줄 알고 은인자중해 있으면 되오." 이러한 어법의 언저리에서 꼼지락꼼지락 움트는 오해와 경멸. 아아, 나는 그의 눈빛을 잘못 읽었었구나.

"이런 말 안 하려고 했는데…."

나는 이 희석어법으로 이야기를 시작하려는 사람을 두려워한다. 그의 말은 다음의 몇몇으로 이어질 것이다. '이제 더 이상' '참지 못하고 말하는 것을 용서해 주기 바라오' '당신에게 세 번의 기회를 줬었소'

'내가 잘못 알고 있는 건지도 모르겠으나' '듣자 하니' '사람에게는 염치가 있어야 하는데' '섭섭하게 여겨지겠지요' '이런 말을 하는 내 속도 속이 아니오' '당신을 위해서 하는 말이려니 생각하시오' 등등. 나는 '이런 말 안 하려고 했는데… 역시 하지 않는 게 좋겠군요'라고 물러서는 사람도 두려워한다. 나는 비틀비틀 일어난다. 말해, 지금 당신이 나한테 하고 싶어 하는 그것을, 아니 하지 마, 고마워.

"말을 안 들었으면 몰라도…."

북쪽에 김용순이라는 공산주의자가 있다. 그가 진짜 공산주의자인지 어떤지는 보다 엄격하게 따져 봐야 하겠지만. 그가 발설했다는 말이 있다. 나의 기억이 명확하지 못한 점을 이해해 주기 바란다.

"우리 공화국은 기본적으로 먹는 문제 같은 것은 벌써 해결하였다. 쌀은 축산에도 쓸 수 있고 경공업에도 투입할 수 있으니까 받는 것이다. 저쪽에서 자신들의 잘못을 사죄하는 뜻으로 쌀을 보내겠다는데 안 받을 수는 없지 않은가. 그래 놓고 나니까 서해 망둥이가 뛰니 빗자루도 뛰는 일이 벌어지고 있다."

1995년 여름은 김용순의 이 언설로 해가 지고 날이 샜다. 김용순의 언설에는 북쪽의 고단한 오기가 묻어 있다. 나는 그 공산주의자의 말이 퍽 재미있다고 생각했다. 남쪽에서 먼저 문제 삼지 않았던 까닭도 마찬가지 아니었을까. 그 양반, 호협하게 뻐기고 있지만 측은하기 짝이 없군 그래. 하나의 족속은 어쨌거나 그렇게 얼크러지기도 하는 것이다. 바다 건너 부잣집에서 뻣뻣하게 딴죽을 걸어오지 않았더라면 얼마나 좋았을까. '잘못을 사죄하는 뜻이라니, 뭐가 잘못돼도 크게 잘못된 시정잡배의 언사'라는 딴죽에, 김용순은 사과하고 변명하고 끝내 자신의 발언을 부정해야 했다. '나는 그 말을 취소한다'가 아니라, '나는 그 말을 한 적이 없다'였다. 그 공산주의자는 속이 꽤 쓰렸을 것이다. 그리고 빗자루들이 들고일어났다.

"이거 그냥 좋게 좋게 넘어가려고 했는데, 망둥이들한테는 이크 뜨거워라 낯빛을 고치면서 우리한테는 일언반구도 해명을 못 하겠다는 수작이로군, 말을 안 들었으면 몰라도 이거 안 되겠군 그래."

김용순의 발언에는 귀 기울여야 할 진실들이 주렁주렁 매달려 있었다. 그것으로부터 다시 시작하면 무엇인가를 엮어 갈 수 있으리라는 기대감으로 빗자루들은 내심 들뜨기도 했었다. 빗자루를 타고 날아다니는 마녀가 무슨 생각을 하고 있었는지는 부차적인 문제였다. 바다 건너 부잣집의 딴죽 걸기가 없었더라면, 그 말을 안 들었더라면. 들었어도 못 들은 척하려 했지만, 얍삽한 섬놈들이 바르르 도끼눈을 추켜올리며 하는 말을 빗자루들은 억지로 들어야 했던 것이다.

"됐네 뭐." "그렇게 볼 수도 있겠군."

'말을 안 들었으면 몰라도'는 분개어법이고, 이것들은 흥정어법이다. 흥정어법이야말로 정치적이다. 우리가 하는 모든 말은 정치적이다. 정치라는 말 자체야 아무런 흉이 되지 않는다. '政은 正이다'라는 공자적孔子的 문장의 물밑에서 쉴 새 없이 오가는 거래가 문제이다. 그 거래로부터 아무도 벗어날 수 없다. 수식數式으로 대체할 수 없는 은폐

어법, 차단어법, 희석어법, 분개어법, 흥정어법 들을 구사하고 구사당하면서 우리는 살아간다.

그의 입은 얼굴 오른편에 거의 세로로 붙어 있었다. 나는 한 번도 그의 얼굴을 제대로 마주보지 못했다. 그는 말했다.

"이명석이 아니라 이명섭입니다. 쪼갤 석이 아니라 빛날 섭."

한참 뒤에 그는 다음과 같은 이야기를 해 주었다.

"보석을 쪼개고 갈고 배치하는 일을 했었거든. 내 이래봬도 이리의 보석 가공단지에 이태가 넘게 있었다구. 거기서는 사원을 뽑을 때 면접을 까다롭게 치러. 마땅할진대 마음만 먹으면 한 회사 말아먹기는…."

까다로운 면접을 통과했대서 하는 말은 아니지만, 그는 일종의 천사였다. 입이 비뚤어진 천사.

"보석을 쪼개는 일이라는 게 그렇더군. 정확한 자리에 칼을 대고 결에 맞추어 단번에 툭. 자칫 부스러뜨릴 수 있어. 흐린 마음을 먹거나 겁을 낸다거나 하면 안 돼. 그래서일까, 여자들은 못 한다더군. 여자들이야 보석을 들여다보면서 알 듯 모를 듯 웃고만 있으면 만사형통이니까."

입이 비뚤게 달려 있으면 무엇이 불편한지 아는가. 딱 두 가지만 있으니, 밥 먹는 것과 입 맞추는 것이다. 나머지는 아쉬운 대로 그럭저럭 해 나갈 수 있다. 웃는 것도 칫솔질하는 것도 말하고 노래하는 것도 결정적으로 지장을 받지는 않는다.

출항 전야에 그와 이채군이라는 이름의 안양 녀석과 나는 함께 어울렸다. 그리고 나는 그의 노래를 들었다. 윤시내의 '열애', 태워도태워도 재가 되지 않는다는. 그의 발음은 구리못처럼 알파벳적이었다.

"금강석도 있었지. 다이아몬드 말이야. 좁쌀보다도 작은 금강석에 반사면과 굴절각을 깎는 거야. 그게 원래 무색 투명하잖어. 그래 자칫 눈앞에서 사라진다구. 아무리 눈에 심지를 돋워도 보이지가 않어. 그러면 등을 전부 끄고 차광막을 내리고 가만히 기다리는 거야. 그러고 좀 있으면 그게 보여. 말간 반딧불이 반짝반짝. 나 여기 있어요, 데려가 주세요. 등을 끄고 차광막을 내려도 빛은 어느 틈으로인지 스며들어와서 금강석의 신분을 폭로하는 거야. 완전한 어둠은 없어. 마찬가지로 완전한 밝음도 없겠지."

자신을 태워야만 빛을 낼 수 있다. 스스로를 태우지 않고 빛나는 것은 없다. 이 지상이 그래도 어슴푸레 트여 있음은 자신을 태우고서 죽어 간 존재들이 있으므로 해서이다. 나는 준비가 되어 있는가. 보고 싶다, 천사. 비뚤어진 입을 수술하려면 참치를 많이 잡아야 한다고 말하던 천사, 등이 굽고 비늘이 상한 물고기는 종종 봤어도 입 비뚤어진 놈은 못 보았다고 말하던 천사, 너는 지금 어디 있느냐.

우리가 하는 말은 어디로 가는 것일까. 듣는 이의 가슴의 목금木琴 울림판에 부딪히는 것까지는 알겠는데, 그 후로는 어떻게 되는 것일까. 목금 울림판에 차곡차곡 녹음되었다가 어느 날 문득 울림판의 패턴이 어긋물려 있다면, 우리가 하는 말은 헛되이 공중을 떠돌다가 어느 무명無明의 골짜기에서 죽는 것이 아닐까. 아무것도 비추지 못하는 말.

나는 지난 봄에 다음과 같은 말을 들었다.

"알고 보니 윤형은 신뢰할 수 없는 사람이더군요."

이 말은 날이 갈수록 나를 고문하였다. 처음에는 대수롭지 않게 받아넘겼었다. 그가 나를 불신하게 되었던 까닭을 그는 이것저것 들었고, 나는 그의 말을 들으면서 '그랬었군, 그랬었군' 하고 하나하나 정황을 꼽아 나갔으며, 딱히 설명을 하기가 뭣하기도 하고 그의 말이 아예 그르지는 않은 것 같기도 해서 다음과 같은 말로써 그와 나의 관계를 정리했었다.

"안녕히 계십시오."

그는 내게 다음과 같은 말을 덧붙였다.

"인연이 있으면…."

일이 그렇게 마무리되었던 것인데, 그의 말은 나를 지금까지도 괴롭히고 있다. 그는 그 말을 하지 않았어야 했다. 지금에야 하는 생각이지만, 그는 너무 심했다. 바늘 끝과 바늘 끝 사이에 눌린 한 마리 물벼룩. 그의 비난은 절묘한 시기에 이루어졌고, 나는 치명상을 입은 것이다. 후벼진 나의 마음.

새미래의 아이들은 좀 치사한 노래들도 부르고 다녔다. '박어라 박어라 박서방 / 양지 쪽에 앉어서 / 좆이나 박박 긁어라' 같은 노래가 있었다. 다음은 내가 만든 노래이다. '꽝묵이 꽝 치고 / 징묵이 징치고 / 부열이 북 치고.' 부르는 입들이야 운韻도 딱딱 맞겠다 신이 났겠지만, 당사자들은 노래를 들을 때마다 등짝에 두드러기가 돋았을 것이다. 유종호가 감별해 두었다가 우리에게 가르쳐 준 다음과 같은 노래의 애수와는 비할 바도 못 된다. '삼각산 중토리 비오나마나 / 어린 서방 품안에 잠드나마나.'

세상에 주워 담을 수 있는 말은 없다. 풋숨처럼 사소한 말도 그렇다. 새미래 골목길에 좃이나 박박 긁으라는 금지곡이 울려 퍼지는 어느 겨울날이면 어른들의 싸움도 벌어지곤 했다. 싸움 싸우기는 상당한 에너지가 소모되는 일이므로, 아침부터 밤중까지 들에서 살아야 하는 일철에야 어디 싸움 같은 것을.

"그랬다매?"

"내가 언제?"

"다 들은 사람이 있어."

"그게 누구야?"

"누구냐고 하는 걸 보니 하긴 한 모양이네?"

"생사람 잡지 마. 그게 누구야? 누군지 말 못 해?"

"누군지 말하면 머리 꺼들러 끄질러 갈래?"

"끄질러 간다고? 이년이 말하는 본새가 영 글러 먹었네."

"뭐 이년? 그래 이년은 그렇다고 치고 왜 네년은 입을 그렇게 방정맞게 놀리고 다니는 거냐, 이년아. 네년이 나를 얕잡아 보지 않고서는 그럴 수 없는 거야. 너 나한테 무슨 뻣심이 있어서 이러는 거냐, 이년아."

"뻣심 같은 소리 하고 있네. 그래 도대체 내가 뭐라고 입을 놀렸는지 네년 입으로 들어나 보자, 이년아. 어디서 무슨 얘기를 듣고 와서는 애먼 사람 우습게 만드는 거야? 누구야? 내가 그년을 요절내고 말 것이네."

훔친 책 빌린 책 내 책

하나의 싸움이 이러구러 마무리된 얼마 뒤에 또 다른 싸움이 벌어진다. 싸우는 풍경이야 별반 다르지 않다.

"내가 뭔 말을 하더라고 그 여편네한테 찔러 바쳤다면서?"

"무슨 소리야?"

"딴소리는 하지 마소. 내가 그년한테 당한 걸 생각하면 치가 떨려. 내 자네한테 단단히 따지러 왔네."

"당한 건 당한 거고 따질 건 따져야 하는 거지만, 그때 자네가 그런 말을 한 건 사실이 아닌가? 나 혼자만 들은 것도 아니고."

"내가 뭔 말을 했다고? 남의 말을 옮기려면 제대로 옮겨야 할 것 아냐? 아 다르고 어 다르다고, 내가 이렇게 말했지 언제 저렇게 말하더냐, 이년아."

"그 말이 그 말이지 뭘 그래? 그 말이나 그 말이나 혓바닥에 칼 매단 건 똑같잖고?"

"그래 모지게 잘났구나, 모지게 잘났어. 그렇게 잘난 여편네가 남의 말이나 살살 찔러 바치고 다니는 거냐, 이년아. 너 나한테 무슨 앙심이 있어서 그러는 거야, 이년아."

"이년이 보자보자 하니까 못 하는 말이 없네. 내가 네까짓 년한테 품을 앙심이 뭐가 있겠냐, 이년아. 하고 다니는 꼴이 사람 같잖아서 상대도 하지 않으렸더니 이년이 제 허물도 모르고서 이렇듯 푸르르 날치고 있어?"

"꼴이 사람 같잖다고? 제 허물도 모르고 날친다고? 그러는 네년은 어떻고? 네년은 뭐 흐벅지게 사람 꼴 나는 줄 알어?"

"아이고 남세스러워서. 그만한 일로 이런 봉변을 당하다니. 이년아, 지금 너 죽고 나 죽자는 거냐? 오냐 내 그렇지 않아도 이런 날을 고대해 왔으니."

팔소매를 걷어붙이고 나선 이 싸움도 그다지 오래 끌지는 않는다. 순박한 그들은 제풀에 지쳐 그만 주저앉고 만다. 새로운 싸움이 이어지지만 이제 판세는 서먹서먹 민망해진다. 애들 싸움이나 어른 싸움이나 따지고 말고 할 것도 없이 위와 같은 양상을 크게 벗어나지 않는다. 정의롭고 명예로운 싸움은 처음부터 없다. 크고 작은 싸움들이 잠복해 있는 새미래의 겨울은 눈이라도 오시려는가, 군불거리도 시원찮은데 죽으라는 법은 없지, 오랜만에 푹하다. 주워 담지 못한 말이 가져온 구질구질한 하루가 저문다. 아궁이 앞에서 밥을 뜸들이면서 생각하니 바깥양반에게 아이들에게 낯을 들 수가 없다. 훌쩍훌쩍 눈물도 난다.

'말한다는 것은 곧 거짓말한다는 것이다'라는 말이 있다. 누구의 말이었는지는 기억나지 않지만, 동부 꼬투리에 오글오글 모여 있는 진딧물처럼이나 많은 프랑스의 인문학자 가운데 하나가 아닐까 한다. 나는 이 말을 들으면서 기뻤었다. 기쁘기만 했을까, 안심이 되고 위안이 됐었다. 그러나 '말한다는 것은 곧 거짓말한다는 것이다'라는 말이 그럴싸하다고 해서 사람이 모두 거짓말쟁이라는 말은 아닐 것이었다. 나의 기쁨의 근거는 무엇이었을까. 나는 왜 안심이 됐고 위안을 받았을까. 잘은 모르지만, 그건 내가 물귀신인 탓일 것이다 아마. 가령 나는 다음과 같은 문장 쓰기를 좋아한다.

훔친 책 빌린 책 내 책

"처녀들은 순결하고 무사들은 용감하고 왕족들은 고귀한 유전병으로 시들어 가던 때에 꽤 화려한 잔치가 있었다. 잔치에는 춤꾼들, 정신 분석가들, 목사들, 칼럼니스트들, 개그맨들, 바람둥이들, 예언자들, 무정부주의자들과 거지들이 참석하였다. 나는 다음과 같은 시를 읊었다. 오오 반란이여, 우리의 악습이여, 그 새벽의 눈동자여. 나는 장군을 축복하였다. 그대의 칼날에는 피 한 점 묻지 않았고, 그대의 신발에는 이슬 한 방울 스미지 않았다. 나는 한 줄의 야유를 섞었고 지상에서의 삶의 무상함을 지적하였다. 그대의 이빨 속에 사는 놋쇠의 벌레가 꿈틀대기 시작하였도다. 우리의 논과 밭에 솟구치는 달콤한 섬들은 시나브로 잊혀지리니, 오오 아침과 저녁이여, 영원한 고통이여. 꿰뚫어 듣는 귀와 날쌘 손을 위하여 기도하라고 제안하였다. 오오 반란이여, 우리의 시련이여, 그 밤의 여인이여. 장군은 나를 불러 귀리술을 내렸다. 그의 왼손에는 뜯다 만 메추라기 다리가 들려 있었다. 장군은 수다쟁이가 아니었지만 내가 읊은 시에서 어울리지 않는 운율 하나를 지적하였다. 그렇지만 교묘한 낭송이었소, 훌륭했소. 술잔 밑에는 한 장의 어음이 깔려 있었다. 보아 하니 반란이 있기 훨씬 전에 발행된 어음이었다. 무식한 사람에게 무시당하지 않으려면…."

위와 같은 문장 쓰기를 좋아한다는 사실은 무엇을 뜻하는가. 서양문학에 대한 교양을 뽐내 보자는 것이겠지. 이미 아무짝에도 쓸모가 없는 것을 이르는 이름, 교양. 교양이란 애호와 혐오의 척도가 상식에서 크게 벗어나 있지 않은 자의 우아해지려는 욕망의 은은한 발현이라고 나는 생각하는데, 요컨대 나는 거짓말쟁이인 것이다. 내가 '말한다는 것은 곧 거짓말한다는 것이다'라는 말에 감동을 받은 이유도 여기에 있다. 나의 말의 한계는 나의 세계의 한계라는 말도 없지는 않다. 이미 진부해져 버린 말이 아니냐. 끝없이 이어지는 거짓말들의 행렬, 그 놀라운 토르소들. 아직도 다음과 같은 말이 우리에게 효과 있을지는 의문이지만.

"물려받은 것이라는 게 걸리기는 해도 젊은 사람이 그만한 재산을 가졌겠다, 생긴 것 헌헌장부겠다, 무엇보다 우리 솔미 죽어라 쫓아다니겠다, 하나도 타박할 게 없지만서도, 말하는 거며 사람 응대하는 거며 옷 입은 품이며가 교양 없어 뵈는 게 좀⋯."

그는 내게 입을 다물라고 하더니 곧장 나의 뺨을 후려갈겼다. 그 바람에 나의 앞니 하나가 시큰 쪼개졌다.

수정과 진흙

우리는 잔칫집에 갔다가 돌아오는 길이었다. 달걀지단과 실고추와 어슷어슷 썬 파를 고명으로 얹고 뜨거운 물을 부어 면발을 깨운 국수를 한 그릇씩 얻어먹었으니, 그런 대로 괜찮은 날이었다. 항열이와 소열이와 나, 이렇게 셋이었다. 비탈진 길을 걸어 내려오면 우미동천이 꺾여 흐르는 길 옆에 상수리나무가 한 그루 있었다. 우리는 느긋했다. 열한 살 때였다. 나는 스콧 스펜서의 '내 나이 열일곱이어서, 마음의 긴박한 명령에 완전히 복종하던 시절에'와 같은 이야기의 시작을 아주 좋아하는데, 코엔 형제의 인터뷰 중에서 '마지막에 이르러 자아를 발견하게 되는 로드무비를 혐오한다'와 같은 무뚝뚝한 대꾸를 또한 좋아하는데, 나의 열한 살, 맑은 국수 한 그릇 얻어먹었던 그날의 이야기를 시작하려니 머뭇머뭇 배가 아프다.

항열이는 나보다 한 살이 많았고 소열이는 두 살이 적었고, 둘은 형제였다. 항열이는 착하고 꿋꿋한 아이였다. 추리력이 있었고 공작 솜씨가 좋았고 기계를 만지며 기뻐하는 소년이었다. 그의 착하고 꿋꿋한 성품은 그를 잘생긴 스무 살 청년으로 키웠다. 내가 고등학교 3학년이고 그가 재수를 하던 어느 여름밤에 버스정류장에서 그를 우연히 만났는데, 그는 신화 속의 젊은 신과 같은 얼굴로 반가워하는 것이었다.

길 옆에 상수리나무가 한 그루 있었다. 우리는 느긋했다. 열한 살 때였다. 우미동천이 꺾어지는 쯤에서 길도 한 마디 정도 꺾어지는 참이었다. 항열이가 나를 툭 건드렸다. 보니 아뿔싸, 정인찬 선생님이 오고 있었다. 순간적으로 우리는 도망가자고 의견 일치를 보았다. 의견 일치를 보기는 했지만 행동은 각자 달랐다. 항열이는 길 옆의 높직한 밭둑으로 올라가서 밀밭 고랑으로 기어 들어갔다. 나는 항열이를 따라서 밭둑으로 올라갔고, 동작이 굼뜬 관계로 멀리 내빼지 못하고 밭둑 바로 너머의 움푹한 곳에서 납작하니 엎드렸다. 나중에 알았지만 소열이는 황망하게 서 있다가 선생님께 꾸벅 인사를 했다. 나는 엎드려 있었다. '우리가 상수리나무를 지나쳤었나 안 지나쳤었나, 상수리나무를 지나면 옛날 선전관을 지냈다는 어른의 비석이 나온다, 얼굴을 한번 쳐들어 볼까, 배가 축축하네.' 그렇게 나는 땅바닥에 굉장히 한참 동안을 엎드려 있었다. 그리고 다음과 같은 말을 들었다.

"오라, 누군가 했더니. 윤택수, 너였구나."

그것이 전부였다. 나는 일어나서 선생님과 함께 밭둑을 내려왔고 선생님은 싱글거리면서 동행들에게로 발걸음을 재촉했다.

다음날 조례시간에 선생님은 우리에게 긴 훈화를 했다. "어제 반석리1구에 갔었습니다. 초대를 받아 가서 대접을 잘 받았습니다. 가는 길에 우리 반 학생을 하나 만났습니다. 그 학생은 선생님을 보더니 도망을 쳤습니다. 인사를 하기 싫었나 봅니다." 이런 요지의 훈화였다. 선생님은 '그 학생은 바로 윤택수입니다'라고 밝히지 않았다. 천만다행이었다. 천만다행이라고 그때 나는 생각했다.

그런데 일이 꼬이기 시작했다. 권한이가 아이들에게, 도망친 사람은 인기였다고 말해 버린 것이다. 인기도 도망쳤다고? 선생님은 '우리 반 학생 하나'라고 했어 분명히. 그런데 인기가 바로 그 학생이라고? 그것은 권한이의 오해였다. 인기도 선생님을 보자 공연히 어렵고 쑥스러워서 도망쳤을 수는 있다. 그러나 선생님이 말한 사람은 '누군가 하면 바로' 나였다. 그것을 알고 있는 것은 나와 선생님과 항열이와 소열이뿐이었다. 권한이는 모르는 일이었다. 권한이는 '인사하기 싫어서 도망친 우리 반 학생'이 바로 인기였다고 지목함으로써 우리 반 학생들, 반석리1구 양짓말 잔칫집에서 선생님을 보자 도망쳤던 아이들의 죄의식을 털어낸 것이었지만, 인기에게는 참으로 부당한 노릇이었다. 인기가 권한이에게 항의를 하지 않았으니 인기도 도망을 치기는 쳤던 모양이었으나, 선생님이 말한 '우리 반 학생 하나'는 다름 아닌 나라는 것을 알고 있는 사람은 나와 선생님뿐이었다. 나는 아이들에게 해명을 해야 한다고 생각했다.

"권한이는 인기라고 했지만 사실은 나야. 어제 잔칫집에 갔다가 오는 길에 선생님을 봤거든. 도망가다가 급한 나머지 우묵한 곳에 엎드려 숨었었거든. 선생님이 거기까지 올라와서 내 얼굴을 확인하더라구. 거기까지 올라올 건 뭐냐? 그냥 못 본 체 지나가 줬으면 좋았겠지만, 아무튼 선생님이 말한 사람은 나니까 그렇게들 알아 둬."

나는 해명하지 않았다. 그럼으로써 나는 두고두고 자괴감에 시달려야 했다.

인기에 대한 미안함은 이것으로 끝이 아니다. 얼마 후에 나는 인기와 칼싸움을 하게 되었다. 연필 깎는 칼을 젖혀 잡고서 제법 독한 마음을 먹고서 결투에 임했다. 그 결투에서 나는 졌다. 인기가 나의 오른손 엄지 둘째마디 한가운데를 베어버린 것이다. 피를 보고 만 그 결투에 대해서 나는 아무 불만이 없었다. '짜식, 진짜로 그을 건 뭐람' 하는 심사야 저 아래에 깔려 있었겠지만, 우선은 흘러 나오는 피를 처리해야 했다. 지금도 나의 손가락에는 약 2센티미터 길이의 흉터가 남아 있는데, 이로 미루어 나는 완벽한 패배를 당한 것으로 볼 수 있고, 흘러 나온 피도 적은 양은 아니었을 것이다. 피야 흐르다가 멎을 것이고 상처도 진물이 좀 흐르다가 아물 것이니 패배의 흔적을 들여다보며 아련한 추억에 젖으면 되는 일이었다.

그런데 선생님이 개입한 것이다. 아이들 일에 선생들이 끼여 들면 말썽이 생기게 마련이다. 선생님은 인기를 불러내더니 때리기 시작했다. 그렇게 무서운 기세로 때리고 맞는 광경을 나는 앞으로도 보지 못하리라. 나는 해명을 했어야 했다.

"인기를 때리는 것은 좋지만 저도 함께 맞겠습니다. 공부시간에 장난을 친 것은 인기나 저나 똑같습니다. 인기가 제 손가락을 베었다는 이유로 혼자 매를 맞는 것은 어딘지 이상합니다."

그때 선생님은 앞뒤 사정에 대해 아무것도 물어보지 않았다. 지금 생각이지만, 선생님은 그런 식으로 자신의 태만을 호도했던 게 아닐까 싶어진다. 어떻게 수업시간에 피 흐르는 결투를 치를 수 있는 거지요?

선생님은 그렇다 치고, 나의 비겁함은 어찌해야 하는가. 우리 살아가는 데에 비겁 자체야 무슨 흉이 되겠는가. 표범이 사냥한 얼룩말을 사자가 비겁하게 가로챈다고 해서 사자의 위엄이 훼손되지는 않는다. 비겁을 비겁이라고 의식하고, 비겁을 들킬까 봐 애태우고, 비겁을 잊지 못하여 구석에 숨고, 비겁을 내세워서 정결해지자고 획책하는 짓이 문제인 것이다. 나는 철두철미 비겁하다. 인기는 택시 운전사가 되었다. 합리적이면서 사려 깊은 인기, 자신의 입장보다 남을 먼저 생각하는 인기는 한 번도 나를 못마땅하다고 몰아세운 적이 없다.

집으로 오는 길이었다. 요골 모퉁이, 팽나무가 있는 곳에 조금 못 미쳐서 일어난 일이다. 우리는 어린 감나무 가지에 매달려 있는 유지매미 한 마리를 발견했다. 우리는 모두 와락 달려들었다. 매미를 잡느냐가 아니라 누가 매미를 잡느냐가 중요한, 일종의 스포츠였다. 우리는 유지매미를 잡지 못했고 대신 감나무를 부러뜨리는 전과를 올렸다. 주인이 뛰어나왔고 우리는 꼼짝없이 붙잡혀서 은근히 겁주는 말을 뒤집어써야 했다.

다시 집으로 가는 발걸음을 놀리면서 우리는 누가 감나무를 부러뜨렸느냐는 책임 소재를 가리기 시작했다.

"매미 잡으랬지 누가 감나무 부러뜨리랬어? 누구야, 누가 시키지 않은 일을 저지른 거지?"

권한이가 나서서 일성이를 내세웠다. 제 눈으로 똑똑히 보았다고 했다. 일성이는 반발했다. 그러나 권한이의 증언은 일성이의 반발을 무색하게 했다.

"난 아냐."

"내가 봤어."

"난 정말 아냐."

"내가 네 옆에 있었잖어. 난 봤어."

"난 정말 정말 아냐. 내가 그랬다면 손바닥에 못을 박아도 좋아."

"난 봤어."

"미치겠네. 난 아냐, 아니라구."

"난 봤어."

원갑이가 중재에 나섰다.

"누가 부러뜨렸으면 어때, 다 지나간 일인걸."

원갑이의 중재는 일성이가 부러뜨렸다는 것을 기정사실로 고착화시키는 효과를 가져왔다. 일성이는 더욱 심하게 부인했다. 권한이는 일성이의 일관된 부인을 잠재우기 위해서 일성이의 정직하지 못함을 파고들었다. 권한이의 파상적인 공격을 당해 내지 못한다는 것을 알고 있는 일성이였지만, 일성이는 자신의 결백함을 내세우는 일에서 한 치도 물러나지 않았다. 일성이는 그래야만 했다. 왜냐하면 감나무 줄기를 부러뜨린 사람은 일성이가 아니었던 것이다. 그것은 나였다. 내가 부러뜨렸다. 그러나 나는 잠자코 있었다. 나는 비겁한 아이였다. 나는 내가 비겁한 아이라는 사실을 일찍 알아 버렸고 그것은 나를 내내 괴롭혔다. 나는 나의 비겁 위에 서 있다.

휘병굴을 지나 삼화목장 부근에 성화원이 있었다. 고아원이었다. 우리 반에도 성화원 아이들이 있었다. 개성이 강하고 재주 있는 녀석들이었다. 6학년 담임선생님은 일요일마다 우리를 성화원으로 데리고 갔다. 지족리, 반석리, 하기리, 외삼리, 안산리, 수남리 등 여섯 마을 아이들을 번갈아서 모이게 했다. 선생님의 뜻은 소박한 것이었으리라. 봉사하는 마음을 길러 주자는 것이었겠고 각자가 받아들일 수 있을 만큼 보고 듣고 배우라는 것이었을 터이다.

땅이 얼었다가 풀리면서 질퍽거리는 날에 밤나무를 심었던 기억이 난다. 신발을 짝 맞춰 주던 원장 어머니도 떠오른다. 여럿이 모여 살면 신발을 잃기 십상이라는 것을 우리는 경험으로 배우지 않는가. 군대에 가 보라, 군화며 운동화며 끌신이며를 막론하고 신발 잃어버리기는 다반사로 일어난다. 식당이든 여관이든 주인이 가장 신경 쓰는 일의 하나가 손님들 신발 간수하기라는 것도 짐작이 가는 일이다. 하물며 어린 꼬마들이 모여 사는 성화원에서 신발을 두고 별별 일이 다 벌어지리라는 것은 불을 보듯 환하다. 원장 어머니는 아이들에게 신발을 찾아 신기는 일을 하면서 한 세월을 보내는지도 모른다. 신발은 옷하고는 또 달라서 치수가 작다거나 너무 크지만 않다면 발에 꿰고 훨훨 떠나갈 수 있는 물건이다. 그거 잃어버리기는 너무나 사소한 사건이다.

원장 어머니는 한데에다 한 무더기의 신발을 풀어 놓고서는 아이들에게 말했다.

"내가 또 신발장사 하게 됐네. 신발 없는 사람은 앞으로 나서. 여기에서 짝 맞춰 신어 봐. 미루, 그거 짝짝이잖아. 수니, 너는 한 짝만 있으면 돼? 수니 신발 한 짝 여기 있네. 자기 신발에 이름 쓰고 깨끗이 신으면 신발이 왜 없어지니? 한 짝은 여기 벗어 놓고 한 짝은 저기 팽개치고 하니까 없어지는 거지. 엄마는 매일 니네들 신발 주우러 다니느라고 허리 펼 날이 없다는 거 알아? 이 신발 더미도 다 엄마가 주워 모은 거야. 나무, 너는 뭐야? 신발이 찢어져서 바꾸려고 한다고?"

원장 어머니의 신발 파는 소리를 들으면서 우리는 점심을 먹으러 갔다. 국수였다. 김치나 콩나물무침도 없이 국수 한 그릇씩만 놓인 점심상. 국수는 맛이 없었다. 우리는 열없이 젓가락질을 했다. 누군가가 용감하게 '맛없어서 못 먹겠네' 하고 일어난다면 모두 따라나설 눈치였다. 그러나 우리는 그 국수를 다 먹었다. 나는 다른 장소에서 '이걸 먹으라고 주는 거야? 이건 돼지밥 수준 아냐'라고 공공연하게 불평하는 소리를 들은 적이 있다. 내 보매는 과히 나쁘지 않은 밥이었는데도 돼지밥 운운이 나왔었다. 그에게 성화원의 국수를 대접하면 어떨까 하는 혼자 생각을 했었다.

그 점심 국수를 생각하면 여태 마음이 눅눅해진다. 선생님이 우리를 성화원으로 이끌었던 것은 좋기만 한 일이었을까. 나는 아니라고 생각한다. 우리가 성화원에 갔던 날마다 우리는 우리 반 아이들을 만나지 못했다. 그런 날에 그들은 어디에 있었을까. 어느 구석방에서, 어느 창고 안에서, 혹은 어느 잡목림 밑에서.

나는 그 아이들에게 큰 잘못을 저지르게 되었다. 다음과 같은 일이 벌어졌던 것이다. 선생님이 나더러 써 온 글을 읽으라고 했다. 나는 읽지 않겠다고 했다.

"왜 안 읽겠다는 거지? 혹시 숙제를 안 해 온 거 아냐?"

"그건 아닙니다. 그렇지만…."

"그렇지만이 어딨어? 어서 일어나서 읽어."

"못 읽겠습니다."

"이 녀석 보게. 어서 일어나지 못해?"

"내용이 안 좋습니다. 읽고 싶지 않습니다."

그러나 나는 그 글을 읽고 말았다. 글이야 잘 썼지, 그때나 지금이나 나는 글 잘 쓰는 거 하나로 행세하는데. 그러나 내용에 하자가 있었다. '나는 어머니와 아버지가 멋있다고 새삼스럽게 생각했다. 우리 학교에 다니는 그 수많은 고아 학생들, 그들은 부모님을 잘못 만나서 고아가 되었을 것이다.' 나는 고지식했다. 그 부분을 읽지 않고 넘어가도 되었던 것을, 나는 더욱 또렷하게 읽었다. 선생님에 대한 반항심리였을까. 그렇더라도 나의 잘못을 용서받을 수는 없다. 나는 개성이 강하고 재주 있고 난처하고 어쩔 수 없는 세상의 슬픔에 짓눌리고 있는 그 녀석들의 귀에 수은을 들이부은 것이다. 나 말고는 아무에게도 잘못이 없었다. 나는 자리에 앉으면서 참담하게 오그라들었다. 선생님도 여간 놀란 게 아닌 듯했다. 쉬는 시간에 권한이가 나를 찾아왔다. 그는 나를 위로하려고 했다. 나는 권한이를 노려보았다. 권한이는 "알았어, 알았어" 말하면서 물러섰다.

우산봉에서 능선을 타고 남쪽으로 가면 갑하산이 나온다. 갑옷 갑자에 아래 하 자를 쓴다. '비탈이 가파르다'의 '가파'를 한자음으로 표기하려던 이가 멋을 부려서 갑하산이라고 이름 붙였을 것이다. 대전국립묘지의 충혼탑에서 바라다보이는 산이 갑하산이다. 첫눈에 범상치 않음을 알 수 있으리만큼 속된 기운을 벗어났다. 갑하산 아래로 파평 윤씨 선산이 있었고 종답이 있었다. 쉰다랑고개를 넘어서 시제를 지내러 가곤 했었다.

그 갑하산 깊은 어딘가에 수정의 골짜기가 있다는 소문이 있었다. 증골에 살다가 우리 마을로 이사 온 면수가 말했던가, 한중이가 자기 아버지한테 들었다면서 말했던가. 큰산은 깊기도 깊으니 수정이 돋아 있다 해서 놀랄 일은 아니었다. 늑대가 살고 호랑이도 드나든다는 큰산이었다. 우리는 수정을 캐러 가자고 말을 맞췄고 어느 날 정말 수정의 골짜기를 찾아가게 되었다. 우리들 중에 거기가 어디인지 아는 사람은 아무도 없었다. 면수도 마찬가지였다. 우리는 갑하산 아래의 여남은 개나 되는 골짜기들을 샅샅이 탐색하고 다녔다. 돌무덤이 있는 곳에서부터 진동날이 시작되는 중턱까지, 거기에서 쉰다랑고개로 이어지는 능선들까지.

우리는 수정의 골짜기를 찾지 못했다.

"처음부터 없었던 건 아니겠지 설마?"

처음부터 없었던 건 아닐 것이었다. 절대. 우리가 찾아내지 못한 것

훔친 책 빌린 책 내 책

일 뿐이었다.

"수정의 골짜기가 그렇게 쉽게 찾아지겠니?"

"맞아, 쉽게 찾아진다면 그건 수정도 뭣도 아니겠지."

"야, 그런데 저 바위 이상하지 않니? 꼭 고인돌처럼 생겼잖아."

"배가 고픈데, 물이나 마셨으면 좋겠다."

그렇게 허랑하게 돌아오다가 우리는 수정의 산을 발견하게 되었다. 그것은 너무나 평범한 야산이었다. 굽은 소나무들이 듬성듬성 서 있는 황토산 여기저기에 볼품없는 수정알이 박힌 차돌들이 보였다. 그것들은 황토 흙에 반쯤 묻힌 채 하얗게 반짝이고 있었다.

"여기가 수정 골짜기 맞냐?"

우리는 낙심천만하여 서로의 얼굴을 바라보았다. 우리가 상상했던 수정의 꼴짜기는 이런 것이 아니었다. 뭐라고 말로 표현할 수는 없지만 눈부시게 아름다운 수정 기둥들이 어지럽게 외립해 있어서 감히 접근하기도 무서울 그런 골짜기였다. 거기 계곡물은 푸르다 못해 희고 거기 나무들은 하나같이 대들보와 서까래 감이고.

우리는 어렵잖게 타협을 보았다. 수정의 골짜기는 따로 있고 우리는 그 골짜기의 바깥의 바깥, 뜻하지 않은 장소에 와 있는 것이라고. 그렇게 타협을 하고 나니 속이 편해졌다.

"아무려면 어때?"

"우리 여기에서 쓸 만한 것 몇 개 주워 가기로 하자."

우리는 쉰다랑고개로 넘어오려다가 길을 잘못 들어서 시적굴로 내려서게 되었다. 시적굴 막바지께에는 늪지대가 있다. 토탄 냄새가 났다. 몇몇이 늪에 빠졌고 우리는 서둘러 늪지대를 벗어났다. 우리의 손에는 무겁기만 하지 수정이라 하기엔 민망하기 짝이 없는 차돌이 들려져 있었다. 그나마 동네까지 들고 온 사람은 종도하고 나뿐이었다.

나는 비겁해지지 않으려고 마음먹었다. 그게 벌써 언제 적 결심이었던가. 나는 그 뒤로도 연해 비겁하게 굴었고 지금도 그렇다. 나는 다른 사람을 가슴 아프게 하는 글을 쓰지 않겠다고 마음먹었다. 그게 벌써 언제 적 작심이었던가. 그 뒤로도 내가 쓴 글에 맞아 쓰러진 이들이 있었고 앞으로도 그럴 것이다. 수정처럼 맑고 진흙처럼 다정한 사람이 되기는 틀려 버린 것이다.

석유

새미래에서 석유가 발견되었었다는 사실을 아는가. 이 놀라운 이야기는 조금 있다가 하기로 하자.

우선은 석유등잔 이야기나 구시렁구시렁 해야겠다. 등피燈皮라는 시어의 수명은 채 백 년이 못 된다. 유리 등피에 앉은 그을음을 닦으면서 궁핍한 시절의 이야기를 하는 것. 얼마나 궁핍했는지 정작 그때는 몰랐다. 몰랐으니까 살았는지. 대두大斗 한 말이 들어가는 병이라는 뜻의 대두병 같은 것은 대를 물려서 썼다. 그 병에는 꿀, 술, 식초, 들기름 등을 넣었다.

액체를 담아 두는 그릇이 얼마나 다채로우냐에 따라 하나의 문명은 그 수준을 달리한다고 나는 생각하고 있다. 물론 은입사銀入絲한 청동의 그릇이나 청화백자 같은 예로 보건대 내 발상은 위태로운 바 있지만, 나는 귀족들을 말하는 게 아니다. 가장 가난한 계층의 부엌과 안방을 말하는 것이다.

그릇이란 무엇인가. 무엇인가를 담아 놓기 위해서 사람이 만드는 모든 것이 그릇이겠다. 그것은 옮길 수 있어야 한다. 손으로 들어서 옮길 수 있다면 더 그릇다워진다. 그릇은 점점 얇아지고 작아지고 탄탄해진다. 이제 액체만이 아니라 기체를 담는 그릇을 만드는 기술이 보편화되었고, 정보와 이미지를 담는 개념의 그릇도 널리 쓰이고 있다. 칩, 플로피 디스크, 마그네틱 테이프, 명민한 두뇌 따위. 허나 그릇은 역시 액체를 담아 두는 물건이다. 독약 앰플, 플라스크, 시험관, 크리스털 꽃병, 샴페인 병 카뮈, 요강, 응유와 생수의 포장용기, 오크통과 드럼통 따위. 그리고 석유를 받아 오던 대두병.

석유등잔 불빛이 만드는 둥그스름한 공간 안에서 어머니는 바느질을 했고 쌀 속의 뉘를 골랐고 내복의 솔기를 더듬어 이를 잡았다. 그 불빛 너머는 밤의 정령들의 세계. 그들이 옷자락을 스치는 소리며 깊은 숨을 토해 내는 소리가 등뼈를 건드린다.

어머니는 실을 꼬아서 심지를 만든다. 새의 발처럼 생긴 심지는 살아서 꿈틀거리다가 이윽고 잠잠해진다. 그것을 작은 종지 가운데에 조심조심 앉힌다. 종지 안에 살며시 들기름을 붓는다. 심지 끝이 잠기지 않을 만큼에서 멈춘다. 심지는 들기름을 빨아올린다. 어머니는 심지에 불을 붙인다. 잘 안 붙는다. 다시 붙인다. 두 번 세 번의 손길을 받아 심지 끝에는 잣씨만 한 불이 태어난다. 가물거린다.

호오, 여린 불을 굽어 살피면서, 어머니는 세상의 모든 신명들에게

기도를 드린다. 손을 모으고 고개를 숙이고 발을 붙이고 어머니는 동쪽과 서쪽과 남쪽과 북쪽의 신명들에게 한결같은 기도를 드린다. 꺼질 듯 작은 불은 그 사이 어머니의 주물呪物이 된다. 그것에는 정신이 깃들었다. 정신이 깃들면 돌도 쇠처럼 굳세어진다. 작고 참한 불빛, 그 아래에는 향유의 바다, 그 바다를 에워싸고 있는 세계의 끝의 둑.

색비름 수놓은 떡은 아직 식지 않았고 시루에는 밤이슬이 내려앉는데, 어머니는 말이 없다. 그것을 나는 훔쳐보고 있었다. 황홀한 시간이었다. 어머니는 닥종이를 떼어 불을 붙인다. 소지燒紙. 당신의 소원이 이루어지셨는가. 불 꺼진 심지 끝에는 까맣게 고운 때가 묻어 있다. 신명들이 머물렀다 갔다는 증거이다. 어머니의 제단, 밀교의식, 장독대 앞에서 품었던 불 같은 슬픔, 그 세속적인 주문이 나를 친다.

내 머리가죽에 눌어붙은 더께의 성분은 땀과 먼지와 비듬과 피와 진물 등이었다. 새카만 시골아이의 오금에 낀 때와 머리가죽에 눌어붙은 나날의 찌꺼기들. 그것을 뜯어내는 일. 때와 더께의 아래에 있는 뽀얀 속살. 어머니는 마른 수건으로 내 머리를 문지르기 시작했다. 머리를 깎이고서 보니 도저히 묵과할 수 없는 철갑딱지가 거슬렸던 것이다.

"그만 해, 아프단 말이야."

"그러기에 머리를 자주 감았으면 좋았잖어. 아직 멀었어, 고개 쳐들지 마."

나는 무릎 사이에 얼굴을 처박고 끙끙거렸다. 나는 기어이 몇 방울의 눈물을 뺀다. 어머니는 내 머리에 석유를 흘렸었다. 석유는 더께의 두꺼운 철갑을 눅눅하게 해 준다. 이제 문지르면 되는 것이다. 무엇으로 문지르느냐가 아니라 얼마나 오래 문지르느냐이다. 그리고 나의 머리통 아래에 소복이 쌓여 있는 더께 부스러기. 나무 둥치에 앉은 이끼, 시냇물 속 조약돌에 끼는 물때, 고래의 등에 뿌리박은 굴과 산호, 소의 보습살에 붙은 똥, 대청마루를 빛나게 하는 검은빛 산화막까지, 산다는 것은 더께를 쌓아둔다는 것이 아닐까. 그것에 석유를 부어 마른 수건으로 문지른다는 것은 그렇다면 무엇인가. 뽀얀 속살, 나긋나긋 규칙적인 박동, 약간의 추위.

"아이구 혼났네. 머리칼이 다 빠졌겠네."

"엄살 피우지 마. 이리 와서 풍로에 석유 좀 넣어."

나는 호스를 입에 물고 훅훅 숨을 불어넣는다. 석유통 속에서 부글부글 공기방울 터지는 소리가 난다. 입으로 호스를 빤다. 호스를 따라 석유가 올라오는 감각이 느껴진다. 조금만 더, 조금만 더. 오, 오늘은 석유를 한 방울도 안 마실 수 있겠네. 그것은 정밀을 요하는 작업이었다. 정확하게 압력을 재서 호스를 풍로의 입 속으로 밀어 넣으면, 석유는 졸졸거리며 고갯마루를 넘어왔다.

"어때? 하나도 안 샜지?"

어머니는 수긍했다. 그러면서 "처음이네"라고 덧붙이는 것이다. 나는 혼자 토라진다. 누가 아니래?

또 오리 꿈을 꾸고 말았다. 그것은 병식이에게 들은 이야기의 후유증이었다.

"너, 오리 어떻게 잡는지 알아?"

"닭 잡는 거하고 똑같겠지 뭐."

"비슷하지도 않아."

"어떻게?"

"오리를 붙잡아서는 작두로 목을 자르는 거야, 싹둑."

"작두로? 목을?"

"놀랐지? 그러면 오리가 목도 없이 마구 뛰어다녀. 그러다가 벽 같은 데에 부딪히면 쓰러졌다가 다시 일어나서는 또 뛰어다녀. 쓰러졌다가 일어나고, 쓰러졌다가 일어나고, 쓰러졌다가 일어나고. 목에서는 연시 피가 나오고. 차츰 힘이 빠져서 쿵 하고 쓰러지면 끝나는 거지."

"머리는?"

"머리는 콩콩 뛰긴 하지만."

병식이의 말대로 오리는 목 없이도 뛰어다니는 것이었다. 그놈은 지치지도 않고 나를 뒤쫓아 왔다. 나는 도망쳤다. 도망치고 도망치고 또 도망치다가 꿈에서 깨는 것이다. 옆에서 자고 있던 누나가 내 발길질에 깨어났다.

"꿈꿨구나. 걱정 말고 자."

누나는 내 이마를 짚어 주었다.

"응 꿈꿨어, 꿈속에서 오리가…."

누나는 질색을 했다. 누나는 병식이의 말을 믿으려 하지 않았다.

"그런 게 어딨니? 다 꾸며 낸 얘기야."

닭 모가지를 비틀어 꺾어 보았는지. 손아귀에 잡히는 온혈동물의 체온을 알고 있는지. 나는 언제고 한번 오리의 목을 작두로 잘라 볼 참이다. 오리의 몸에는 날카로운 선이나 각이 하나도 없다. 그의 부리와 물

갈퀴 달린 발과 모래주머니를 품은 가슴을 보면 자꾸 슬퍼진다.

"그렇지 누나? 오리를 그렇게 잡을 것까지는 없는 일이지?"

누나는 살짝 한숨을 쉬었다.

"그런데 누나, 어디서 석유 냄새가 나는 것 같은데, 등잔을 엎질렀나?"

"피, 네 머리에서 난다. 너 머리 안 감았지?"

송유관이 터져서 고랫들이 온통 석유 천지가 되었다는 소식이었다. 그 송유관은 울산에서 서울까지 뻗어 있다고 했다. 온 마을이 북새통이 되었다. 누구네는 퍼 온 석유로 드럼통을 세 통이나 채웠다고 했다. 통이란 통마다 석유가 들어 있는 새미래, 논이란 논마다 석유가 고여 있는 고랫들. 퍼 온 석유를 시험해 봤더니 불이 잘 안 붙더라는 말도 있었고, 군청에서 나온 사람들이 현장을 지키고 있다는 말도 있었고, 석유 퍼 온 사람을 잡아가지는 않겠지만 석유는 거둬 갈 것이라는 말도 있었다. 우리도 석유를 퍼 오면 좋으련만 아버지는 들은 척도 하지 않았다. 누구네는 논을 버려서 근심인데 얼싸 좋다면서 석유를 푸러 가면 되겠느냐는 것이었다. 또 우리는 석유가 그렇게 많이 필요하지도 않다는 것이었다. 아버지의 말이 옳겠지만 나는 임자 없는 석유가 그렇게 아까울 수 없었다.

그 즈음 아버지가 평평굴에서 모의간첩을 잡았었다. 신새벽이었다. 아버지는 꼴을 베고 있었다. 부지런한 아버지, 왜 나는 아버지의 부지런함을 물려받지 못한 것일까. 그리고 소나무숲 아래 청미래덩굴 밑에서 가방을 챙기는 간첩과 마주친 것이다. 아버지는 낮을 휘둘러서 간첩을 제압하였다. 용감한 아버지, 속으로는 좀 무서웠겠지. 그것은 모의간첩이었다. 가짜간첩, 국민들의 평화로운 일상에 일부러 던져 놓은 한심한 미끼. 아버지가 그 모의간첩을 그냥 버려두었더라면 당국은 아버지를 체포했을까. 아버지, 투철한 반공 주민. '골짜기 깊은 곳에 피는 도라지 / 그 빛깔 하필이면 파란 도라지.'

아버지는 간첩을 잡은 대가로 밀가루 두 포대를 받았다. 쩍쩍 입맛 다시는 아버지. 아아 모의간첩을 풀어 놓자는 발상은 누구의 머리에서 나왔을까, 모의간첩의 검거율은 만족할 만큼이었을까, 모의간첩을 잡는 과정에서 다치거나 죽거나 하는 불상사는 없었을까, 끝내 잡히지 않은 요원들을 북한으로 보내지는 않았을까. 우리는 간첩의 시대와 모의간첩의 시대를 살고 있는 것이다. 국민들에게 모의간첩이라는 백신을 주사하고 그 예후를 관찰하는 영리한 지배계급은 아직도 혁명을 두려워하고 있다.

어느 구름 낀 늦은 저녁 무렵에 아버지와 나는 기어코 고랫들로 석유를 푸러 가게 되었다. 석유 천지가 되었다던 고랫들은 어럽쇼, 적막하고 고요했다. 터진 송유관은 이미 보수되었고 얼마간 파헤쳐진 흙더미만이 사고가 났었음을 말해 주고 있었다. 석유는 분수나 간헐천처럼 뿜어졌던 게 아니었던가 보다. 그것 참 실망스러운 일이었다. 꾸물꾸물 솟아나와 봇도랑을 타고 흘러내렸던 것일까. 석유는 아직도 있었다. 처음 분출된 곳에서 백 걸음 정도 떨어져 있는 작은 저수지의 표면에 석유가 떠 있었다. 아버지와 나는 저수지 가에 쭈그려 앉아서 바가지로 석유를 폈다. 석유의 층은 아주 얇았다. 우리는 너무 늦게 도착한 것이었다. 남들이 퍼 가고 남은 찌꺼기를 이삭 줍고 있자니 조금씩 조금씩 심술이 났다. 그러기에 처음 소식을 들었을 때 왔으면 좋았잖아, 이게 뭐야 찔끔찔끔. 나는 아버지를 힐끗거리며 불평을 삭였다. 발이 저려왔다. 석유보다 물을 더 많이 퍼 담는 건 아닐까, 물과 석유는 서로 섞이지 않는다니까, 송유관이 터져서 괜히 남 좋은 일만 시켰잖아, 저수지에 불을 붙여 보자고 할까, 멋있게 타오르겠지.

날이 어두워지고 있었다. 아버지가 나의 성화를 받아들여서 고랫들로 출정하게 되었던 속내에는 아버지의 호기심도 작용했을 터였다. 어쨌든 현장을 한번 봐 두어야겠다는 마음을 나는 지금 잘 헤아릴 수 있다. 모의간첩 사건에 휘말리면서 당해야 했던 관폐, 그 관료주의와 그 번거로운 절차와 반복되는 질문이며 대답, 그리고 꼭두각시처럼 놀림받고 말았다는 낭패감 따위도 아버지의 고랫들행을 막았을 것임도 이제는 안다. 사람들 눈에 띄지 않을 시간에 고랫들 저수지 가에서 마지막 석유를 수습하면서 아버지는 삶의 강퍅한 오르막길을 허위허위 절감했을 것이다.

그때 고랫들에서 송유관이 터졌었고, 그 즈음 아버지는 모의간첩을 잡았었고, 나는 저수지 가에 앉아서 바가지로 석유를 폈다. 그림첩 아래에서 말라 가는 코스모스 꽃잎들, 가는 대궁들, 우수수 바람이 밀려온다.

새미래에서 석유가 발견되었다. 발견한 사람은 이문익 씨, 발견 장소는 도리미의 도깨비둠벙이었다. 중학교 2학년 때였나 3학년 때였나는 정확하지 않다. 형산강지구대의 어느 습곡지형에서 석유의 매장을 확인하였노라고 떠들썩하던 시절이었다. 그 석유도 혹시 가짜가 아니었을까. 모의간첩을 침투시키고 반국가단체를 조작해내는 정부라면 가짜 원유 정도야 식은 죽 먹기로 만들어 낼 수 있는 바였다.

새미래에서 발견된 석유는 진짜였다. 우리는 도리미로 몰려갔다. 도리미에는 어른들까지 제법 서성거리고 있었다. 정서적으로 일치되어 있지는 않았지만 적당히 흥분해 있는 군중들의 모습을 그날 나는 보았다. 도깨비툼벙은 금성이 아버지가 판 것이었다. 도리미 일대가 전부 금성이네 땅이었다. 우산봉 어느 골짜기에서 발원한 수맥은 남홍이네 집과 진구네 집과 기순이네 집 아래로 흘러서 금성이네 집을 거쳐 찬물또랑으로 뻗는다는 것이 어른들의 말이었는데, 그 수맥의 핏줄을 따서 툼벙을 판 것이었다. 툼벙에는 붕어마름과 거머리말 등속의 물풀들이 가득했다.

그 도깨비툼벙 가에서 이문익 씨는 자못 협기를 드러내고 있었다. 그의 말을 잘 알아들을 수는 없었다. 툼벙 옆 논둑 아래, 석유가 물에 풀리면서 무지개 빛으로 기름막이 터지고 있었다. 틀림없는 석유였다. 손가락으로 찍어 먹어보지 않아도 그것은 석유였다. 그것을 이문익 씨가 발견한 것이었다. 이 유정의 소유권은 누가 가지게 되는가. 금성이네 땅이니까 금성이네의 지분이 있을 것은 확실했고, 이문익 씨가 발견했으니 그의 몫도 상당할 것이었다. 소유권과 채굴권은 같은 것일까, 옛 문헌 어디엔가 새미래에서 돌기름이 솟았고 며칠 밤낮을 저절로 불타다가 꺼졌었다는 기록이 혹시 있었던가, 쇠스랑질 몇 번으로 유징油徵을 확인했다니 새미래의 땅 밑에는 얼마나 많은 석유가 묻혀 있는 것일까, 내가 발견할 수도 있었는데 이문익 씨에게 선수를 빼앗겼구나. 나는 생각이 복잡했다.

이문익 씨가 발견한 것은 엄밀히 말해서 유니油泥였다. 원유를 다량으로 함유하고 있는 진흙. 그 진흙의 저 아래에는 거대한 배사구조의 지층이 있을 것이었다. 낮게 웅성거리는 사람들, 유니를 만지작거리면서 감각기관을 총동원하여 질 좋은 원유임을 증명하고자 하는 이문익 씨.

새미래 석유 발견 사건은 그러나 곧 종말을 고하고 말았다. 이장과 반장과 새마을지도자 등이 도리미에 도착했고 쇠스랑 끝에서는 헝겊 조각이 걸려 나왔다. 폐윤활유를 파묻은 흔적이라는 사실이 명백해진 것이었다. 이문익 씨의 무색해진 얼굴, 그러면 그렇지 하는 마음으로 한결 평온해진 어른들, 어안이 벙벙해진 꼬마들. 세상의 이법理法을 토끼 꼬리만큼 움켜쥐고 있어서 많은 것이 우습게 여겨지기 시작했던 우리는 감쪽같이 휘둘려 버린 사건의 전말을 두고 각자의 허망한 자의식을 달래야 했다. 새미래 사람들은 이문익 씨를 웃음거리로 삼지는 않았다.

그때, 새미래에서 석유가 발견되었던 시절의 어느 날이었다. 나는 병민이와 함께 버스를 내렸다. 병민이가 진지하게 말을 걸어왔다.

"너 지렁이에 대고 오줌을 누면 자지가 까진다는 말 들어봤지?"

"그래."

"정말인지 어떤지 시험을 해 봤거든."

그런데 정말 까졌다는 것이었다. 병민이는 무엇인지 자랑하고 싶은 눈치였다.

"정말이냐? 정말로 까졌단 말이지? 아프지는 않았냐?"

"쓰라린 것 같기도 하고 따끔따끔한 것 같기도 하지만…."

"한번 구경 좀 하자."

"좋아."

병민이가 노린 바였다. 다리 아래에서 그는 싱긋싱긋 웃으면서 바지를 내렸다. 그의 자지는 정말로 까져 있었다. 새빨간 귀두가 완전하게 드러나 있었다. 음모가 돋아나는 불안한 시절이었다. 그 첫 음모를 가위질했던 소년이 있었다. 병민이의 자지가 빳빳해지려는 것 같아서 나는 눈을 거두고 몸을 세웠다.

"너는 어떠냐? 까졌냐?"

"아니, 아직."

나는 기분이 가라앉았다. 병민이는 목소리를 낮춰서 명랑하게 지껄였다.

며칠 후 나는 권한이에게서 다음과 같은 말을 들었다.

"그래, 나도 봤어. 짜식, 까질 때가 됐으니까 까진 거지 쓸데없이 지렁이 타령은 왜 하고 다니는 거냐?"

아파해야 한다. 아픈 자리에 꽃망울이 맺힌다.

못났다고 수그러들 것이 아니라 아프다고 바깥으로 독아毒牙를 반짝거려야 한다.

열등감을 나의 도구로 톱니바퀴 굴리기 위해서, 우리는 아직 웃으면 안 된다.

나의 좋음과 남의 좋음과 아직 없는 좋음.

Ⅱ

훔친 책
빌린 책
내 책

훔친 책·빌린 책·내 책

훔친 책

아르튀르 랭보는 곧잘 책을 훔쳤다고 한다. 엄연한 천재였으니 그는 책을 빨리 읽었을 것이고, 읽고 싶은 욕구를 누르기도 어려웠을 것이고, 그리하여 마을 서점의 책에 눈독을 들이기도 했음직하다. 그런 그에게 누가 물었다고 한다. 책을 훔치는 것은 어쩌고저쩌고 하는 힐문이었겠다. 이에 대한 랭보의 대꾸는 과연 큰곰자리의 주막집 주인답지 않은가. "글쎄, 그게 말이지, 책은 훔치기보다 다 읽은 책을 제자리에 갖다놓기가 더 어렵더란 말이야."

세상에 훔친 물건을 둘 곳은 어디에도 없다고 체호프가 그의 단편소설 「골짜기」 말미에서 이야기하고 있는데, 이것은 반쯤은 진실이다. 훔친 물건을 둘 곳이 없기는 왜 없겠는가. 둘러보면 보이느니 서랍이고 선반이고 캐비닛이고 참깨의 동굴인 것을. 그 책꽂이에는 그 길모 퉁이 서점에서 훔쳐 온 책들이 가득하다. 하긴 뭐, 들키지만 않으면 그 만이지. 책들은 거기에서 누군가가 빨리 훔쳐 가기를 기다리고 있다.

책도둑은 도둑도 아니라는 말이 있다. 장발장이 빵을 훔친 것은 아 주 사소한 일이었는데 파리 경시청의 순사 나리들이 지나치게 실적 채 우기에 급급했었노라는 추측도 광범위하게 퍼져 있다. 담장 너머로 뻗 어 나오는 덩굴장미를 꺾어 드는 우아한 손의 임자도 있고, 임꺽정과 장길산과 로빈후드의 계보가 풋풋하게 떠도는가 하면, 역성혁명易姓革 命이니 민의民意의 만조기滿潮期니 하는 큰 도둑들의 훔치기는 건곤일 척의 지략이라 해서 회자·증폭·연구·재평가되고 있기도 하다. 어떻게 책도둑 이야기를 하다가 민족중흥의 기수까지 와 버렸는고.

그나저나 문제는 다른 곳에도 있다. 곧 훔쳐 온 책을 꼼꼼하게 읽기 는 읽느냐이다. 이정환의 장편소설 「샛강」에 책도둑을 잡고 보니 친한 벗의 아들이었고, 그 전에 놈의 방에 가 보니 그동안 잃어버렸던 책들 이 가지런히 꽂혀 있더라는 삽화가 나온다. 그 녀석 정도만 되어도 썩 괜찮은 셈인데, 대부분의 경우 훔쳐 온 책은 대접을 옳게 받지 못하고 흩어져 간다. 훔친 책을 남에게 권하거나 선물로 준다는 쑥스러운 정 황에서부터 헌책방에 헐값으로 흘러드는 가슴 아픈 경우도 없지는 않 을 것이다. 참으로 헛되고 요망스러운 행로를 걷게 되기 십상이다. 훔 침당한 책이 가는 마지막 자리에는 쓸쓸한 의자가 놓여 있다.

결국 책도둑도 도둑임에는 틀림이 없다. 솔직히 말해서 현재 우리 경제는 책 살 돈이 없어서 읽고 싶은 책을 훔칠 수밖에 없는 딱한 정도

훔친 책 빌린 책 내 책

야 넘어서고 있다. 가슴속의 동계動悸와 손가락 끝의 긴장과 호흡의 불규칙함을 즐기는 사람이 아니라면, 책을 훔칠 필요가 거의 없는 것이다. 책을 훔쳐도 좋으니 제발 좀 읽어라 하고 억지 쓸 수도 있으나, 불현듯 책도둑이 그립기도 하다.

책은 정신적인 물질이라서 그에 따른 곁가지가 여러 갈래로 옴작거리고 있다. 훔쳐라. 정신적인 물질이라고 했을 때에, 그 '정신'을 날렵하고 완전하고 아름답게 훔쳐 버려라. 세상 최하의 악서惡書에서도 훔치는 이의 눈썰미와 쓰임새에 맞는 소금 결정이 반짝거리고 있음을 본다.

그리고 아르튀르 랭보의 대구에 우리는 구결口訣 몇 마디를 덧붙일 수 있다. 책을 갖다놓기가 몇 배나 더 어렵단 말이지? 해 봤어? 정말 해 보다가 들켜 봤어? 이 상처투성이의 영혼아. 책을 가장 잘 훔치는 것은 스스로 책을 쓰는 것이다. 어차피 우리는 프로메테우스의 후예 아니던가.

빌린 책

책도둑은 도둑이 아니라는 말과 함께 찌들고 몰염치하고 의식 미분화 상태의 시대를 우리 모두가 지내왔음을 바늘 끝처럼 쿡쿡 찌르는 말이 또 하나 있으니, 곧 빌린 책을 돌려주는 것은 바보짓이라는 이상한 미신이 그것이다.

사람의 마음은 대체로 자신에게 유리한 쪽으로 기울어져 있게 마련이어서, 이 책을 빌리고 빌려주는 마당에서도 우리는 손익계산서에 빨간 숫자를 긋고 있다. 빌려줬다가 받지 못한 그 책들은 지금 어디에서 눈물 빼고 있을까, 내 다시는 빌려주지 않으리라 다짐하고 다짐하는 우리지만, 며칠 후 벗의 방에 가서 당연하다는 듯이 몇 권의 책을 빌려 오고, 그 며칠 후 후배 녀석에게 마뜩치 않은 심정으로 몇 권의 책을 빌려준다.

빌려 온 책을 반납하기를 게을리하는 심리의 메커니즘은 무엇일까. 거꾸로 자기가 보고 나서 간직해 두는 책 가운데에서 두고두고 꺼내 읽는 책이 몇 권이나 될까. 아마 스무 권이 넘지는 않겠지. 최대한으로 잡아도 백 권까지야 하겠어? 그것들을 뺀 나머지 중에서 나는 그로부터 빌려 온 것이야, 이런 방패막이도 있기는 있을 것이다.

언젠가 국어 선생을 하는 한 녀석이 장항에서 살 때였는데, 그가 하숙하는 방에 갔더니 딱 한 권의 책이, 책등이 보이지 않게 꽂혀 있는 것이었다. 참, 에드가 앨런 포의 미스터리 입문서도 보지 않은 처사로고. 그것을 뽑아 보았더니 70년대 말에 평민사에서 펴낸 장 주네의 소설『도둑일기』였다. 번역한 이의 교양이 주네의 석고주걱 같은 문장을 유리섬유처럼 쨍그랑거리는 우리말 문어체로 다듬어 낸 그 책을 나는 아예 탐독했었고 그에게 빌려준 적이 있었던 것이다.

그는 그 책을 읽기는 분명 읽었을 터였다. 주네의 변태스러움과 그 책을 책꽂이에 꽂은 이의 그것이 엇비슷할 것이라고 누가 오해하면 어쩌나 하는 순량한 염려가 책등이 보이지 않게 배려한 것이겠다고 나는 넘겨짚었고, 물론 내가 먼저 기억을 상기시켜서 나의 책을 반납하라고 요구했으며, 그는 선선하게 혹은 흔쾌하게 그러라고 대답했다. 지금 무슨 소리가 들리지 않는가. 그때 그『도둑일기』가 기뻐하며 내지르는 환희의 송가가. 그때부터 나는 책을 속상하게 만든 그를 내심으로 경멸하고 있다.

벗에게, 사랑하는 후배에게, 마음에 새긴 여인에게 책을 빌려주는 재미를 아는 사람은 안다. 또 책을 빌리는 수지맞은 듯한 흐뭇함을 모르는 사람은 드물다. 이 두 경우가 '딸깍' 하는 소리가 나게 만나는 경우라면 모르되, 되도록 책을 빌리는 구걸 행각은 슬슬 집어치우는 게 좋다. 그거 오래도록 찜찜하더라고. 이렇게 말하는 나는 벗으로부터 『태백산맥』 검고 붉은 열 권의 책을 빌려 온 지 1년이 가까워 온다. 종이가방 속에 넣어서 반납해야겠다. 캔맥주 두어 개와 주문진 오징어 한 마리쯤도 함께 반납해야지. 잘 봤어, 정말이야, 마지막에 염상구가 핏줄 뚜벅거리는 것이라든가 염상진의 무덤가에서 마지막 빨치산들이 미사를 드리는 따위가 달콤한 감상에 빠져 허우적거리는 게 영 보기 안쓰러웠지만, 술이나 마셔라.

찰스 램의 인간 분류법은 간명하고도 유쾌하다. 세상에는 두 부류의 인간이 있는데, 빌리는 사람과 빌려주는 사람이로다. 빌리는 사람의 계산되어지고 연습되어진 비굴한 연기, 빌려주는 사람의 계산할 수 없고 연습해도 마찬가지인 의연한 연기. 나는 빌리지 않겠어. 빌려주지도 않겠어. 나아가서 나는 백 권이 넘어서는 책은 가지지도 않겠어. 그백 권 중에 무엇인가를, 누군가가 빌려달라고 하면 어떻게 하나. 빌려줘야지 어떻게 해. 그리고 또 한 권 사야지.

내 책

우선, 내가 쓴 책은 내 책이다. 자신이 쓴 책을 눈에 잘 띄는 곳에 용단을 깔고 놓아두는 작가도 있을까. 어떤 독일 작가는 자신의 책을 사전이나 편람 등 참고도서들이 있는 부분에 둔다고 쓰기도 했다. 자신의 책을 어쩔 수 없이 읽어 봐야 하는 경우가 있을 터이니 방에서 쫓아내지도 못하는 것이고, 그렇다고 해서 '나는 앞으로 더 잘 쓸 것이니 이제까지의 것은 연습이나 스케치 정도로 여겨 주십시오' 하고 겸손 떠는 것도 시답잖다. 오스카 와일드가 말했다는 그 이야기는 필경 낭설일 터이다. 아무려면 그랬을라고.

다음에 내가 읽은 책도 내 책이다. '나에게 영향을 준 한 권의 책'이니 '나의 애장본'이니 '나의 독서 편력'이니 하는 교양잡지나 양념처럼 끼워 넣는 기획물에는 이른바 저명인사들이 읽은 그들의 책, 곧 그들의 '내 책'이 언급되고 있는데, 너무 모범적이라는 흠이 없지는 않지만 그런대로 읽어 줄 만하다. 그러므로 책을 읽어서 그럴듯한 내 책 몇 권을 정정명명 내세우는 것은 참 고요하고 고요하다.

내가 가지고 있는 책도 내 책이다. 내가 읽으려고 작정하고 있는 책도 내 책이다. 빌려 볼 가능성이 있는 책과 훔쳐서라도 읽어야겠다고 끙끙거리는 책도 내 책이다. 내가 잃어버린 책도 내 책이다. 내가 불쏘시개로 뜯어낸 책도 내 책이다. 내가 쓸 책이야말로 내 책이다.

삼국사기라는 책

길은 한적했다. 우리는 변산반도를 가고 있었다. 지난밤에는 채석강 부근에서 하룻밤을 묵었다. 어쨌든 평일이었으므로 바닷가는 쓸쓸했다. 여행은 사람을 피해 가는 것이라느니 사람을 만나러 가는 것이라느니 하는 이야기는 자유로운 대로 무책임한 발언이어서, 하기는 우리의 변산행은 여행이랄 것도 없었다. 가서 눈을 좀 씻고 머리칼 분분히 휘날리다가 오면 되는 것이었다. 그럼에도 어제 갯가 술집에서 술을 마시면서 우리는 어세를 높여서 이야기를 했었다.

유리창을 열자 초엿새 초승달이 보였다. 그 아래에 바다가 은비늘을 돋우고 있었고 공기는 춥지도 덥지도 않았다. 초엿새 달은 있으나마나 모랫벌은 어둠침침한데, 즐거운 목소리들이 여기저기에서 들려왔다. 누구 말마따나 '종달새 새끼같이' 구김 없는 웃음도 들렸다. 우리는

'저러다가 음흉한 놈들에게 당하기라도 하면 어쩌려고 그러시나' 하면서 걱정하는 척했지만, 마음속 깊은 데서는 뭉게뭉게 애잔함에 젖고 있었다. 바닷가의 소년 소녀들이 희미한 달빛에 홀려서 모랫벌을 오가는 것이야 나무랄 바 아니었다. 장가도 못 가고 서른을 훌쩍 넘겨버린 우리는 무엇을 하다가 여기까지 와 있는 것이냐 하는 새삼스러운 생각으로 멋쩍었지만, 술은 달았고 이야기는 천천히 계속되었다.

그는 7년째 국어 선생을 하다가 막 그만둔 참이었다. 5공화국과 6공화국 내내 선생 되기가 쉽지 않았다는 것은 누구나 알고 있을 것이다. 그는 그 장벽을 슬쩍 뛰어넘어서 선생이 되었고 내가 보기에는 썩 괜찮은 선생이구나 싶었다. 그러다가 7년 만에 그만두겠다는 말을 들었을 때 나는 솔직히 이 녀석이 잘못하는구나 여겨졌다.

"뭐 하려고?"

"유학 갈 거야."

"어디로?"

"상트 페테스부르크, 아니면 모스크바."

"왜 하필이면?『세바스찬 나잇의 참 인생』과 『롤리타』에 의해서?"

"그러면 어때?"

"가서 뭐 할래?"

"아직."

"아직? 이를테면 러시아학?"

"그러겠지."

"러시아어를 전혀 모르잖아?"

"이제부터 할 거야."

나는 기가 막혔다. 도스토예프스키와 레르몬토프와 나보코프와 예푸투셴코에 반했어도 그렇지, 어떻게 거기까지 가겠노라 마음먹었다는 말인가. 저는 한 집안의 장남이고, 한 학교의 선생이고, 한 나라의 국민이 아닌가 말이다. 그러나 그는 선선하게 사표를 썼다. 그리고 어디로 가자고 했다.

"어디?"

"묵호나 울진이나 해남."

"가서 뭐 하게?"

"뭐 하기는, 그냥 있다 오는 거지."

"정말 잘빠졌다, 너."

그런 말을 나누기는 했지만 정말로 가게 될 줄은 몰랐다. 그는 천하태평이었다. 언젠가 그가 이런 말을 한 적이 있다.

"너 하고 싶은 거 해. 그러니까 꿈꾸라는 거지. 우익 독재의 능률성이 우리에게 가져다준 유일무이한 가능성을 이용해야 해. 지금 이 나라의 경제는 몇몇의 몽상가들을 먹여 살릴 수 있을 정도는 되잖어."

나는 그의 말에 힘을 얻었었다. 그런데 이제 와서 그가 하고 싶은 일을 한다는데 뜯어말린다는 것은 나쁘다. 내가 뜯어말린다고 들을 위인도 아니지만, 그래도 축복하면서 보내는 것이 도리가 아니겠는가.

"그래. 너는 3, 4년 하고 싶은 거 해도 좋을 만큼 충분히 일을 해 왔으니까 아무도 비난할 수 없겠지. 사실 집안 사정이라든가 정서적인 압력 때문에 앉은 자리에서 우물쭈물한다는 것은 이상하다. 네가 옳아."

이렇게 해서 그와 나는 길을 나서게 되었다. 묵호도 울진도 해남도 아닌 변산반도로. 신석정과 유형원과 매창梅窓의 고장. 그의 애마愛馬 롤리타를 타고 봄이 무르녹는 호남평야를 거쳐서 우리는 어둠이 드리 워져서야 거기에 도착했다. 갯가 술집에는 아무도 없었다. 각목을 뚝 딱 맞춰 지은 가건물, 사월 초엿새 달밤, 우리는 샤먼을 이야기했다.

"동부 시베리아에 가서 살지도 몰라."

"미드처럼?"

"거기서 죽을 때까지 살지도 몰라."

"그럴 수 있을까? 너는 이미 문명의 산뜻함에 오염되었는데?"

"거기에도 문명이 있고, 또 다른 산뜻함이 있을 거야."

"너는 거기에서 원주민들처럼 되지는 못하겠지. 너는 관찰하고 분 류하고 해석하려고 할 거야. 잘하면 인류학자가 되어서 돌아오겠구나. 아주 인상적인 보고서 몇 뭉치 들고서."

"아무래도 그렇겠지?"

그는 정색을 했다. 나는 그러는 그를 빈정거릴 수도 없었다. 우리는 왜 먼 곳을 그리워하는가. 유학을 가서 나라에 보탬이 될 만한 자료와 기술을 가지고 돌아와야 한다는 게 맞기는 맞는 것인가. 나라는 도대 체 뭔가.

"그러면 이 나라는 뭐지?"

"내가 서른세 살까지 살았던 곳."

"그것에는 무슨 뜻이 있지?"

"별 뜻은 없겠지. 생각하면 가슴 저미는 시간을 살아 낸 조상들과 선하고 부지런한 부모와, 만나면 좋은 벗들과, 잘못해서 미안했던 탐욕자들이 있는 곳. 시詩 읽는 재미를 배우고 음악과 그림의 매력을 눈치채고 스티븐슨의 말처럼 더러운 애착이 엉켜 있는 곳."

"너 감상에 빠졌구나."

"응."

"샤먼을 만나면 샤먼을 죽이고?"

"죽이긴, 나는 총도 없고 염력念力도 없어."

"그러면?"

"나쁜 눈, 더딘 발걸음, 서구적 교양."

달이 졌다. 바다는 잔잔했다. 도처에 철조망이 있다는 그의 말처럼 해안선의 초소에는 병정들이 잠들어 있으리라. 우리는 여관으로 돌아와서 씻고 잤다.

이튿날 롤리타를 타고서 고창 쪽으로 내려갔다. 모내기를 해 놓으면 이 나라의 땅은 다시 태어난다고 하는 철이었다. 산에는 나무가 푸르렀다. 그것만 해도 이 나라는 희망이 있다? 길가에 호랑가시나무 군락지가 있었다. 팻말에 쓰여 있었다. 호랑가시나무의 북한계北限界이므로 천연기념물로 삼는다. 아름다운 날이었다.

내소사內蘇寺. 전나무, 보리수나무, 사하촌寺下村의 작약꽃, 흉내쟁이 새, 전설, 거듭되는 패배, 울적한 심사.

"이별 선물 하나 줘."

"이별?"

"그럼 선물 하나 줘."

그는 부도浮屠 글자를 더듬고 있었다. 노승老僧이 젊은 중들과 무언
無言으로 약속하고 받아 낸 화강암 연꽃.

"뭔데?"

"『삼국사기』."

우리는 절을 나와서 포카리스웨트를 마셨다.

신현숙 · 김진섭 · 오화섭

신현숙

나는 신현숙이라는 프랑스 문학자가 여자인지 아닌지 아직 모르고 있다. 파트릭 모디아노의 『어두운 상점 거리』라는 역서譯序를 읽고서 는 여자일 것이라고 생각했었지만, 미셸 투르니에의 『마왕』을 단숨에 읽고서는 남자일 것이라고 고쳐 생각했다. 그가 번역한 『어둠 속의 작업』은 여자니 남자니 하는 이분법적 가름으로부터 홀연 벗어난 이일 것이라는 생각을 심어 줬다.

사실은 나는 신현숙이라는 프랑스 문학 번역자를 알지 못한다. 위에 열거한 세 권의 소설을 번역한 사람이라는 것 말고는 나는 그에 대해서 아무런 정보를 가지고 있지 않다. 『어둠 속의 작업』은 크리스티안느 로 슈포르의 『흔들리는 아이들』과 합본되었으니까 사실은 네 권의 소설이라야 옳다. 로슈포르의 소설은 질적으로 나의 기대치에 미치지 못했으므로 나는 신현숙이라는 프랑스 문학 한국어 번역자를 남들에게 이야기할 때에 반사적으로 『어두운 상점 거리』 『마왕』 『어둠 속의 작업』을 지껄이게 된다. 또 다른 책이 있을지도 모르겠지만, 나는 아직 발견하지 못했다.

나는 프랑스어를 전혀 모르기 때문에 그의 번역이 얼마나 잘 된 것인지 알지 못한다. 내가 신현숙을 편애하는 것은 그러므로 몰골이 우습다. 원저자가 누구든지 간에 그가 번역한 프랑스 소설이라면 나는 주저없이 집어들 것이다. 전화도 하고 편지도 쓰고 입 아프게 선전하고 다닐 것이다. "그가 새로 소설 하나를 번역했다더라. 이게 몇 년 만이냐. 망설일 것 없어. 책방으로 가 봐."

나는 감히 말할 수 있다. 신현숙의 프랑스 문학 번역은 김화영보다 낫고 김붕구보다 낫고 곽광수보다 낫다. 이것은 분명히 편견이다. 나는 나의 편견 속에서 따뜻하게 침잠한다.

신현숙이 번역한 소설들은 애석하게도 많이 팔리지 않았다. 그가 선택하는 텍스트가 지나치게 고답적인 탓일까. 문학적 성취도가 너무 높은 것일까. 하지만 그 소설들은 발자크와 프루스트의 나라에서 만만찮게 팔렸다는 것들에 속한다. 적어도 1판이나 2판 만에 절판되지는 않았다고 한다. 이것이 문화적 토양의 차이에서 오는 지체현상일 뿐이라면 할 말이 없지만, 좋은 원작의 아름다운 번역본이 그만 사장되고 만 사실 앞에서 우리들 몇몇은 반성해야 한다. 신간 담당 기자, 문학평론가, 시인, 작가, 책방 점원, 양서 알선업자, 서평가, 연극 기획자, 영화 수입업자, 고등학교 문학 담당 교사 들이 그들이다. 신현숙, 그 사람은 분하고 억울해하고 있을지도 모른다. 더 나쁜 경우 기가 꺾였을 수도 있다. 그도저도 아니고 천민자본주의가 횡행하는 사바나 건조림 속에서, 그에게 번역 청탁을 하는 출판업자가 없는 것일 수도 있다. 작은 것은 아름다울 수 있지만 적은 것은 티끌 같을 뿐인가.

나름대로 고집이 있다고 좋게 이미지가 생긴 몇몇 출판사에서 왜 신현숙을 주목하지 않는 것인지 모르겠다. 절묘하게 한국어 낱말과 문장과 정황을 부릴 줄 아는 드문 재능의 소유자가 저기 저렇게 돌아서서 섭섭해하는 소리가 들리지도 않는다는 말인가.

그리고 신현숙 그 사람에게도 문제가 있다. 번역은 1차적으로 텍스트를 꼼꼼하게 읽어 내는 과정이고, 거기에 자신의 독법과 인식술과 수사법을 투영하여 새로이 엮어 내는 창안이라는 사실을 모르지 않을 터이면서, 어찌해서 가만히 있는 것인지. 이제 번역 같은 것은 하지 않아도 될 만큼 자리를 잡았다는 것인지, 그는 우리에게 해명을 해야 한다.

김진섭

우리는 지금 「우리를 슬프게 하는 것들」을 이야기하려는 참이다. 고등학교 3학년 교과서에서 이 산문에 도달했을 때, 우리는 사랑의 기미를 어렴풋이 눈치채고 있었다. 그 가을은 충분히 우수에 빛났고, 그 강물은 모래알을 적시며 순하게 흘렀다. 지금 고등학생들은 「우리를 슬프게 하는 것들」을 읽지 못한다던데, 누구냐 명문名文이라 이름할 희유한 부분을 섣부르게 도려낸 그 손목에 영광 있어라.

떠도는 이야기로는 그 산문의 한 구절 '자가용차에 앉은 출세한 여인의 좁은 어깨'가 누군가의 비위에 맞지 않아서 그렇게 되었노라고도 하고, 푸른 구름 서기瑞氣 어린 이 강토에 슬픈 일이 다 무엇이란 말이냐면서 민족 개량을 시도했던 양기陽氣 넘치는 인문주의자가 마음 먹고 그랬다고도 하는데, 아아 그것은 안톤 슈나크의 말마따나 '왕자처럼 놀랍던 아카시아 수풀은 베어지고 말았다'가 아닌가 말이다.

사실 나는 김진섭의 수필을 좋아하지는 않는다. 우리의 근현대문학사에 수필가라 이름할 작가가 몇몇 있겠는데, 이양하·이상·피천득·윤오영·전숙희 등이 쓰는 수필들에 비해서 김진섭의 그것은 전 시대의 녹 냄새가 독해서 친해지지가 않았었다. 가능한 한 전고典故를 많이 섞고 변려를 우아하게 활용하고 자신의 박람博覽을 아니라면서 재는 듯한 문장이 전아한 것은 사실이었어도, 때로는 지긋지긋하기까지 했었다. 그것은 이은상이 '독조한강설獨釣寒江雪'을 '혼자서 낚시질, 강에서 눈만 내리고'라고 거칠게 번역한 것이나, 조선 초기의 학자들이 '금관성외백삼삼錦管城外栢森森'을 '금관성 밖에 잣나무 빽빽한 데로다'라고 직역한 것들을 거꾸로 거스르는 만용처럼 보였었다. 그래서 '초가을 햇살'을 '초추初秋의 양광陽光'이라고 한 것이겠지만, 그의 이러한 상형문자적 교양은 그러나 「우리를 슬프게 하는 것들」에서는 순기능을 하고 있는 것처럼 여겨지기도 했으니, 우리의 마음은 얼마나 간사한 것이란 말인가.

나중에 『모모』를 멋들어지게 번역해 낸 차경아가 번역한 「우리를 슬프게 하는 것들」을 다시 읽게 되었을 때, 우리는 깜짝 놀라고 말았었다. 차경아의 번역이 보다 모범적이었는지도 모른다. 분명 그러했을 것이다. 그러나 한국일보 문화부 김성우 기자가 문학 기행을 위해 수 소문해 찾아간 안톤 슈나크의 연고지에는 차경아가 아니라 김진섭의 「우리를 슬프게 하는 것들」이 가라앉아 있는 것도 당연한 것이다. 김성우 기자는 쓰고 있었다. '문학은 생산해 낸 이들의 것이 아니라 발견해 낸 이들과 누리는 이들의 것이다'라고. 비단 문학뿐이겠는가. 음악도 건축도 난초도 마찬가지이다.

고등학교 교과서에 「우리를 슬프게 하는 것들」을 다시 넣어야겠다. 그것을 읽으며 몰래 수음하며 위태로운 시기를 넘겼던 기성세대들을 대상으로 투표를 해 보라. 모르기는 해도 유신헌법에 찬성표를 던졌던 이들의 비율보다는 한결 높은 찬성표가 나올 것이다. 유신헌법을 어떻게 하느냐는 국민투표가 있었지. 그때 신문과 라디오들은 그 투표의 의미를 국론통일이라고 떠들었었고, 그것이 우리를 슬프게 했다. '그 산문은 퇴영적이어서 못쓴다'고 하는 씩씩한 분들이 없지 않을 것이다. 모르시는 말씀, 우리는 슬픈 이야기에서 진실로 깊은 위안을 받게 된다는 사실을 인정한다면, 그 열여덟 살과 열아홉 살들에게서 「우리를 슬프게 하는 것들」을 빼앗았다는 것은 거의 폭력에 가깝다. 어쩌면 김진섭은 수필가로서가 아니라 「우리를 슬프게 하는 것들」의 번역자로서 두고두고 기억될지도 모르는 판인데.

오화섭

최인호의 연작소설 『가족』에 오화섭 선생이 등장한다. 그가 연세대학교에 다닐 때 오화섭 선생은 영문과 교수였다고 했다. 최인호는 열심히 공부하는 학생은 아니었고, 사회주의나 민족주의에 눈뜬 건방진 젊은

이도 아니었는데, 아무튼 그런 최인호의 소설에 오화섭 선생이 나오는 것은 의외롭기까지 한데, 선생은 강의시간에 당신 어머니의 말씀을 인용하셨다고 한다. 당신의 어머니께서 담 밖을 쳐다보시노라니, 거기 밝은 길 위에 깨끗하게 한복을 차려입은 새색시가 지나가는 중이더란다. 그러는 모습을 소년 오화섭은 또 쳐다보고 있었는데, 갑자기 말씀하시더란다. "정말 곱기도 하지, 눈을 한 번만 흘겨도 찢어지겠네." 한국어 구어口語의 정치情致함을 선연하게 보여 주는 이 한마디, "한 번만 흘겨도 찢어지겠네." 소년 오화섭을 전율시키고 재기 발랄한 최인호를 감탄시키고 많은 최인호 팬들을 흐뭇하게 했던 치마폭의 팽팽한 장력張力.

오화섭 선생은 『돈키호테』를 번역하셨다. 을유문화사판의 『돈키호테』는 영어판 중역重譯이었을 것이다. 시시하게 원서原書로 번역하느니보다는 영어판이나 일본어판을 중역하는 편이 오히려 낫다는 확신범들이 출판계를 좀먹고 있는 사실이지만, 나는 여태도 오화섭 선생의 번역보다 나은 『돈키호테』를 만나지 못했다.

김원우의 어떤 산문에, 초년병 작가 시절 김현 선생을 찾아갔더니 『돈키호테』를 읽었느냐고 물어서 무안했었다는 이야기가 나온다. 김현 선생이 읽은 『돈키호테』도 분명 오화섭 선생이 번역한 것일 것이다. 자신의 실패담을 활자화한 것을 보면 그 후 분명히 『돈키호테』를 읽었을 김원우도 오화섭 선생이 번역한 을유문화사판이나 삼성출판사판을 재미있게 책장 넘겼을 것이다. 이 글을 읽고 있는 사람 중에 아직 『돈키호테』를 읽지 않은 이가 있다면, 부디 오화섭 선생의 이름을 확인해 볼 필요가 있다. 그것은 가치 있는 작업이 된다.

정오표 · 겨울 서재 · 마침표

정오표正誤表

콩깍지 속에는 콩알들이 가지런하게 실려 있다. 그놈들은 서로 닮았다. 활자로 비유한다면, 완두콩은 '게라몬드체'처럼 말쑥하고, 제비콩은 '샘이깊은물체'처럼 대범하며, 동부는 '명조체'처럼 무르다. 콩꼬투리를 따고 소쿠리에 까서 밥에 얹어 익혀 먹는 모든 절차에서는 콩의 반투명한 냄새가 난다. 그 냄새를 아이들이 싫어하기도 하는데, 그 아이들이 자라 호기심이 시들해지고 상상력이 딱딱해지면 거꾸로 책 읽기에서 기쁨을 느끼지 못하는, 콩을 가려내지 않는 중년이 되어 있는 것이다. 아무려나 콩알처럼 얌전하게 활자가 박힌 책을 펼치면, 눈과 귀와 코에 즐거운 울림이 와 부딪친다.

출판사 편집부 직원들이 하는 가장 기본적이고 중요한 일이 교정보는 것, 곧 오자誤字를 잡아내는 작업이다. 이 일을 하자면 눈이 빠지고 목이 뻣뻣해지고 등뼈가 주저앉고 엉덩이 부근에 야릇한 이물감이 끈적거리게 된다. 그럼에도 불구하고 대부분의 사람들은 이 콩알과의 싸움에서 패배한다. 썩고 벌레 먹고 채 여물지 않은 콩알들을 가려내는 손가락의 끝없는 수고, 정결한 밥 한 그릇. 간혹 피 묻은 깃발이 나부끼기는 나부낀다. 국정 교과서와 검인정 교과서, 세심하고 느릿느릿 만든 아동도서, 종교적 열정이 고온의 플라스마 속에서 싸늘하게 응집된 몇몇 경전들. 교정을 열 번 넘어 본다는 출판사에서 나온 책에도, 오자는 있을 수 있다. 개연성이라는 말이 여기에서는 적확하게 들어맞는다.

문장을 교정 보는 소프트웨어가 나왔다고 한다. '99퍼센트는 이 디스켓이 해드립니다. 나머지 1퍼센트만 육안肉眼으로 찍어 내십시오.' 아무래도 이 소프트웨어는 카로티노이드가 안 되지 싶다. '날아다니는 섬의 나라'에서 떨어진 시작품試作品 포장지 속의 희미한 들꽃 그림, 그 이름 독당근. 교정 보는 일은 농사짓는 일이나 철학 하는 일처럼 오래도록 바이오+센서+퍼지의 혼용 시스템으로도 어찌할 수 없는 영역에 속해 있으리라. 그것은 심안心眼의 일이기도 하다. 눈과 눈 사이에 반짝이는, 오이디푸스의 교정안校正眼.

요즘 정오표가 붙어 있는 책을 만나면 그렇게 반가울 수가 없다. 책의 뒤 면지에 유지매미처럼 쓰르릉거리며 자신의 오류를 광고하는 정오표, 그것은 신문의 제일 밑바닥에 할 수 없이 실을 수밖에 없었던 정정 기사와는 다르다. 정오표라는 말이 사라지고 있다. 이 높은 경지의 자아비판, 곧 '고침'에는 윤리적인 미학이 맺혀 있다. 괴테식으로 말한다면, '태초에 반성이 있었다'이다.

오자에 너무 민감하면 가벼워 보이고, 너무 무신경하면 우스워 보인다. 아무튼지 교정을 업으로 삼는 이들에게는 나름의 직업병이 있으니, 대자보大字報와 팸플릿과 어느 허드레 문장이라도, 거기에서 잘못을 찾아내어 흐뭇함과 비감스러움을 탐닉하는 고질이 그것이다. 하나도 이상할 게 없다. 처음부터 남의 흠집은 커 보이는 법이다. 이창호의 무심無心함이 그의 승률을 높인다지. 교정 보는 이들도 무심하려고 애쓸 일이다. 그나저나 이 직업병이 온 나라에 퍼져서 구석구석까지 페스트균처럼 창궐한다면, 최소한 정오표 속에서는 오자가 없어지려나. 부질없다, 꿈 깨자.

겨울 서재

오후에 눈이 내리셨다.

피천득 선생의 산문집을 찾아 든다.

한스 에리히 노사크의 예지는 존중할 만하다. 그의 '장서 정리법'은 끊임없는 스밈과 짜임의 손길을 거친 정신의 나무이다. 그 흥성거리는 나무의 우듬지를 보며, 10년 후를 생각한다.

봄이 오면 담장에 사위질빵을 붙여 심으리라. 어린순을 따서 아내에게 무쳐 달라면, 아내는 웃으리라. 10년 후에는 부전고원으로 식물채집 하러 가리라. 그때쯤이면 아내도 늙으리라. 아내는 바느질을 한다. 그 모습이 그림 같다. 그녀는 사소설私小說 작가 윤후명의 글 「쪽과 쪽물」을 사랑한다. 쪽물 들인 베로 치마를 지어 입는 꿈을 지니고 사는 여인이다.

중학생이 되어서, 꺼뭇꺼뭇 콧수염이 잡히기 시작하는 아들놈은, 아직 들어오지 않았다. 어디 빈집쯤에 숨어들어 키와 마음이 그만그만한 녀석들끼리 낄낄거리고 있으리라. 모르는 새에 훌쩍 커 버린 놈이 제법 의뭉하다.

차를 우려내기로 한다. 큰맘 먹고 마련한 5공화국 시기의 분청다완을 낸다.

피천득 선생에게 편지를 드려야겠다는 생각을 한다.

아내를 부른다.

여보, 이리 와 봐요. 하고 싶은 일이 있어.

마침표

1. 침묵해야 한다. 그리고 나는 맨발로 걷는다.

2. 그는 여기서 알았던 그 어느 얼굴과도 다시는 마주치고 싶지 않았다.

3. 한 사람의 총체는 세상의 모든 사람으로써 만들어지며, 그 모든 사람만큼의 가치가 있고, 또 어느 누구도 그만큼의 가치는 가지고 있는 것이다.

4. 마찬가지로 사회적 분업에 의해서 노동자와 자본가와 토지 소유자도 각각 여러 이해 관계와 지위로 무한하게 세분된다 - 예를 들어 토지 소유자는 포도밭 소유자, 경지 소유자, 삼림 소유자, 광산 소유자, 어장 소유자 등으로 세분된다.

5. 실상 이 모든 신학도 신앙과 희망과 사랑의 행위, 즉 인간을 비인간화하는 모든 것에서, 인간이 아버지 하느님의 뜻에 따라 사는 길을 저해하는 모든 것에서부터 인간을 해방하고자 적극적으로 참여하는 행동 하나에도 미치지 못할 것이다.

6. 그러나 당신들은, 당신들이 말한 그 어떤 것들을 가지고도, 신보다 더 오래 사는 하나의 인간을 만들어 내리라고는, 생각하지 말라.

7. 자유여.

위에 인용한 것은 차례대로 장 주네의 『장미의 기적』, 황석영의 『무기의 그늘』, 장 폴 사르트르의 『말』, 칼 마르크스의 『자본』, 미셸 푸코의 『지식의 고고학』, 도스토예프스키의 『죽음의 집의 기록』의 맨 마지막 문장들이다. 더 근사한 예들을 얼마든지 뽑아낼 수 있으리라. 서지학적 정보는 제쳐 두고, 위에서 작가가 마침표를 찍지 않은 것 하나를 골라내 보라. 칠지선다형 객관식 시험 문제는 뜻밖에도 쉬워서 4번이 미완성 클래식임을 구별할 수 있다. 「사랑하는 남자」인가 하는 제목의 프랑스 영화에서 한 남자가 단정하고 경제적인 동작으로 만년필을 들고 긴 소설의 마지막 문장에 마침표 하나를 눌러 찍는 장면을 본 적이 있다. 제임스 조이스와 얽힌 쓸데없는 논쟁이 아니라, 작가의 의도에 따라 얽어진 텍스트를 읽는 행복함을 이야기하려는 것이다.

마르크스는 결국 『자본』을 끝내지 못했다. 위의 문장에서 익히 알 수 있듯이 그는 느닷없이 죽어 간 것이다. 다 쓰지 못한 글을 놓아둔 채 죽어 간 모든 넋들에게 물망초 한 묶음을. 우리는 여기에서 마르크스의 『자본』의 마지막 문장의 마지막 단어가 어장 소유자라는 사실을 알았다. 어장? 멸치 어장? 아멘.

발터 벤야민이 남긴 일기에는 덴마크에서 브레히트와 지낸 며칠이 기록되어 있다. 월귤나무라도 자라났을 정원의 의자에서 벤야민이 『자본』을 읽고 있노라니까, 슬쩍 다가온 브레히트가 지나가는 것처럼 말을 건넨다. 가라사대, 아무도 마르크스를 읽으려 하지 않을 때에 마르크스를 읽는 것은 좋은 일이다 어쩌고저쩌고. 아아, 그때가 1937년쯤이었고, 덴마크였으며, 브레히트와 벤야민이었다. 그리고 1993년, 한국, 당신과 나는 무엇을 하고 있는가. 명당과 온천수와 패스티시 수법의 역사소설이 오늘의 화두 아닌가. 꿈과 저항을 잃어버린 족속은 멸망하리라.

한 권의 책을 읽기 시작하여 마지막 문장의 위태로운 마침표에 이르는 길에는, 유혹도 많고 함정도 많다. 우리는 맹금猛禽처럼 외롭게.

사전·박물지·백과사전 따위

사전

근대인近代人은 사물을 쪼개는 일에 열광했던 사람을 말한다. 그 쪼개는 정도程度와 정도精度의 차이에 따라서 각 개인과 민족의 운명이 결정되었다. 좋은 눈眼과 칼과 지치지 않는 근성을 지니고 그들은 쪼개는 일에 몰두하였다. 그 쪼개 놓는 낱낱의 알갱이들은 기계 요소들이 되었다.

힘을 전달하는 기계요소인 톱니바퀴, 벨트, 축, 캠 따위가 쪼개는 작업에서 나왔다. 힘을 저장하거나 완충하는 기계 요소인 용수철, 브레이크 따위도 쪼개는 작업에서 튀어나왔다. 두 가지 이상의 사물을 이어 붙이는 기계요소인 나사, 쐐기 따위도 쪼개는 작업에서 튀어나왔다. 마술처럼.

그들은 살아 있는 사물들도 자세히 쪼개 놓고 곰곰이 바라보았다. 이 분석과 분류의 끝에는 무엇이 있었는가. 쪼개는 일 자체가 즐거웠는가. 즐겁기는 했겠지만 다른 의도는 없었는가. 그 의도 때문에 더 즐겁고 시간이 빠듯하거나 모자라지 않았는가. 정말 왜 쪼개려고 전전긍긍했는가. 그것은 본성이었나. 쪼개 놓은 것을 가만히 바라보면 거기에 일정한 흐름이 있었는가. 일목요연한 계통수系統樹가 부름켜를 불리고 있었는가. 그 작업들은 쌓이고 견고해지고 거대해졌는가. 아마도 그럴 것이다.

쌓였다고? 누군가가 잘게 쪼개 놓은 것을, 혹은 잘게 쪼개는 법을, 그 누군가와 동시대를 살아가는 이들이 공유했다고? 선구자라는 모자와 특허권이라는 경제적 배려와 모험가라는 순수한 결기로 쪼개는 손의 칼질피무늬에 축복의 입맞춤을 선선하게 찍고는 그것을 모두가 함께 누렸다고? 아마도 그럴 것이다. 턱밑샘, 유스타키오관, 객체 존대 선언말어미, 중성자, 이단평행봉의 김광숙 류類, 카본블랙, 보르헤스의 스펙트럼.

견고해졌다고? 아마도 그럴 것이다.

거대해졌다고? 아마도 그럴 것이다.

그리고 그 화석, 판화, 잔상殘像, 이미지, 이름은 하나씩의 책에 모아졌다. 그 책이 사전이다. 꼼꼼하게 늘어놓은 중고품 창고 임대업, 가나다순, 획수순, 나이순, 무순.

명료하게, 조금은 폭력적으로 정리를 해 보기로 하자. 정리도 쪼개는 일의 한 종류인 것은 말할 것도 없다. 밀물과 썰물, 들숨과 날숨, 결정화와 해체화, 끌어당김과 떠밂, 이 벗어날 길 없는 숙명. 사전은 그 쪼갠 알갱이들이 부끄럽게 무릎을 붙이고 서 있는 무대이다. 그것은 시시각각으로 움직인다. 쓸 만한 국어사전 하나 없다며 한탄하는 무리들은 실상은 바보이다. 슬개골膝蓋骨이 금 가면 땜질하지 뭐, 너무 안 달하지 마, 계속 부끄러워해도 좋아, 자 사전을 펴 봐, 거기 '슬기'라는 항목을 읽어 봐.

우리는 국어사전으로 성적性的인 지식을 배웠다. 내 사전에는 그 말이 나온다. 무슨 말? 그거 있잖어. 그 이름들과 이름들의 뜻과 이름들의 뜻의 쓰임새와 나날이 자라는 호기심. 최인호가 잡지『학원』복간호에 쓰다가 잡지가 폐간되는 바람에 마무리 짓지 못한 소설,『푸른 수첩』. 그렇구나, 제목만으로 내용은 뻔하다. 젊은 잎새들, 미지의 흰 새, 그해 겨울, 베니스에서의 죽음, 봇쟝.

사전은 하나의 말이다. 거대한 단세포. 사전을 꺼내고 다시 꽂아 놓는 책꽂이는 알집이다. 그 옛날 선생님 드리라고 어머니가 건네주셨던 달걀 한 줄. 정결한 볏짚의 감촉.

박물지

신대철이라는 시인이 『무인도를 위하여』라는 시집을 낸 것이 언제였더라. 70년대 말 혹은 80년대 초엽이었다. 그는 거기에서 '이름 모를 새'라든가 '들꽃'이라든가, '자연 속으로 눈길을 준다'라는 구절을 하나도 쓰지 않았다. 명새, 촉새, 박주가리, 하눌타리, 자주달개비, 물총새가 둥지를 판 절개면切開面 주변, 바늘잎나무 수풀 등의 구절들이 있었을 뿐이다. 그는 그것만으로 능히 빼어났었다.

박물학자博物學者라는 낱말이 가슴을 뛰게 만드는 시절이 있다. 열 살을 넘은 소년 시절에 나는 박물학자라는 낱말에 온 마음을 다 빼앗겼었다. 동물과 식물과 광물 등의 자연물을 종류, 성질, 분포, 특징에 따라 정리하고 분류하는 학문이 박물학이고, 그것에 종사하는 사람이 박물학자임을 나중에 알게 되었지만, 첫인상은 그것보다 훨씬 그림자가 짙었다. 그리고 방물장수라는 낱말과 겹쳐서 고혹적인 오류를 빚기도 했다. 정약전 선생의 『자산어보』, 강희안 선생의 『양화소록』, 윤무부 선생의 집음集音 테이프, 고려대학교 출판부에서 펴낸 『한국의 나비』, 김태정 선생이 욕심 부리며 쓰고 있는 「한국 야생화 특선」, 그런 작업이 박물학일 거라고 지금도 믿고 있지만, 르나르의 『박물지』처럼 생활 현장에서 자연스럽게 따온 바가 아니라 여러 전문서적에서 끌어다 쓴 시어詩語들은 튄다. 성찬경이 랑게르한스섬 어쩌고 하면서 어설프게 문명 비판을 시도하는 것, 설창수가 화성에 닿은 우주선을 동화처럼 투명하게 노래하는 것, 개밥풀이라는 풀 이름을 빌려서 이동순이 민중의 애달픔을 대신 짊어지려는 것. 튈 뿐만 아니라 어색하다. 선남선녀의 우아한 회합 자리에 고요하게 방귀 냄새가 퍼지는 때의 부자연스러움. 잘난 척하고, 많이 아는 척하고, 남을 슬슬 비웃으면서 자족하는, 백낙천白樂天의 후예.

서양 소설을 읽으면 쇠무릎지기, 월귤나무, 괭이밥풀, 싸리버섯, 달나방, 깍지진디 등의 낱말이 마구 등장한다. 번역하는 사람들은 일일이 사전을 찾아야 했을 것이다. 그러한 부분을 읽으면 마음이 호사스러워진다. 그 작가들은 박물학이 우대받는 토양에서 자라난 것이었을까. 신대철 시인이 지금 무슨 시를 쓰는지 모르겠지만, 설마 식물채집에 재미를 붙여서 시 쓰는 걸 제쳐 놓은 건 아니겠지. 걱정도 되고 기대도 되고.

책은 재미있어야 한다는 말을 자주 듣게 된다. 어떤 책이 재미있지? 자신의 소망을 대신 채워 주는 책일까? 성적인 욕망을 거짓으로 부풀려 주는 책일까? 자신의 생각이 그르지 않다는 사실을 확인시켜 주는 책일까? 미지의 세계로 안내해 주는 책일까? 책을 읽으면서 무엇을 바라는 것일까 우리는? 감동? 지식? 자신의 무지함을 즐기는 피학성?

낱말들은 아름답다. 인공이 스미기 이전의 자연물을 나타내는, 한자어나 라틴어가 섞이지 않은 근원어들은 아름답다. 노루발풀은 노루의 발처럼 은은한 향기가 난다. 박물학은 아름답다. 수정水晶의 각도처럼 그 자체로 완전하다. 거의.

백과사전

사전과 메타북metabook과 연감류年鑑類와 백과사전 등을 한데 모두어서 총류總類라고 한다. 이 부류의 책은 딱히 가늠하기가 쉽지 않다. 총괄적으로 전체를 통어하는 책이라는 의미가 총류에는 들어 있지만, 더 크게는 '그리고 기타의 여러 부스러기 톱밥 끌밥 대팻밥'을 총류에 편의상 묶어 낸 것이기도 하다.

우리에게도 백과사전이 있다. 동아출판사판, 학원사판, 한글판 브리태니커, 정신문화원판, 동서문화서판 해서 다섯 종류나 된다. 너무 많다는 느낌이 든다. 정신문화원판은 국학 전문이니까 제한다 해도 네 종류나 된다.

백과사전의 용도는 무엇일까. 가장 큰 용도이며 절대 무시할 수 없는 현실적 요청은 서재와 거실을 치장한다는 것이다. 백과사전 한 세트가 쿵! 하니 자리하지 않은 서재는 민달팽이처럼 불안하다. 모르는 개념과 지식의 체계와 역사적 맥락을 찾아보는 데에 백과사전의 두 번째 용도가 있다. 1번 국도는 목포에서 신의주까지를 잇는 길을 말한다. 왜, 부산이 아니라 목포인 게 이상하다고? 그러한 선입견을 불식시키기 위해서 군사정권 타도를 외쳤지 않았는가, 벗들.

백과사전으로는 사람도 죽일 수 있다. 그 딱딱한 책의 모서리로 정수리를 내리찍는다면 누가 뻗지 않고 캑캑 반격하리오.

요즘 역사에 평가를 맡긴다는 말이 유행하고 있다. 시적詩的인 감상 아닌가, 그 말은. 마오쩌둥毛澤東에게 누군가가 물었다고 한다. 진짜로 그랬던 것인지 지어낸 재담인지는 모르겠으나, 프랑스혁명에 대한 귀하의 의견을 말해 달라는 주문에, 마오는 "프랑스혁명의 의의를 제대로 내리기에는 시간이 너무 조금밖에 흐르지 않았다고 생각하오"라고 눙쳤다는데, 이런 능란한 화술에 프랑스의 좌파 망다랭들은 환, 호, 성을 지르며 몰려들었었다. 설탕단지에 꼬이는 개미들처럼. 그 설탕단지 밑바닥에 눌려서 인민들은 죽어 갔고 우리는 프랑스의 지식인 소설 몇 편을 공유하게 되었다.

백과사전은 객관적 지식의 총합체만이 아니다. 그것은 일정한 가치관과 사관史觀에 의하여 다시 기록되는, 재판정의 속기록이기도 하다. 그러므로 백과사전은 적어도 5년에 한 번씩은 다시 써져야 한다. 시효를 상실한 백과사전의 용도는 무엇일까? 땔감? 식물채집 할 때 미모사를 눌러 말리는 다듬잇돌의 대용물? 그 이름들의 줄 끝에 장미가 핀다. 월부로 한 질 들여놓아야지.

훔친 책 빌린 책 내 책

죽음의 겉과 안과 사이

1

내가 죽거든 들개들의 먹이로 던져 다오.

2

티베트의 어느 고장에서는 사체를 독수리들에게 내준다고 하다. 죽은 이의 넋은 새들에게 옮아서 하늘로 간다는 것이다. 좀 더 토막 내야해. 그들이 먹기 좋도록.

3

눈은 안구 은행으로, 콩팥은 장기 은행으로, 물렁뼈는 연골 은행으로 각각 보내고, 나머지도 쓰겠다는 데가 혹시 있거든 그곳으로 보내고.

4

물에 빠져 숨진 이는 추울 것이다. 주둥이가 뾰족한 고기 떼가 뜯을 것이다. 서럽도록 환한 뼈만 빛날 것이다. 이듬해 그 바다에는 풍어가 들 것이다.

5

우리 죽으면 아래 묻히리니. 우리 더러운 육즙肉汁은 나무들에게 주고, 우리 따뜻한 그 아래서 잊힌 대로 좋으리.

6

풍장風葬. 돌을 잘 돋워야 물이 차오르지 않고, 짚을 잘 눌러야 짐승들이 꼬이지 않으며.

7

누란樓蘭의 처녀, 레닌과 마오, 냉동실험에 응한 이들, 파라오의 무덤들. 몰약과 소금과 알코올과 얼음에 절여진 그들은 과연 무엇을 바란 것일까.

8

님이시여. 용렬한 후손들이 이제야 왔습니다. 낯선 나라 궁벽한 땅에 누워 계시는 동안 후손들은 제 앞가림하느라 내내 궁금하였나이다. 이제야 모시는 불충을 아예 용서하지 마시소서.

9

선장이 말했다.

"숨쉬나 확인해 봐. 거울을 대 봐."

선임 갑판원이 말했다.

"거울이 안 흐려지는데요."

"맥박도 안 뛰나?"

"안 뜁니다."

"몸이 차갑나?"

"예."

"방분했나 들춰 봐."

"조금 비칩니다."

"인공호흡 해."

"입안에 음식 찌꺼기가 가득합니다."

"긁어내고 해."

선임 갑판원은 인공호흡을 시작했다. 교련 시간에 배운 흉부 압박 상지 거상법.

"입에다가 해."

"냄새가 지독합니다."

"이 씹새꺄. 그걸 누가 모르니? 하라면 해. 깨어날 때까지 쉬지 말고 해. 목구멍에서 올라오는 음식 찌꺼기를 긁어내고 계속해."

우리는 시체에게 입을 맞추고 숨을 불어 넣었다. 냄새가 지독했다. 비위가 약한 사람은 한두 번, 둔한 사람은 서너 번.

"부기관장."

"예."

"기관실에 들어가 봐."

"가스가 가득합니다."

"나도 알아. 그래도 들어가 봐."

"갑판장."

"예."

"배가 기우는 것 같으니까 드럼통에 물을 채워서 바로잡아."

"예."

"통신사."

"예."

"무선기도 꺼졌지?"

"예."

"우리 위치가 어디쯤인가?"

"남중국해에 막 들어섰습니다."

"지나가는 배가 있으면 신호탄을 쏴."

"예. 관을 짤까요?"

"안 돼. 아직 하지 마. 절대로."

햇볕이 따가웠다. 바람도 불지 않았다. 우리는 기관장에게 점점 형식적으로 숨을 불어 넣고 있었다. 그는 죽은 것이었다. 냉매재 통이 터진 그 다음 순간에 그는 이미 숨이 멎은 것이었다. 우리는 왜 그렇게 오랫동안 인공호흡을 한 것일까. 선장이 시켜서? 혹시나 해서? 죽은

이에 대한 예의로? 다른 할 일이 없어서?

"됐어. 그만해."

모두들 주춤주춤 일어섰다.

"관 짜."

아무도 울지 않았다. 우리는 배가 고팠다. 기관장을 허름하게 짠 관에 넣어 선수船首의 기름 탱크 옆에 놓았다. 쌀을 놓고 촛불을 켰다. 밤이 되었고 비가 뿌렸다. 선실에도 냉매재가 자욱했고 우리는 한데서 웅크려 잠을 청했다. 은은하게 살 썩는 냄새가 나는 듯했다. 우리는 자꾸 입을 만졌다.

10

우리는 죽음 앞에서 운다. 머지않아 자신에게 다가올 죽음이 무서워 우는 것일 것이다.

11

어떤 이들은 자신의 죽음을 예견한다고 한다.

12

어떤 이들은 자신의 죽음을 통보받기도 한다.

13

어떤 이들은 자신의 죽음을 스스로 결정하기도 한다.

14

죽음은 대부분의 경우 너무 빨리 다가오지만 어떤 이들은 유감천만
하게도 너무 오래 산다.

15

우리는 다른 이들을 죽이기도 한다. 죽임당하지 않기 위해서 다른
이들을 죽이는 것 외에는 모두 장난으로 죽인다. 그럴 수밖에는 다른
수가 없었다고 인정할 수밖에 없는 죽임도 물론 있겠지만, 장난에도
타당성이 하나도 없지는 않겠지만.

16

죽음으로 모든 것이 끝나지 않는다.

17

제주도와 해남과 거창과 지리산에 묻힌 죽음들을 억누르는 권력이
있다. 우리는 시체를 놓고 흥정하고 있다.

18

죽은 이의 사체를 먹는다는 발상이 지금도 남아 있다.

19

상가喪家에 가서 섣불리 위로의 말을 건네려고 해서는 안 된다. 아무

말 없이 있다가 오는 게 제일 좋다.

20

살아서 남들보다 잘살려는 것도 사악하거늘 죽어서까지 좋은 곳으로 가야겠다는 생각을 하다니.

21

한 중이 죽었다. 그에 대한 담화談話들은 지극히 인간적이다. 우리에게 남아 있는 것은 담화의 구조뿐이다. 담화의 구조를 밝히는 일보다 담화에 휩쓸리는 게 낫지 않을까.

열등감의 여러 켜

1

한 야구선수가 있다. 타석에 들어섰다. 코치 박스의 코치는 시끄럽게 사인을 보낸다. 원 아웃 1, 2루 상태. 보내기 번트 사인, 치고 달리기 사인, 혹은 맘껏 휘둘러 치라는 사인.

주자들은 들락날락하고, 수비수들도 깜냥껏 분주하고, 관중석은 긴장과 흥분과 기대감으로 은은히 달아오른다. 그러나 타석의 그는 세 개의 공으로 삼진을 당한다.

방망이 한 번 휘두르지도 못하고. 수비에 들어간 그는 평범하게 굴러오는 내야 땅볼을 그만 가랑이 사이로 통과시킨다. 그는 생각한다. '이거야, 죽을 쒀서 개에게 주는군.' 그러나 그렇게 생각하면서 자책하는 그의 얼굴은 어떤가. 오오, 바보처럼 이빨과 잇몸을 드러내고 웃고 있다.

2

한 축구선수가 있다. 포지션은 최종 수비수. 축구 경기는 인생의 축소판이라는 너무나 당연한 말을 굴뚝같이 여기는 이들이 있을 수 있는데, 비단 축구뿐이겠는가. 야구도 농구도 마라톤도 110미터 장애물달리기도, 생각할 것 없이 썩 인생답다.

최종 수비수인 그 축구선수는 자신의 위치와 본분을 망각하고 열에 들떠서 상대 진영으로 파고든다. 적당한 때에 공을 건네고 제자리로 되돌아와야 했다. 그는 거의 상대 진영의 최전방까지 와 있고, 왼쪽 날개로부터 얌전하고 정확하게 센터링된 공이 날아오고 있지 않는가. 이런 것을 어시스트라고 하고, 작품이라고 하고, 축구화 끈에만 스쳐도 골인되는 찬스라고도 한다. 그러나 그는 어림없는 헛발질을 한다. 물거품 터지는 소리 상쾌하다.

상대 진영은 곧 사태를 수습하여 공격에 나선다. 잘게 썰다가 한순간에 대범한 종패스. 말똥가리처럼 공을 낚아챈 상대 공격수는 실축한 그가 지켜야 하는 지대를 유유히 유린하다가 강하게 슛을 날린다. 골인이 되었든 안 되었든 최종 수비수인 그는 동료들의 날카로운 비난 공세에 빠진다. 그럴 때에 그의 얼굴은 어떤가. 오오, 바보처럼 이빨과 잇몸을 드러내고 웃고 있다.

3

'웃으면 복이 온다'지만, '한 번 웃으면 한 번 젊어진다'지만, '웃는 얼굴에 침 못 뱉는다'지만, 웃지 말아야 할 때에 우리는 웃기도 하면서 살아간다. '분해. 그 순간에 나는 왜 그렇게 못난 반응을 보여야 했을까. 나는 네가 싫어. 죽고 싶을 만큼 못 견디겠어.' 이렇게 이빨을 깨물어야 하는 때에 우리는 왜 웃기도 하는 것일까. 그것은 허탈감일까, 겸연쩍음일까, 부끄러움일까, 그 모든 감정의 상처를 아물게 만드는 정서의 총체적인 자기방어기제일까. 그것은 혹시 열등감이 아닐까. '그래, 나는 그렇게 못났어'라고 인정하는, 미묘하게 엉킨 기호학이 아닐까.

4

그것은 열등감일 수도 있다. 자기 학대와 도피 심리는 자기 합리화의 한 표현이라지, 정말 우리에게는 웃으면 안 되는 경우가 있는 것이다.

사람은 남들과 같아지려는 대등 욕망이 있고, 남들보다 더 나아지려는 우월 욕망이 있다고 한다. 열등감도 대등 욕망이나 우월 욕망처럼 사람이 살아가는 데에 힘이 되고 무기가 되기도 한다는데, 아니 대등 욕망이나 우월 욕망은 열등감으로부터 배태되는 2차적인 정신 작용이 되겠는데, 그렇다면 열등감 자체에는 별문제가 없는 것이겠는데, 결국은 대등 욕망이나 우월 욕망으로 승화되지 못하는 열등감만이 남는다.

'나는 어쩔 수 없어. 내가 그렇지 뭐. 나는 구제 불능이야'라고 인정하는 순간에 싱긋 웃는 얼굴. 그 외로운 자기 확인. 열등감은 어쩌면 남들과 달라지고 싶은 욕망의 부負의 발현일 수도 있다. 또한, 열등감은 남들과 자신의 통로를 닫아 버리는 자폐·자립·자주·주체 등의 상황으로 치달을 수도 있다.

5

여기에서 조심스럽게 생각해 보기로 하자. 우리는 열등감에 휩싸인 민족이 아닌가 하는 문제에 대해서.

아놀드 토인비가 『역사의 연구』에서 동아시아 지역을 가름하면서 중국 문명과 일본 문명으로 특색을 변별해 냈을 때에, 그때 한국을 중국 문명과 일본 문명의 어느 쪽으로 울타리 둘렀다고 생각하는가. 그때는 일제 강점기였으므로 일본 문명의 아류문명으로 기록했을 것이라고 생각할 수 있다. 또한 지리적인 측면으로 보거나, 문자 생활이나 문물제도나 심리적 기댐으로 보거나, 중국 문명의 한 갈래로 기록했을 것이라고 생각할 수도 있다. 혹은 한국이라는 위상을 전혀 고려하지도 않고 넘어갔을 것이라고 생각할 수도 있다.

여기서는 어떻게 기록했느냐는 것이 문제 되지는 않는다. 『역사의 연구』개정판에서 토인비가 중국 문명과 일본 문명 사이에 한국 문명이라는 항목을 설정해 놓았다는 사실 앞에서 한숨을 내뿜는 우리의 심리가 문제 되는 것이다. 이것은 멀치아 엘리아데의 『샤머니즘』에서도 똑같이 반복된다. 엘리아데는 한국의 샤머니즘을 일본의 아류라고 기록하고 있다. 나아가 그는 『샤머니즘』의 개정판을 내지 않고 죽었다. 우리가 한숨 쉴 틈도 주지 않은 것이다.

일제 강점기에 그들이 우리에게 내세웠던 슬로건 중의 하나가 이른바 동조동근론同祖同根論이었다. 이것과 우리의 '기마민족 일본 경략설'의 관계는 어떻게 되는가. 지금 그들의 이미지 속에 우리가 제2의 일본으로 여겨지는 데에는 간악한 섬사람들의 책략 말고 더 근본적인 까닭은 없는가. 역사가 천 년을 넘어서면 이미 역사가 아닌 것은 아닌가. 중국 문명의 두터움과 일본 문명의 화사함 사이에서 겨우겨우 목숨 부지하면서 살아온 우리의 열등감으로부터, 우리의 고유성 확보라는 대명제가 대두되는 것이 아닌가.

6

한 민족의 민족성을 몇 마디 말로 간추리는 작업은 위험하기 짝이 없지만, 나름대로의 장점이 있는 것도 사실이다. 우리도 우리의 성향·성격·성품을 이러저러하다고 진단해 왔다. 옛 기록들에 따르면, 예의를 숭상하고 노래와 춤을 좋아하고 용맹한 기상을 지닌 민족이라고 했다. 현대에 들어 더 간략한 지정어指定語들이 만들어졌다. 가로되, '은근' '끈기' '한恨' '활기活氣' 등등. 이러한 지정어들의 화살촉은 무엇으로 향하고 무엇으로부터 오는 것인가. 어엿함으로 향하고 어엿하지 못함으로부터 왔다. 어엿하지 못함을 다른 말로 열등감이라고 한다. 열등감은 힘인 것이다. 열등감은 간혹 명패이다. 그 고유한 특성에서부터 우리의 오늘이 꿈틀거린다. 하나의 이데올로기. 한 집단의 복합 심리. 열등 콤플렉스. 우리는 웃으면 안 된다.

7

열등감은 '비교'로부터 온다. 비교가 이루어지지 않으면 열등감이니 뭐니도 없다. 그렇다면 거꾸로 열등감을 치유하는 방법의 하나가 고스란히 손에 남는다. 곧 비교하기를 그치면 된다. '우리는 우리끼리 우리 식으로 살아갈 것이다'라는 이야기. 어디서 많이 들어 본 소리 아닌가. 이토록 손쉬운 잠금. 오오, 열등감의 공화국. 그 행복한 맹목성. 여기에서 또 하나의 말을 작은따옴표로 묶을 수 있다. 그것은 '우리 것은 좋은 것이여'이다. 여기에는 여러 꼬투리가 달려 있다.

그 첫째, '우리 것'이란 무엇인가. 그것은 '우황청심환' '서편제' '영·정조 시대의 르네상스' '일본인들이 쥐처럼 모은 분청사기 컬렉션' '아득한 시절의 광활한 영토' '마늘과 김치' '사체 매장 습관' 들인가.

그 둘째, 우리 것이 좋은 것이라면 남들 것은 좋지 않은 것인가. 그 좋음과 좋지 않음은 철저한 비교 과정을 거친 끝에 나온 가치 평가인가. 좋다는 것은 최선이라는 말인가, 아니면 우리 것도 좋다는 말인가, 아니면 우리 것도 아주 나쁘지 않고 퍽 쓸 만하다는 말인가. 여기에서 우리 것을 보고 쓰고 기리다가 남들의 좋은 것을 배제하는 파탄이 올 염려는 없는가.

그 셋째, '우리 것은 좋다'나 '우리 것은 좋은 것이다'나 '우리 것은 이러저러해서 좋다'나 '이러저러한 우리 것은 이러저러한 경우에 이러저러해서 좋다'가 아니라, 왜 '우리 것은 좋은 것이여'인가. 단번에 이루어지는 이 감탄 문장에 역린逆鱗이 붙어 있지는 않은가.

그 넷째, 우리 것은 좋기만 한 것인가. 설탕은 달콤하지만 이빨을 썩인다는데, 쓰기에 따라 약도 되고 독도 된다는데, 가장 민족적인 것이 가장 세계적이고 보편적이라는 말이 있어서가 아니라, 정말 우리 것은 품질이 균선均善한가. 그것은 '우리 식'의 교활한 변주가 아닌가. 남과 북에서 동시에 이루어지는 자폐 증상이 아닌가. 그러니까 '우리 것은 좋은 것이여'라는 말도 열등감으로부터 오지는 않았는가. 열등감이 안으로 뭉치면서 못난 국수주의로 현현되는 것은 아닌가. 웃지 마라. 썩은 이빨 보일라. 웃지 말고 끊임없이 '비교'할 일 아닌가. 세상에서 그중 뛰어난 흡습지吸濕紙가 되려면 웃을 여유가 어디 있겠나. 열등감은 다루기 곤란한 정신력인 것이다.

8

고수鼓手 김명환 선생이 70년대 말엽에 다음과 같은 요지의 말을 한 적이 있다고 한다. '우리 것'과 '남의 것'의 어엿함에 고루 착안했던 문화 집단의 하나인 『뿌리 깊은 나무』 사람들이 수습한 씨알의 하나이다.

'전에는 사람들이 슬픈 소리를 좋아했었는데, 요즘은 정음正音을 좋아한다. 명랑하고 씩씩한 소리를 좋아하는 것이다. 시절이 수상하다고들 하는데, 이것은 우리나라가 잘될 징조이다. 아주 싹수가 좋다.'

우리는 각자의 열쇠 구멍으로 세상을 본다. 고수 김명환 선생은 북 치는 일로써 일가를 이루신 분이므로, 북 치는 일이란 소리를 듣는 일이므로, 그의 열쇠 구멍으로 진맥한 우리의 싹수가 아주 좋았다면, 그것은 옳은 비교·판단·예감일 수 있다. 그것은 열등감이 비로소 옳게 꿈틀거리는 마당일 수 있다. 그 철권 시대에 우리의 새파란 싹수를 읽어 낸 눈썰미. 그런 경우에 '우리 것은 좋은 것이여'일 수 있다.

9

아파해야 한다. 아파하지 않으면 병원이나 약국에 가지 않는다. 아픈 자리에 꽃망울이 맺힌다. 못났다고 수그러들 것이 아니라 아프다고 바깥으로 독아毒牙를 반짝거려야 한다. 열등감을 나의 도구로 톱니바퀴 굴리기 위해서, 우리는 아직 웃으면 안 된다. 나의 좋음과 남의 좋음과 아직 없는 좋음.

시 짓는 시험은 어떨까

옛날에 왕들은 하늘에서 내려왔었다. 그것은 장엄하고 숭고했다. 누가 거역할 수 있었으랴. 거기에는 한 점의 의문이나 의심이 없었다.

땅에 내동댕이쳐진 왕들, 내동댕이쳐졌다니 무슨 벼락 맞을 소리냐고 황송스러워할 사람은 없겠지. 그 왕들과 왕족들이 다 사라져 버린 때에 또한 땅의 기력이 쇠해져서 지축이 무너져 내리는 때에, 왕들은 관리들과 함께 왔다. 하늘의 완전무결한 관념적 기억을 땅 위에 재현시키려는 왕들의 야심은 곳곳에서 그로테스크한 문명을 이루었다. 문명은 돌로 남는다. 문명은 문자로 남는다. 까마득한 신화의 상징체계로 남는다. 돌에 새겨진 문자의 현묘한 해법解法. 너무 아득해서 오히려 친근한 세상, 그 세상은 이미 없다. 따라서 무의미하다.

신라의 왕 석탈해는 하늘이 아니라 바다에서 왔다. 그 후에 왕이 되

훔친 책 빌린 책 내 책

었는데 왕이 된 비결이 퍽 재미있다. 서로 사양하다가 여론에 밀려서 왕위에 올랐다는 것이다. 결판이 나지 않던 중에 어떤 이가 꾀를 내었다. "옛말에 이르기를 지혜로운 사람은 치아가 많다더라, 여기 떡이 있으니 한 번씩 머금었다가 도로 뱉으시소서, 그 잇자국의 다소에 따라 왕이 되심이 마땅하오이다."

그래서 탈해는 왕이 되었다. 연치年齒라는 우아한 낱말이 그럭저럭 한 마련에서 나왔구나 싶은 장면이 아닐 수 없는데, 하기는 치아가 튼튼하고 아름다운 이는 성장사成長史가 부드럽고 견실했으리라는 추측이 가능하기는 하다. 당시에는 치약도 없었을 터이니 충치도 만연했을 것이고 맞겨룸에서 이가 부러지는 일도 더 흔했을 것이니, 치아가 온전하게 보존된 탈해가 더 강자이고 귀골貴骨이었으리라는 상상도 어색하지 않다. 아무튼 탈해는 치아 덕분에 왕이 되었다.

신라의 임금을 가리키는 명칭 중에 이사금이 있다. 이 이두吏讀를 닛금이라고 읽고, 닛금이 나중에 임금으로 변했으며, 닛금은 떡에 찍힌 잇자국을 가리킨다는 교묘한 일설一說이 있다. 물론 일설에 불과하다. 너무나 절묘한 아귀맞음이라서 정설定說이 아니라는 게 환히 드러나기는 하지만, 땅콩 속껍질 문질러 벗기는 정도의 재미는 있다. 그리고 하늘문天門이 닫혀 버린 뒤에, 왕들이 어떻게 생겨났는지에 대한 시사도 준다. 언필칭 왕들은 지혜로운 족속으로 간주되었다. 지혜라는 치아에 하늘의 서기瑞氣가 묻어 있으면 더욱 좋겠고.

그 지혜의 왕들은 관리들을 어떻게 등용했는가. 널리 인재를 불러 모았겠지. 버드나무 우거진 강가의 초막草幕까지 두 번 세 번 찾아갔겠지. 말은 말을 낳고 거머리는 거머리를 낳고 영웅은 영웅을 낳고 언청이는 언청이를 낳는다는 자연법칙에 따라 권문세가의 자제들을 음서로 뽑았겠지. 이 음서제도를 백안시할 것만은 아니었다. 연암 박지원도 이 제도로 관계에 나왔었다는 사실을 기억해야 한다. 그리고 일종의 공개시험도 있었을 것이다.

그리고 고려 초기에 이르러 과거제도가 이 땅에 도입된다. 이 제도는 조선 말기까지 연면하게 이어진다. 하나의 관리 등용기법이 이렇게 오래도록 시행되었던 데에는 이유가 있었을 것이다. 과거제도의 탁월성은 무엇일까.

우리는 과거제도를 운자韻字에 맞추어 시를 짓는 일종의 백일장 같은 것으로 이해하고 넘어가기 십상인데, 과거시험의 과목은 시작詩作이 전부는 아니었다. 거기에는 논문 쓰기가 있었고, 문헌 비판과 비정批正과 정책론이 있었고, 위기관리능력을 재는 대책對策이라는 과목도 있었다. 잡과雜科라는 난삽한 테두리로 묶이기는 했지만 제1, 제2의 국어시험도 있었고, 의사고시와 수학 올림피아드도 있었고, 승마와 궁술과 펜싱의 재주를 겨루는 전국체육대회도 있었다. 그 시험은 단회單回가 아닌 예선과 준결승과 결승이라는 관문을 요구했었다.

우리 시대의 중용과 논리와 감각을 갖춘 지성이라고 여럿이 이야기하고 있는 김우창의 글에 「선비의 시 — 김성식 교수의 시에 부쳐」가 있다. 일종의 시론詩論이고 시인론詩人論이지만, 옛 시대의 이름대로 시화詩話라고 보아도 괜찮은 평문이다. 그 글의 첫머리를 그대로 따온다. 과거시험은 시 짓기를 위주로 했다는 논리를 바탕에 깔고 있기는 하지만 그 얼개가 평탄한 문장은 모범에 값한다.

조선조의 행정관리를 채용하는 시험에서 한시漢詩의 능력이 중요시
된 것은 일견 이해하기 어려운 일인 듯하면서도 잘 생각해 보면 인간
에 대한 깊은 사려에서 나온 것임을 알 수 있다. 공적인 일 또는 사회
관계의 여러 일들을 판단하고 집행하는 데에 있어서 근본이 되는 것은
행정이나 법률의 기술적이고 전문적인 지식보다는 심미적인 언어 구
사의 힘이다 — 과거제도를 창안한 사람들은 아마 이렇게 생각한 것일
것이다. 심미적 언어 구사의 힘이야말로 단편화된 인간의 능력이 아니
라 전인격적인 수련을, 그리고 기계적인 적용의 기술이 아니라 변하는
상황에 따라 변할 수 있는 창조적 지성과 감성을 증거해 주는 것임에
틀림이 없는 것이다. 인간의 일을 처리함에 있어서 도야된 인간의 전
체 능력 이상의 것이 있겠는가. 전통적 유자儒者의 수련에 있어서 시
가 핵심적인 위치를 점함으로써 어떤 유자의 문집에 있어서나, 그가
정치가이든 군인이든 아니면 학자이든, 시가 가장 큰 부분을 차지하는
것도 이러한 이유에서였을 것이다.

인용이 길어졌지만, 논지는 간단하다. 즉 과거제도는 썩 바람직한
측면이 분명히 있었으리라는 우리의 추측에 날개를 달아 주고 있다.
김우창이 말한 대로 과거제도는 법조문을 잘 외고, 영어를 잘하고, 의
학적 지식과 섬세한 손가락 기능을 재는 데에 더 치중하고 있는 현대
의 관리 채용시험보다 월등한 요소를 가지고 있는 것이다. 거기에는

글씨 쓰기라는 또 다른 심미적이고 정신적인 요소까지 곁들여져 있다. 전아한 제도였지 않은가. 그 장점들을 오늘에 되살릴 수는 없을까.

심미적 언어를 구사하기 위해서는, 시를 잘 짓기 위해서는, 교과서와 참고서만 읽어서는 안 된다. 유치한 7·5조 시 한 편 써 보지 못한 사람이 사법고시에 합격하면 도박장밖에 더 드나들겠나. 고등학교 3년 동안 읽은 책이 『데미안』뿐인 대학 수석 합격자가 대리시험을 봐줄 수밖에 더 있었겠나. 물론 관리가 되는 것이 출세와 영달의 전부는 아니겠지만, 그것은 한 사회의 세계관을 구성하는 중요한 잣대가 된다. 그 수준척水準尺으로부터 많은 여러 가지가 가지쳐 나온다. 그러므로 한 나라의 국가시험제도는 엄정한 규율성을 지니는 것이다.

책을 읽는 소리만큼 좋은 소리는 없다고 했다. 숭문崇文의 기풍을 되살려야겠다. 한 달에 한번쯤 시회詩會를 여는 것도 좋겠다. 사법고시와 외무고시에서 시 짓는 시험을 보면 더욱 좋겠다. 어려운 시절이다. 황지우의 시 「화엄 광주」를 소리 죽여 읽을거나.

피서지에서 생긴 일

겨울에는 좀 춥게 여름에는 좀 덥게 지내는 편이, 따뜻하고 시원하게 지내는 것보다 자연스럽다는 말이, 있을 수 있다. 조금만 추워도 보일러를 한껏 올리고 뜰에 쌓인 눈을 치울 생각도 하지 않은 채 갇혀 지내는 이들은 창밖을 내다보면서 중얼거린다. 정말 혹한이로군. 한여름 땡볕에서도 비슷한 풍경이 보이게 마련이다. 문이란 문을 죄다 잠그고서 오늘의 우리는 땀구멍 언저리에 섬세한 낟알 같은 소름을 달고서 여름을 난다. 이래서야 사치스러운 신선놀음이 아니더냐고 내심 찜찜한 마음을 다음과 같은 말로 상쇄하기도 하면서. 우리 사무실은 빙축열 시스템으로 냉방하고 있어.

소설가 윤흥길은 단편소설 「땔감」에서 말한다. 그때, 끓일 것도 변변치 않은 살림살이에 왜 그렇게 땔나무가 없었던지, 생각하면 신기하기까지 하다는 그의 기억은, 마지막 기아 체험 세대라는 30대 이후의 한국인들에게 심정적인 수긍을 불러일으킨다. 그렇게 써늘했던 윗목의 겨울과 배가 고파서 공연스레 애잔했던 길고 긴 봄날과 가물어 애타고 큰물져서 가슴 무너지던 6월과 7월이 지나, 마침내 폭염이 온다. 마당에 내놓은 흙화덕은 불땀이 좋았다. 국수 몇 줌 삶기는 일도 아니었다. 그 국수 위에 얹은 애호박 고명에서는 풋내가 났다. 점심을 먹고 나서 우리는, 월남전에서는 한데에 있는 달궈진 양철판에다 달걀 프라이를 해 먹는다더라는 말을 하면서, 옻샘이나 찬물도랑으로 멱을 감으러 갔다. 어머니가 목물을 해 주시면 여간 간지러워야 말이지. 오면가면 울타리 너머에 보이는 오얏과 풋복숭아, 몰래 따 먹으니 칵 죽어 버리는 편이 좋다는 자존심과, 오늘밤 꼼꼼쟁이 할아범네 수박밭에 본때를 보이자는 모험심 사이에는, 아무런 모순이 없었다.

이렇게 여름 한철을 지내던 우리는 이제 피서지로 떠난다. 우르르 몰려가는 우리의 피서 풍습에는 못 먹고 못살았던 시절에 대한 보상심리가 조랑조랑 맺혀 있다. 그것에서부터 버릇없는 아이들이 저만 잘났다고 우쭐거리며 기어 나오기도 했을 것이다. 그러나 그 아이들, 이른바 신세대 제1기들은 그늘진 보상심리 따위를 모른다. 더 알뜰하고 더 야무진 모습을 보이기도 한다. 밥을 지어도 먹을 만큼만 맞춰 짓지 누구들처럼 양껏 먹고도 남을 만큼 넉넉하게 짓지는 않는다. 그들은 우리 어머니들이 가지고 있는 이불 욕심이나 그릇 욕심이 없다. 그 스마트한 셈평을 넘겨다보면서 30대 이후의 한국인들은 은근히 불안하다. 그들은 돈을 벌어 쌓아 두기만 했지 쓰는 법은 배우지 못한 것이다. 어쩌다 쓰게 되면 미치지 못하거나 넘치기 십상이다. 그들이 한국의 바다와 계곡마다 피서지를 만든 장본인들이다. 사람은 배운 대로만 생각하고 행동하는 존재가 아니다. 거기에는 별 합리성이 개재되지 않는다. 그나저나 올해의 피서철도 막바지에 이르렀다.

피서지에서는 무슨 일이 있었던가.

먼저, 사람을 만났다. 그 사람은 이상理想·異相·異狀·異常·以上·李箱한 첫 사람이었다. 그와 입을 맞추고 어깨를 깨물었다. 그는 말했었다. 언젠가 당신과 내가 바다를 바라보던 때가 있었지요, 지금처럼. 그 사람과 '나'는 인간의 원형原型이었다. 그 시간은 불인두처럼 뜨거웠다.

또한, 자연을 만났다. 수국과 옥잠화와 엉겅퀴와 무궁화와 풀협죽도와 자귀나무꽃과 도라지가 화분이나 자투리 화단이 아닌 대지에 뿌리를 박고 피어 있었다. 흠, 흠, 냄새 맡고 눈 맞추어 씻어내고 그 정령들이 투덜거리는 소리에 귀를 오므렸다. 그 풀과 나무와 돌과 짐승들의 핵核이 서로 삼투하고 반발하는 옆에서 피톤치드와 정유精油를 후정거렸다. 지질학적인 시간의 두께를 어림했고 아득한 때에 화석으로 스러진 그 생체들의 에너지를 짐작했다.

더불어, 고요함을 만났다. 일하지 않는 오전의 고요함, 낮술에 취한 그 예쁜 녀석이 잠들어 버린 오후의 고요함, 절터와 미나리꽝과 더러운 뒤뜰에 고르게 노을이 내리는 저녁의 고요함, 우리가 언제 이렇게 은하수를 올려다보았던가, 한밤의 고요함. 고요함 그 안에 있는 아무 것도 없음. 그것은 무섭고도 안심되는 발견이었다.

드물게, 죽음을 만났다. 속살을 빨리고 껍질만 남은 것들, '내'가 훔

친 여름의 성근 입성에 육즙 몇 방울 떨어뜨리고서 썩어 버린 것들, 잇
몸 퍼렇게 숨진 어느 청춘, 혹시 '나'는 쓸데없는 것들을 쫓아다닌 게
아닐까 하는 마음의 서늘한 구멍, 가방 안에 넣어 간 얇은 책을 읽다가
문득 깨닫고는 소스라치게 숨죽였던 '나'의 질긴 편견 한 꾸러미, 사
랑의 종말, 마지막까지 남아 있던 긍지. 그것들은 모두 죽었다. 우리는
힘을 얻으려고 피서 갔다가 죽음을 만난 것이다. 뼈의 향기, 슬픔 무늬
의 화강암.

무엇보다도 '나'를 만났다. 입모아 노래 부른 뒤에, 비늘김치를 한입
먹고 입맛 다신 뒤에, 만난 '나'. 허름한 여름 바지를 입고 몸의 무게중
심을 한쪽 발에 싣고 서 있는 사람, '나'는 아무리 홧김이라지만 그때
왜 스스로의 발꿈치 근육에 칼날을 들이대었던가, 끝내 질끈 누르지도
못할 것을 왜 그렇게 폼을 잡았던가.

우리는 해일과 폭풍을 만났고, 살라미스해전과 신유사옥을 만났고,
오래전에 잊어버렸던 생인손처럼 쑤시는 기억들을 만났다.

그리고 돌아온 일상의 마을에서 사진첩과 곤충채집상자와 식물채
집철을 간추리면서, 우리는 그 만남들의 뜻 깊음과 부질없음을 생각한
다. 그 만남들은 문신처럼 인두 자국처럼 남았다. 우리는 그 비타민 D
를 가지고 또 1년을 지낼 수 있을 것이다.

여름에는 좀 덥게 지내는 편이 옳다. 우리는 더위로부터 도망친 것
이 아니었다. 오히려 더한 더위를 찾아 떠난 길이었다. 할아버지와, 할
아버지의 할아버지가 행했던 여름 나기가 좀스럽기는 좀스러운 마련
이라고 고쳐 생각한 오늘의 한국인들에게 더위는 친구이다. 옷소매와

바짓단을 끊어 버리고 그들은 더위 속으로 간다.

　이시하라 신타로石原愼太郎의 『태양의 계절』에서 주인공 녀석은 복서이다. 팔과 허리와 다리를 놀리는 것에서 순수한 기쁨을 느끼는 인물이다. 그는 처음에 농구부에 들었었다. 그러나 곧 잘못 선택했음을 알고 복싱을 하게 된다. 그는 패스하는 능력이 결여되었었다. 드리블과 슛을 전적으로 애호하는 농구선수는 동료들에게 따돌림 당한다. 그는 생각한다. '그래? 그렇다면….' 그의 독존. 우리의 신세대들은 피서지에서도 농구를 한다. 이 현상은 분석을 요한다. 껑충한 놈들이 점수가 잘 나지도 않는 농구를 지치지도 않고 하는 광경. 여름은 아름다운가.

　피서지에서는 아무 일도 일어나지 않았다. 따분하지 않았을 뿐이다. 벤야민이 셰익스피어에서 인용한 것을 한나 아렌트가 주목하여 우리에게 말해 주었던 '바다 작용seachange', 그 뼈로부터 산호로의 변화를 겪은, 어떤 정신적 본질이, 손바닥 수로水路 밑에 어른거리기는 어른거려도.

밥

여름 휴가를 길에다 흘리고 다녔지요. 버스 탔다가 내렸다가 기차 탔다가 내렸다가 하다 보니 벌써 휴가는 끝나 있었어요. 잠은 여관에서 자고 밥은 식당에서 먹고 그렇게 멋대가리 없는 여정이었습니다. 물론 가는 곳마다에서 벗들과 친지들을 불러서 술을 마시고 궁금했던 형편을 묻는 등으로 인사치레를 하기는 했습니다. 허나 발바닥에 인두를 놓은 듯이 돌아다닌 품으로는 적막한 여정이었어요. 혼자 길을 떠나기는 아무래도 여름길이라 적적해지더군요. 어쩌겠습니까, 그동안 나와 비슷이 생겨 먹은 사람들이 내게 주는 혐오와 염증을 피해 보자면 그렇게 훌훌 타박거릴밖에요.

여정旅程은 연정戀情이라고 누가 그랬었나요? 무엇인가를 그리워하고 사무쳐하는 마음의 위태로운 혓바늘에 여정을 비유하다니, 그 누구

훔친 책 빌린 책 내 책

는 아무래도 둔한 이였거나 특이 체질을 가진 이였을 겁니다. 낯선 풍경 속에서 어설프게 두리번거리다가 보면 어느새 몸은 솜처럼 나른해지고 정신은 패류貝類 엉겨 붙은 배 밑바닥처럼 시끄러워지는 것을. 아, 그것도 연정이라면 연정이랄 수 있겠지요만, 나는 그저 고단했습니다.

신발창이 무른 신발을 골라 신었지만 이틀도 되지 않아서 발병이 생겼습니다. 살갗이 째어지고 고름이 뭉쳐야만 병은 아니라는 것을 모르는 바 아니었지요. 허나 어디 헐거나 흐너지는 기운도 없는데 발바닥이며 발꿈치며 발등이며가 아픈 것이 아닙니까. 빨리 여관에 들어서 발을 쉬어야겠다는 강박으로 한번은 분꽃이 터질 무렵에 그날의 일정을 마감하고 말았어요. 젊었을 때야 시냇물에서도 발을 씻었고 먼지 이는 길가에서도 주저앉아 바람을 쐬었지만, 이제 와서까지 그럴 수는 없는 일입니다. 등뼈가 구부정해지고 잇새가 추름해지고 까마귀 깃털 같았던 머리칼이 가난하게 입 다물고 있는 따위는 벌써 단념해 버렸으되, 그래도 아직은 서른넷이 아닙니까. 그 어정쩡한 어름에서 남의 눈을 의식하는 버릇만 붙었으니 결국 따분한 인생입니다. 쾌활해서 기운을 돋워 주는 친구나 치기만만해서 걱정과 조소를 반반씩 날릴 수 있는 친구라도 있었으면 좋았을 것입니다. 나는 혼자였습니다. 항상 그랬지만 이번의 그것은 뼈에 와 닿는 것이었어요. 그것 참 딱하더군요.

가는 곳마다에서 밥을 먹었지요. 아침을 거르고 점심을 대충 챙기고 저녁을 술로 대신하는 평소의 식사에 비한다면 꽤 충실한 셈이었어요. 돌아와서 그랬었노라고 말하자 누가 그러는 것이었습니다. 혼자 길을 나서면 딱히 할 것도 마땅찮고 해서인지는 몰라도 밥을 꼬박꼬박 사 먹게 된다나요. 우리의 식당 문화라는 것이 위에서 아래까지 오른쪽에서 왼쪽까지 별 차이가 나지 않는다는 걸 이번에 실감했습니다.

식당에 가서 설렁탕을 먹어야 하나 초밥을 먹어야 하나 고민하는 즐거움을 치사한 겨냥이라고 치부해 두었었고, 또 피곤함까지 가세해서, 들르는 식당마다에서 뭘 먹겠느냐고 하면 간단히 '밥 주십시오'라고 했지요. 그러니까 처음부터 끝까지 백반을 먹었습니다. 아니, 한번은 비빔냉면과 김밥을 먹었고 두 번인가 회를 먹었으니까 꼭 열아홉 끼를 백반으로 먹었습니다.

사흘째였는가요, 백반을 먹고 있자니까 슬쩍 사소한 흥미가 생겼습니다. 식당마다 지역마다 밥의 맛이 조금씩 달랐던 것입니다. 밥이야 흰쌀에다 물 붓고 전기로 익혀 낸 것 일색이었으므로, 좀 되구나 좀 질구나 이태쯤 묵은 쌀 같구나 하는 정도였지요. 원래 미식이니 탐식探食이니 하는 것과 거리가 멀어서, 안 먹고 살 수는 없을까 장난처럼 이죽거리기도 했던 위인인지라, 밥 한 그릇 익혀 내는 데에도 예술 같은 감각과 결투 같은 용기가 필요하다는 투로 요란이나 떨 줄 알지 실상 밥맛에 대해서는 젬병입니다. 혀 위에 밥알 하나를 세워 올려놓은 다음에 그 기운을 음미하다가 어금니로 야무지게 씹어 목구멍으로 넘기는 모든 과정에 풍미가 담겨 있기야 할 터이지요.

어머니가 간혹 하시던 말씀이 떠오르는군요. 우리가 먹는 밥이 사실은 쓰디쓴 것이라나요. 그러기에 평생 먹어도 질리지 않는다나요. 그렇다가 죽음이 눈앞까지 다가왔을 때에야 밥의 쓴맛을 느끼게 된다나요. 그럴지도 모릅니다. 환하게 살았든 습습하게 살았든 죽어 가면서 배신처럼 쓴 밥맛을 알아챘다는 것은 평등하기도 해서 재밌고요. 죽은 이의 입안에다 쌀을 가득 채워 주는 것은 그러면 무엇입니까. 간명한 역설인가요. 사랑에 넘치는 정 떼기인가요.

결국 내가 백반을 먹으면서 그 맛이 조금씩 달랐다는 것은 밥이 아니라 반찬의 문제였습니다. 찌개와 국과 김치와, 절임·부침·데침 등의 가공을 가한 허드레 입치렛거리의 맛이 그렇다는 것이지요. 내내 상 위에 올라왔던 반찬 중에 고구마 줄거리 무침이 있었습니다. 참 신기했습니다. 고구마가 이 땅에 들어온 지 이제 400년 상거하거늘, 또 이 세상에 고구마 줄거리(정확하게는 잎자루)를 먹는 족속이 우리 말고 또 있을까 하는 엉뚱한 생각이 들기도 하는데, 고구마 줄거리를 거의 모든 식당에서 반찬으로 내놓고 있다는 것은 놀라웠습니다. 고구마 줄거리가 집어먹기에는 담백한 것이 맛깔스럽지만 사실 손이 많이 드는 반찬 아닙니까. 고구마밭에서 하나하나 따야 되고 껍질을 아래위로 일일이 벗겨야 하고 끓는 물에 데쳐서 아린 맛을 우려내야 하는 절차가 만만치 않습니다. 그런 것을 모든 식당에서 김치처럼 얌전하게 내놓다니, 그 수고를 생각하면 맛있게 먹어야 합니다. 어디 고구마 줄거리만은 아니겠지요. 우리의 반찬은 그 들이는 공덕이 아마 으뜸일 것입니다.

그런데 내가 반찬을 허드레 입치렛거리라고 했나요? 이런 허튼 수작이 다 있습니까. 재빨리 말을 고쳐야 할 줄 압니다. 그래야 손끝에 마늘의 독이 배고 손바닥에 신채辛菜의 농膿이 박힌 우리 어머니들의 그 시간들이 어엿해질 것임도요. 어머니, 잘못했습니다. 제가 이렇습니다.

김주영의 『고기잡이는 갈대를 꺾지 않는다』에 기막힌 장면이 나오지요. 어느 날 소년은 다락으로 올라갑니다. 거기에는 큰 독이 하나 있습니다. 소년은 뚜껑을 열어 봅니다. 독 안에는 쌀이 있습니다. 독에 하나 그득히 들어 있는 쌀을 보고 소년은 놀랍니다. 이렇게 많은 쌀이라니, 소년은 적이 심술이 납니다. 어머니는 쌀을 두고도 우리를 배고프게 하셨나 보다. 그 쌀에는 어머니의 손바닥이 무늬 찍혀 있었지요. 쌀을 편편하게 눌러 손본 위에 복잡하고 독한 마음으로 손바닥 도장을 찍는 어머니를 그리면서 우리는 만감이 떠올랐지요. 그것은 어머니의 약속이었겠지요. 자식들을 굶기지 않겠다는, 언젠가는 배불리 먹이겠다는, 기어이 먹는 걱정을 안 하는 살림을 이루겠다는.

소설 속에서 소년은 은연중에 어머니에게 쌀을 암시하는 발언을 합니다. 어머니는 단번에 사태를 짐작하고 참았던 울음을 터뜨립니다. '내가 죽일 년이다!' 아, 우리는 그렇게 종종 어머니를 우시게 만들고 있습니다. 생각하면 더러운 핏줄 느낌 아닙니까. 아무리 계산에 밝고 저만 아는 천둥벌거숭이라도 어머니 앞에서 무릎 꿇는 날이 오고야 만다는 것과는 다른, 어머니의 내리사랑. 쌀이 없어서 가슴 아팠던 이 나라의 남루. 밥 한 그릇 고봉으로 퍼 담은 상을 들고 들어오시며 보일 듯 말 듯 웃으시던 그 저녁 시간의 평화. 밥은 제사祭祀 아닙니까. 죽은 자에게 드리는 제사이면서 산 자들끼리 벌이는 축제 아닙니까. 어머니, 그렇지요? 이런 경우에 '아내여, 그렇지 아니한가?'라고 고개 드는 것보다 어머니를 부르는 것이 낫다는 것을 우리는 압니다.

혼자 식당에 앉아서 백반을 먹은 나는 사실 밥이 아니라 한꺼번에 나이를 먹은 것입니다. 피터팬 콤플렉스까지는 아니더라도 만년 청춘을 꿈꾸며 철부지로 지낸 내가 꼭꼭 밥을 씹어 먹고 뜨거운 국물을 후루룩거리며 삼키는 동안 부쩍부쩍 마음의 키가 자라난 것입니다.

나이가 차면 나이가 찬 만큼의 도리를 다해야 한다지요. 나는 그것을 부인했었습니다. 도리라니, 그런 게 어딨어 하는 심술이었습니다. 지금도 책임과 의무와 으레 그래야 한다는 당위 위에서 노동과 성찰을 행하고 있을 '그들'에 비해서 나의 각성은 너무 늦고 그 질도 어림없이 조악한 것이겠지요.

나는 그런저런 생각을 하면서 옥잠화 새싹처럼 뾰족뾰족하게 돋아나는 따스한 동질감에 휩싸였습니다. 그것 괜찮더군요. 그래서 순천터미널 근처의 벌교식당에서부터는 밥 먹는 자세도 의젓하게 하고 씹는 것도 삼키는 것도 정성스레 했지 뭡니까. 그러면서 우습다는 생각도 들었지만 우스운 대로 뭐 나쁘지는 않았습니다. 그래요, 나는 여름 휴가 동안 밥 먹는 법을 새로 배웠습니다.

나중에는 버스 타는 것에도 익숙해졌고 여관 잠 자는 것도 불편하지 않았습니다. 그리고 돌아왔습니다. 휴가 동안 읽으리라며 가방에 넣어 갔던 책들은 모서리가 곱게 닳아 있고 아쉬운 대로 애벌빨래를 해서 선풍기로 말렸던 속옷에는 은은하게 땀내가 남아 있습니다. 이제 밥을 사 먹지 말고 해 먹어야겠다는 얄궂은 다짐은 당분간 이루어지지 않을 것이고, 앞에는 일거리가 산더미처럼 쌓여 있군요.

참, 오면가면 밖을 내다보니 농사가 잘되었더군요. 그 시인이 그랬다지요. 애들 밥 먹는 거 볼 때하고 내 논에 물 들어오는 거 볼 때가 제일 좋다고. 그런 마음이야 우리 아버지들이 노심초사하신 선물이겠습니다. 배가 고픕니다. 좋은 밥 먹고 좋은 생각 좋은 일 하겠습니다. 내 밥을 남들에게 노느기도 하겠습니다. 더 열심히 살겠습니다. 꼭.

겨울산

겨울산에 간다. 지난해의 겨울산, 마음 안의 겨울산, 우리 딱딱한 관념의 겨울산에 가면, 바람이 불 것이다.

이문열의 「그해 겨울」에서 가장 감동적인 장면은 '내'가 독한 마음을 먹고서 눈 쌓인 창수령을 넘는 대목이다. 이문열 소설 문장은 건조한 기사체이거나 공허한 추상문이기 일쑤이거니와, 그러한 문장으로 쓴 「그해 겨울」의 고개 넘기는 웬일인지 수묵화처럼 은은하였다. '나'는 바다로 가고 있다. 겨울에 바다로 가는 이는 열이면 아홉 죽으러 간다. 스스로의 희망과 욕심에 배반당하여 어이할 수 없을 때에, 우리는 먼 바다의 무한한 적멸을 그린다. 거기로 가는 들목에 산이 있음은 고마운 일이다. 산에 들어, 산에 올라, 산을 내려, 산을 버려 드디어 다다르는 바다에서 열이면 아홉 죽음의 기호를 만난다. 우리가 하는 도모

가운데에서 가장 멋진 것의 한 가지가 사물과 사건을 기호화하는 버릇이리라. '나'는 무릎까지 빠지는 눈을 헤치며 겨울산을 가고 있다. '나'는 겨울산이 그려 내는 장엄과 숭고의 풍경에 압도된다. 풋나무들 모두 낙엽져 내리고 근골 반짝이는데, 맞추어 명징한 바람 부는데, '나'는 죽으러 간다.

사실 「그해 겨울」의 고개 넘기는 처음부터 기호화의 의식이었다. 죽을 데를 가리려 했다는 것부터가 불순하였다. 도중에 원수 갚으러 간다는 사내를 만나고, 그가 칼 가는 솜씨를 구경하고, 함께 라면 국물을 들이키는 삽화는 어디를 봐도 삽화일 뿐, 기호화의 틈새에, 바위에 하늘국화가 꽂히듯이 틈입해 든 우발일 뿐이다. '나'의 자의식과 자기애는 보라, 저만하였다. '나'는 바다에 이르러 산을 뒤에 두고 신생의 기호화 의식을 완료한다.

겨울산에 간다. 지난해의 겨울산, 마음 안의 겨울산, 우리 딱딱한 관념의 겨울산에 가면, 바람이 불 것이다.

스스로의 번뇌와 열정을 이기지 못하여 이빨과 발톱이 근질거릴 때에, 겨울산을 생각해 보라. 그는 거기에서 지질학적 시간을 견디며 나무와 바위와 짐승들의 무게를 허용하고 있다. 겨울이 와서 제 몸에 깃든 숨결들이 겸허하게 웅크리자, 그는 비로소 제 몸피를 드러내고 운다. 겨울산이 우는 소리는 바다까지 간다. 저주파의 울음을 우는 겨울산의 외로움을 알아주는 친구도, 운다. 가난한 이들이 얼어 죽고 게으른 품성 탓으로 굴을 얕게 팠던 길짐승들도 얼어 죽는다. 겨울산은 얼어 죽은 것들을 곱게 품는다. 울면서 품으면서, 겨울산은 빙하의 톱날

이제 겨드랑이와 사타구니를 물어뜯는 것을 지그시 참는다.

그런 그를 생각하면 인간사의 작은 불균不均이야 그럴 수도 있는 일에 불과하다. 나보다 많이 배운 이, 나보다 많이 버는 이, 나보다 성격이 원만한 이, 나보다 잘생긴 이, 나보다 행운이 자주 드는 이를 바라보면서도 느긋할 수 있다. 어진 마음으로 나의 불운과 남의 성취를 대할 수 있다. 우리 살아가는 일에 무어 그리 절실한 추구가 필요하랴. 앞만 보고 오느라고 마음 안에 겨울산이 있는지도 미처 챙기지 못하였던 시간은 가라. 어떤 목표를 추구할 때에 중요한 것은 '어떤'의 고유성도 아니고, '목표'의 성취감도 아니고, '추구한다'의 항상성도 아니라는 것을 겨울산은 나직나직 일러 주고 있다.

왕성하게 저작詛嚼하는 다국적 기업의 더러운 확대 재생산이 이 땅의 소비시장을 삼키려 드는 때에 무슨 한가한 소리냐고 힐난받을 소리인 줄 알지만, 우리 적어도 사랑을 사랑하고 추구를 추구하는 자폐의 회로에서 맴돌 수만은 없지 않은가. 겨울산은 있다. 우리의 선의와 자제로서 지금도 파르스름하게 있다.

겨울산에 간다. 지난해의 겨울산, 마음 안의 겨울산, 우리 딱딱한 관념의 겨울산에 가면, 바람이 불 것이다.

그에게 열광하다

김서령(칼럼니스트)

죽은 윤택수의 『박물지』를 읽는다. 엊저녁 읽던 것을 아침에 가방에 넣어가지고 왔다. 이 친구의 글만큼 날 격렬하게 만드는 게 없다. 10년 전에도 그랬고 지금도 그렇다. 두어 문장만 읽으면 핑그르르 눈물 돈다.

아무리 누선 관리가 안 되는 갱년기의 나라지만 윤택수, 그는 내 정서의 핵심 스폿을 알고 있는 게 틀림없다. 하긴 별것도 아니다. 대단한 내용이랄 게 아무것도 없다. 고작 국수를 먹거나 무밥을 먹는다는 얘기다.

떨어지는 낙숫물을 손등으로 받으면 물사마귀가 생긴다는 풍문들, 사마귀를 잡아서 물사마귀를 뜯어 먹게 하면 그게 없어지더라는 기억들. 국수 빼는 엄마를 따라 방앗간에 가는 걸 좋아하는 이유에 관한 글들이다.

충청도 어느 시골, 임하만 한 마을이었을 그 동네의 방앗간 입구 오른쪽 벽에는 작은 바이스가 하나 솟아 있었다. 엄마를 따라가긴 했지만 별 할 짓이 없었던 아이는 손잡이를 돌리면 쇠를 물리는 부분이 좁아졌다 넓어졌다 하는 그 바이스의 입에다 손을 꽉 물리면서 놀았다. 그 놀이가 좋았다. 그러면서 그는 이렇게 쓴다.

"무심코 장난을 치다가 너무 꽉 물려서 쩔쩔맬 때도 있었지만 나는 백 번이고 이백 번이고 손잡이를 돌리곤 했다. 그것은 분명히 초보적인 성행위였다. 나중에 '솔리타리 바이스solitary vise'라는 말을 배우게 되었을 때 그 영어 단어의 적확함에 나는 깜짝 놀라고 말았다"라고!

그건 물론 성행위 이야기가 아니라 국수 이야기였다. 밀기울과 밀가루가 깨끗하게 나뉘는 동안, 찰랑찰랑 국숫발이 소금 냄새를 풍기며 마르는 동안, 아이는 방앗간 뒤쪽으로 가서 엔진을 식히고 나오는 뜨듯한 물을 손으로 받아 세수를 한다. 위에서 떨어지는 물을 받으면 물사마귀가 돋는다는 것을 알지만 그렇게 방앗간의 물을 받는 것은 그물 안에 석유 냄새 비슷한 문명의 냄새가 깃들어 있었기 때문이다.

햇볕에 그을린 얼굴, 고집스러운 우수, 남을 똑바로 쳐다보지 못하는 내성적인 검은 눈, 낯선 사람이 손을 내밀면 소스라쳐 도망쳤지만 시골 아이들은 세상을 거울처럼 정확하게 반사했다. 그리고 나중에 학교에 입학해 추상명사와 불완전명사와 동사와 부사와 온갖 형용사를 배우면서 '나는 방앗간이 풍기는 문명의 냄새에 매혹되었다'라고 쓸 줄 알게 된다.

국수 빼는 방앗간에 따라가 혼자 놀던 어린 날을 얘기하다 문득 솔리타리 바이스를 툭 끄집어내는 윤택수, 그의 생전에 나는 그에게 전화한 적이 있다. 지금 생각해도 아주 어설픈 전화였다. 작은 책이 있었다.

『새책소식』이란 얄팍한 팸플릿 같은 책이었다. 그런데 그 책 안엔 놀랍게도 그 주에 나온 신간이 30권 넘게 다이제스트되어 있었다. 날렵하고 예민하게 책의 핵심을 짚어 낸 깨끗하고 결백하고 서정적인 문장! 그러나 그 글엔 기명이 없었다. 글을 쓴 장본인이 누군지 전혀 알 수 없었다. 몇 달 그 책을 받아 읽던 나는 도저히 궁금증을 누를 수가 없었다.

누에알보다 더 작은 전화번호를 책의 어디쯤에서 찾아내 전화를 걸기로 했다. 어쩌면 이렇게 적확하고 섬세한 글을 쓰는 사람이 있는가, 하는 나의 눈부심을 전하고 싶은 게 용건이었겠지만 나는 거의 항의 비슷하게 불만을 쏟아 내고 말았다. 글에 왜 기명을 안 하느냐, 이래서야 독자가 글 쓴 사람이 누군지 궁금해서 쓰겠느냐, 글 쓴 사람이 도대체 누구냐, 서툴고 어색하게 그런 말을 중얼거렸다.

전화받은 여자는 그 사람 이름은 '윤택수'라고 하는데 기명하지 않아서 죄송하게 됐다며 지금은 출장 중인데, 앞으로는 이름을 쓰라는 말을 꼭 전하겠다고 말했다. 또 몇 달이 흘렀다. 서평란과 '한국, 한국인'이라는 문화읽기난엔 누에씨보다도 더 작게, 윤택수라는 이름이 괄호 안에 들어가기 시작했다. 미리 그 이름을 알고 있지 않았다면 판독하지 못할 만큼 작은 글씨였다(그때 내 나이는 서른 몇이었고 지금처럼 돋보기 아니면 잔글자를 절대 읽지 못하는 그런 서글픈 시절이 아니었다!).

286　　훔친 책 빌린 책 내 책

부재중에 익명의 독자로부터 온 항의 전화가 있다기에 억지로 이름을 밝히긴 하겠지만 싫어 죽겠다는 표시가 역력했다. 그의 글은 여전히 날 열광케 했다. 아무리 길어도 그의 글은 모조리 시였다. 음률이 딱딱 맞아 그 리듬을 따라가다 보면 내 호흡은 어느새 향기롭게 달떴다.

그는 4월 어느 날 나의 뒤에 와서 앉았다. '4월 어느 날'은 현기증이니 요절이니 영원한 형벌이니 하는 소년적이고 일상을 할퀴는 관념들에 마음이 쏠리는 시기였으므로, 나는 그가 내 뒤에 와서 앉는 소리를 들으면서 끈끈한 침을 삼켰다. 그는 귀족이었다. 나는 이렇게밖에 쓸 수가 없다. 강인한 어깨와 오만한 무릎, 흰 얼굴, 거리낌 없는 걸음걸이, 수학과 과학에 강하고 대체로 과묵한 녀석. 귀족을 귀족답게 하는 것은 무엇인가. 나는 그 4월에 알아 버렸다. 그것은 '지나치지 않은 말'이었다. 지나치지 않다는 것은 말의 절대량은 물론이거니와 어세語勢와 음량音量과 어휘력과 수사학에 두루 관계된다. 보라, 어느 귀족이 수다스러운가. 그런 것은 없다. 있다면 사이비이거나 괴물일 뿐.

4월 어느 날 다가온 그를 보는 순간 나는 눈이 부셨고 곧 열등감에 휩싸였고 끝내 불쾌한 자의식에 사로잡혔다. 눈부심이 빗선이라면 열등감은 밑선이고 자의식은 수직선. 그 모든 것을 나는 냄새로써 획득한 것이다. 냄새는 직각삼각형처럼 구체적이고 치명적이다. 전나무와 그림자 길이와, 그림자 끝과 전나무의 끝을 잇는 선이 대지에 닿은 각도를 거칠게 잰 두 변수로써 전나무의 높이를 개산槪算하는 일을, 지치지 않는 정열로 계속했다는 비트켄슈타인, 때때로 그는 강풍으로 갸웃이 몸을 구부린 전나무의 높이를 계산하기도 했을 것이다. …… 과연 보라, 나는 말이 지나치다. 지나친 말은 지나친 냄새이고 스스로를 설득하지 못함이고 천박함이다. 나는 말의 절대량이 많고, 어세가 울퉁불퉁하고, 음량이 고르지 못하여 끽끽거리고, 날카롭고 짜랑짜랑한 어휘를 굳이 찾으려 하고, 비유와 예증과 교란과 광채에 탐닉하면서 푸코적 고고학자인 척한다.

이 글을 읽은 날 나는 예전 그 번호를 다시 눌렀다. 윤택수 씨를 바꿔 주십시오, 라고 했다. 여보세요, 라고 나지막한 목소리가 전화를 받았다. 어세가 울퉁불퉁하지도 않았고 음량이 끽끽거리지도 않았지만 용건이 애매한, 모르는 사람의 전화를 성가셔 하는 기색만은 역력했다. 난 별 할 말이 없었다. 약간 떨리기도 했다. 당신이야말로 4월 어느 날 내 뒤에 와서 앉은 귀족 같아요, 그 냄새를 느껴요, 라고 말할 수는 없었다.

나는 댁이 출장가고 없을 때 글쓴이의 이름을 명기하라고 주장했던 장본인이라고 사무적인 음성을 가장하여 말했다. 아, 예~라고 그가 말했다. 전화선 사이로 휴지가 흘렀다. 반가워할 리야 없겠지만 그래도 지나치게 심드렁했다. 나는 말하자면 스토커였다. 당신 글을 잘 읽고 있다, 매 호마다 책을 초조하게 기다린다고 황급히 고백했다. 그는 고맙습니다, 라고 차갑게 말했다. 한심하기 짝이 없군, 별 한가하고 낯두꺼운 수작을 다 하는군, 식의 경멸이 그 말투에서 묻어났다. 그걸 느끼면서도 나는 막연하게 조금 더 전화선을 잡고 있었다. 몇 초간의 침묵 후 안녕히 계시라고 말하고 나는 전화를 끊었다. 끊고 나자 비로소 자존심이 상했다.

그 얼마 후부터 칼럼엔 윤택수의 이름이 없어졌다. 그의 글이 사라진 그 책은 흔하디흔한 팸플릿 중의 하나가 됐을 뿐이었다. 펼쳐 보지 않아도 전혀 애석할 게 없는 흔하디흔한 홍보물…. 그렇게 나는 윤택수를 잊었다. 아니 잊을 리는 없었다. 교보문고에 가면 가끔 그의 이름을 검색해 봤고(아직 인터넷이 보급되기 전이었으므로) 또 가끔은 예전 그의 글이 실렸던 잡지를 꺼내 놓고 그가 쓴 글을 필사도 해 봤다.

교보문고에선 윤택수라는 이름이 좀처럼 검색되지 않았다. 내 삶은 차츰 복잡해졌고 시시껄렁한 잡지에 날렵한 글을 쓰던 기자(?) 혹은 작가는 차츰 의식 아래로 가라앉았다. 그래도 몹시 눈부신 사람을 새로 만나는 날, 나는 맘속으로 얼른 자의식과 눈부심과 열등감이라는 직각 삼각형의 밑변과 나머지 변을 그리면서 윤택수를 기억하곤 했다. 내 책상 위 컴퓨터에 메가패스가 깔리고도 한참 지난 후 나는 문득 떠오른 옛 이름을 포털 사이트의 검색창에 쳐 넣어 봤다.

앗, 있었다! 시집이 한 권 나왔고 산문집도 한 권 나와 있었다. 그런데 유고집이라고 했다. 유고라고? 얼떨떨했다. 분명 그 친구는 나보다 네댓 살 아래였을 텐데? 죽음이 나이순이 아니라는 것쯤이야 모를 내가 아니지만 유고라고? 다시 전화했다. 모르는 사람에게 이렇게 끈질기게 전화하는 건 내 삶을 통틀어 전무후무한 짓이었다. 죽었다고 했다. 출판한 사람은 친한 후배인데 남은 원고를 꾸려 급히 책 두 권을 만들었다고. 뇌졸중이었고 2년을 투병하다 죽었다고!

올여름 담 밑에 한련을 심은 건 윤택수 때문이다. 한련 한 판, 스무 포기를 사다 심었다. 첨엔 잎이 장하게 크더니 꽃이 몇 차례 피었다 지고 나니 잎이 점점 자잘해진다. 남의 집 자잘한 한련 잎을 예쁘다 여겼더니 그건 종자가 다른 게 아니라 꽃 지고 나면 그렇게 작아지는 거였다. 아직 한련 잎으로 샐러드를 만들어 먹지는 못했다.

… 무를 굵직하게 채 썰어 넣은 무밥은 간장을 넣어 비벼 먹었다. 맵싸하고 달착지근했다. '맵싸하다'는 것은 이를테면 한련旱蓮의 잎을 따먹을 때 입과 코의 점막이 총체적으로 체감하는 감각을 가리킨다. 나는 한련 잎으로 샐러드를 만들어 먹으면 온몸과 마음이 귀족처럼 호사스러워질 것이라고 생각하고 있다. 늙어서라도 뜻하지 않게 작은 집을 사게 된다면 담 밑에 총총하게 한련을 심을 것이다. … 라는 글을 다시 읽었기 때문이다. 늙어서라도! 뜻하지 않게! 작은 집을! 아무렇지도 않고 큰 의미도 없는 그 각 어절들에 내 마음의 현은 쓸쓸하게 퉁겨진다. 팅~ 소리가 실제로 귀에 들릴 만큼 파장이 크다.

1. 늙어서라도? 그는 늙지 못하고 죽었다. 늙어서라도, 라고 굳이 말하는 이유는 현재엔 도무지 그럴 가망이 없다는 것을 알고 있기 때문이다. 학원 강사, 출판사 편집장, 용접공, 외항선원 등으로 척박하게 도시변두리를 맴돌았던 그에게는 한련 몇 포기를 심을 땅뙈기가 기어코 허락되지 않았다. 그의 가난과 떠돎을 동정해서가 아니라 늙어서라도! 라고 말하는 그의 현재진행형인 소심과 내성이 애틋하게 내게 공명해 온다.

2. 뜻하지 않게!는 더욱 쓰라리다. 집을 살 것을 계획할 수 없다는 항복 선언이 저 말 속에 이미 들어 있다. 뜻하지 않은 행운이 아니고서는 그는 집을 살 수가 없고, 따라서 담장 밑에 팔자 좋게 한련을 키울 수가 없다. 그는 나중에 돈 벌어서, 라고 기염을 토할 수 있는 성격이 아니다. 기염을 토할 만큼 대단한 일도 아니건만 그는 저렇게나 소심하게 뒤로 물러서기만 한다.

3. 작은 집을!이다. 앞의 두 가지, '늙어서라도'에서 시간을 먼 나중으로 저만치 물려 놓았고 '뜻하지 않게'에서 미리 계획하지 못한다는 결벽증까지 충분히 꺼내 보여 놓고도, 세 번째 어절까지 와서도 고작 그는 '작은' 집이라고 말한다. '좋은'도 아니고 '큰'도 아닌 작은 집이라고 말하는 윤택수여! 크고 좋은 집이라고 미리 실컷 허풍을 떨어놔도 좋고 큰 집을 가지기가 하늘에 별 따기로 어려운 세상에서 이렇게 물러서고 도망가서야 어찌 집과 땅이 그대의 차지가 될까.

내가 알기로 그는 평생 집이라곤 가져보지 못하고 죽었다. 다락도 없고 벽장도 골방도 없어서, 혼자만의 공간, 그 어둑하고 침침한 그늘 속에서 마음속 비밀의 나무에 물을 뿌리면서 자랄 수 없었다고 결핍감을 고백하던, 충청도 어디쯤 있는 새미레의 아버지 집 말고는 그는 지상에서 안정된 자기 집을 가지지 못한 채 다른 세상으로 갔다.

그 집 없음이 슬픈 건 아니다. 집에 대한 그의 예민한 타령들 — 나중 집을 지으면 다락과 골방을 많이 만들 거라는 결심, 막걸리 속에 든 효모들이 숨을 쉬면서 밀가루를 발효시키는 평화로운 시간들에 대한 언급, 갓 캐낸 둥근 감자들이 저를 캐낸 쟁기와 나란히 들어 앉아 박명 속에서 두런두런 지껄이는 헛간 풍경 — 이 집 없음에 겹쳐져서 내 마음에 은은한 생채기를 낸다. 그 생채기는 아리고 화끈거리면서 줄곧 제 존재를 내게 상기시킨다.

그는 이렇게 쓴다. '감자의 둥긂, 쟁기의 버팀과 휨, 헛간의 으스름 —' 별 뜻도 없는 명사형의 겹침이 저렇게 감미롭고 아플 수 있다는 것이 나는 놀랍다.

그는 물론 결혼도 하지 않았다. "포수는 그렇게 금강산으로 갔단다. 민우야 이놈, 벌써 잠들었구나. 굳센 발, 드높은 머리, 매운 무릎. 아빠도 그만 잘란다 민우야"라고 아들에게 우렁우렁 옛 이야기를 중얼거리지만 아들은커녕 그의 삶엔 결혼조차 없었다. 아마 그는 연애조차 실감나게 해 보지 못했을 것이다. 저렇게 여리고 섬약해서 어떻게 타인의 단단하게 야문 자아 속으로 밀고 들어설 수 있을까. 그가 능한 건 짝사랑이었다. 꽃다발을 만들어 당신에게 바치려 하지만 창문이 열리지 않아 결국 꽃다발은 시든다. 그 시든 꽃다발을 버리면서 "그대에게 바치려 던 꽃다발입니다. 그대에게 바치려던 꽃다발입니다"를 반복하는 것이 그의 사랑의 방식이었을 것이다.

그의 짧은 산문 하나를 베껴 두려 한다. 그는 늘 실한 산문을 쓰고 싶어 했다. 주어와 서술어가 따뜻하게 마주 보고 있는 산문, 비유와 윤색과 전고가 자제되어 있는 산문, 무심한 돌처럼 놓였어도 우뚝하고 우묵하여 우르릉우르릉 울리는 산문, 산문이란 이래야 한다는 모델을, 그 도달점을 윤택수에게 배운다. 나의 희망은 카프카가 되는 것도 아니고 루쉰이 되는 것도 아니고 박경리가 되는 것도 아니다. 그저 윤택수만큼만 쓰고 싶다. 아니 어쩌면 윤택수가 카프카보다 더 진지하고 자기 완성적인 글을 썼다고 나는 생각한다.

　… 한스 에리히 노사크의 예지는 존중할 만하다. 그의 '장서 정리법'은 끊임없는 스밈과 짜임의 손길을 거친 정신의 나무이다. 그 흥성거리는 나무의 우듬지를 보며, 10년 후를 생각한다. 봄이 오면 담장에 사위질빵을 붙여 심으리라. 어린순을 따서 아내에게 무쳐 달라고 하면 아내는 웃으리라. 10년 후엔 부전고원으로 식물채집 하러 가리라. 그 때쯤이면 아내는 늙으리라. 아내는 바느질을 한다. 그 모습이 그림 같다. 그녀는 사소설私小說 작가 윤후명의 「쪽과 쪽물」을 사랑한다. 쪽물 들인 베로 치마를 지어 입는 꿈을 지니고 사는 여인이다. 중학생이 되어서 꺼뭇꺼뭇 콧수염이 잡히기 시작하는 아들놈은, 아직 들어오지 않았다. 어디 빈집쯤에 숨어들어 키와 마음이 그만그만한 녀석들끼리 낄낄거리고 있으리라. 모르는 새에 훌쩍 커 버린 놈이 제법 의뭉하다. 차를 우려내기로 한다. 큰맘 먹고 마련한 5공화국 시기의 분청다완을 낸다. 피천득 선생에게 편지를 드려야겠다는 생각을 한다. 아내를 부른다. 여보, 이리 와 봐요. 하고 싶은 일이 있어.

　　　　　　　　　　　—『정오표 · 겨울 서재 · 마침표』 부분, 239~240쪽

　하하. 윤택수, 저쪽 세상에서 쪽물 들인 베로 치마를 지어 입고 싶어 하는 여자를 만나 콧수염 나기 시작하는 아들을 낳아 길러라. 살아 있

는 나는 그대 대신 담 밑에 한련을 심고 한련 잎으로 샐러드를 만들어 귀족처럼 호사스럽게 먹고 10년 후쯤 부전고원으로 식물채집을 떠나리라.

수정처럼 맑고 진흙처럼 다정한 사람이 되기는 틀려 버렸다고 서른 초반의 너는 자조했다. 그렇지만 그렇게 말하는 순간 너는 수정과 진흙의 본질을 관통해 나갔다. 너의 생(글)은 한순간(문장)도 비겁했던 적이 없다. 수정처럼 눈부시고 진흙처럼 따스했다. 수정의 각도처럼 그 자체로 완벽했다. 수정과 진흙을 제 삶 안에 끌어들이는 방법을 너만큼 꿰뚫은 인간이 또 있을까. 난 이제 발밑에 뭉클거리는 진흙을 네 생각 없이 밟을 수 없다. 박물학자라는 낡아 빠진 말에 다시금 가슴 뛴다. 동물과 식물과 광물을 종류, 성질, 분포, 특징에 따라 정리하고 분류하는 학문이 박물학이라면 윤택수, 그대는 거기다 시와 인문을 가져와 덧얹었다. 괭이밥과 팽나무와 물봉숭아와 능수조팝나무와 부들과 청미래덩굴과 꽈리와 보리와 뜸부기와 바둑이를 요리해 내는 너의 솜씨, 그 섬세함과 현란함과 상쾌함과 따스함과 그윽함, 그 광휘와 쾌감에 내가 자지러지는 것은 이 삶과 이 세상이 얼마나 아름다우며 사랑할 만한 가치로 가득 차 있는가를 나로 하여금 새삼 깨닫게 만들기 때문이다.

… 장 주네의 『장미의 기적』 한국어판 표지에 에곤 쉴레의 「꽈리가 있는 자화상」을 사용한 것은 편집자의 혜안이었으리라고 나는 생각하는데, 아무려나 나는 좋아하는 것도 많다. … 우리 마음속의 꽃첩과 나

무첩에는 별별 꽃과 나무가 다 들어 있다. 그 낱낱의 얼굴들에게 아는 척을 하면 그들이 얼마나 좋아하는지. 우리는 잘 모르고 있다. 사실은 우리도 꽃이고 나무이면서, 쬐끄맣고 부질없는 무당벌레이면서.

—『꽃들, 나무들』부분, 71~72쪽

그래, 우리도 쬐끄맣고 부질없는 무당벌레다. 윤택수의 죄는 하나뿐이다. 수정의 각도처럼 완전하고 무결하기를 꿈꾼 것, 그래서 너무 일찍 느닷없이 죽어 버린 것!

그가 남긴 글에 밑줄 긋는다. '나는 감각의 창녀이다.' 굵은 밑줄은 내 흉곽 어느 부분에 와서 덜커덩 걸린다. 아프고 괴롭다. 그렇지만 이 아픔이야말로 나의 실존이다. 나 또한 기어코 감각의 창녀여야 한다. 몇 해 전부터 갱년기가 오는 듯하지만 그게 결격사유가 될 리 없다는 걸 알게 됐다. 오히려 창녀로서의 관점과 시야가 넓어졌다. 살아 있는 한 인간은 꽃과 나무의 순청과 심홍에, 물관과 부름켜에, 솜씨 좋은 외과의사가 하듯 제 핏줄과 피톨을 정교하게 연결해 낼 수 있다. 청춘을 넘겨 버린 피톨들이 소슬하게 도드라질 때 내 감각의 층위와 차원은 한층 내밀하게 가라앉는다. 젊은 날엔 모르던 관점이다.

윤택수가 죽은 건 마흔 하나였다. 뇌졸중으로 쓰러져 두 해를 투병했다니 마흔을 넘긴 눈으로 그가 본 세상은 더 이상 내 앞에 놓일 가망이 없다. 박물지라면, 새와 꽃과 나비와 나무와 풀을 들여다보는 눈이라면, 나이 들어 더 크고 밝아질 게 확실한데 우리는 그의 눈으로 세상을 보는 행운을 놓쳐 버렸다. 그를 영 잃어버렸다. 그가 남긴 말만 남아 놋쇠처럼 아름답게, 뜸부기 새끼처럼 순정하게, 여기 내 앞에서 빛난다.